松意

厉冬忍 著

SONGYI

国际文化出版公司
·北京·

目录 Contents

柏淮 × 简松意

楔子

　　在某个平行时空，因为基因锁的改变，人类当中出现了不同于普通人（无感者）的易感者、支配者两种特殊群体。由于先天基因突变，易感者和支配者会分别散发具有诱导或攻击性的外激素。

　　支配者天生体能明显优于常人，因而外激素具有压倒性的优势。同时支配者个体体能有所差异，又因天性好斗，支配者与支配者之间很难建立亲近关系，且天生能力更强的支配者会对普通支配者有外激素压制。与此相反，易感者普遍体能相对较弱，但其外激素对支配者具有极强的安抚性和适配性，更容易与支配者建立良好关系。

　　（本故事纯属虚构，请勿对号入座。）

01

南城的夏日总是伴随着雨季，一到八月，就下个没完没了。

窗外天光暗淡，雨水噼里啪啦地砸在玻璃上，南城外国语高三一班的教室里，白炽灯明晃晃的，一群人凑成一堆围着一份答案奋笔疾书。

"徐嘉行，你到底行不行，这字写这么丑，谁能认出来？"

"怎么跟你徐哥说话呢？爱抄不抄，别废话。"

"徐哥，我错了。欸，徐哥，你能把英语卷子也给我吗？我左右手一起抄，求求徐哥了。"

暴雨的喧嚣和教室里的吵闹声杂糅在一起，靠窗最后一排趴在桌子上睡觉的男生有些不满。

他搭在后脑勺儿上的手指微微蜷曲，烦躁地抓了两下，然后费力地直起身子，往后一仰，靠上椅背，翘起椅子，手臂无力地垂下，两条长腿懒散地搭在地上。

漆黑精致的眉眼恹恹地耷着，在白皙的肌肤上投下淡淡阴影。

前桌的徐嘉行回头看了一眼，知道这大少爷又犯起床气了。

"松哥，醒啦？是不是我们太吵了？"

"嗯，还好。"

徐嘉行松了口气："不过松哥，你已经睡了一上午了，不用补作业吗？"

简松意抬起眼："你看我像是要做暑假作业的人？"

少年因为困倦而有些沙哑和不耐烦的声音低低地在教室里扩散开来，埋头苦干的补作业党立马停笔抬头。

学生时代大家总会有一种"法不责众"和"法不责年级最高分"的心

理，似乎只要和那种老师们捧在手心里的学生一起犯错，就能免于重罚。

而简松意显然属于"被捧在手心里"的那种。

"谢松哥不做作业之恩。"

"松哥不做作业的样子像极了爱情。"

"今天又是为松哥心动的一天。"

简松意作为一个钢铁直男，实在受不了这群大老爷们儿充满"爱意"的眼神，低下头，从桌肚里掏出手机，云淡风轻地补了一句："我和老白说过了，暑假作业太简单，我自己找竞赛题做。"

"……"

南外作为南城最好的私立中学，为了保证每年的重本率在百分之九十以上，无论是考题还是作业，从来没有简单过。

这次暑假放 25 天，发了 25 套卷子，6 科共计 150 张，全是照着往年高考最难的程度出的。

然后这人现在说他不做暑假作业的原因居然是太简单。

他怎么说得出口？！

众人震怒。

而某人只是低头玩着手机。

似乎因为刚才的成功耍帅心情好了些，起床气散了不少，嘴角挑起轻佻散漫的弧度，身下的椅子不安分地往后翘着，姿态闲适，整个人看上去带着点儿漫不经心的痞气。

配上他刚才说的话，显得十分做作。

想揍。

揍不过。

众人低头，继续补作业。

算了，和气生财，我们大度些。

教室里终于安静下来，简松意戴上耳机，点开了他母亲唐女士发来的语音。

"小意，今天去学校了吗？"

"你们学校也太过分了，这才八月十几号就开学，害得我们母子分离。你放心，等妈妈一回国就去投诉。"

"不过小意你真的不来玩吗？你爸在这边新买的别墅位置特别好，阳光充足，自带沙滩，我和你爸在这儿每天过得可滋润了，就是特别想你。"

"你要不听妈的，先过来玩半个月，等九月我们再一起回去好不好？反正你上学也不差这十天半个月。"

唐女士明显没有作为高三学生家长应有的自觉性。

简松意勾了勾唇，刚准备点开下一条语音，后门"砰"地被推开了。

一个纤细的身影"咻"的一下窜到简松意跟前，来人双手撑住桌面，俯着身子，喘得上气不接下气："松哥，你知道你们班这学期转来了一个新人吗？"

简松意抬起眼皮："谁这么想不开？"

好学校的好学生如果在本来的学校老实待着，成为校推生甚至保送生都应该是板上钉钉的事，没必要在这个节骨眼儿转学。

而达不到这种程度的学生，在高三的时候转来南外的理科重点精品班，基本只能竖着进来横着出去，实在没必要对自己这么狠。

很难想象会有哪个学生这么想不开。

徐嘉行也很奇怪，转过身来，一脸怀疑："真的假的？你这消息靠谱吗？"

周洛连忙说道："真的呀，我骗你们干吗？我刚在老白办公室听见的，好像是从北城转来的，据说上次联考还是北城最高分。"

一听到这成绩，众人就精神了："那他保送北城大学或者华清大学都应该稳了啊，往南边跑什么？"

周洛耸耸肩："谁知道呢。"

简松意对一个傻瓜的自我灭亡史没什么兴趣，垂眸点开下一条语音。

"不过你不愿意来也没关系，正好你柏爷爷说让你这几天去他们家吃饭，他家那小孩儿回来了。"

简松意的指尖顿住了。

旁边的周洛还在不停地叨叨："欸，让我来查一下上次北城市联考的最高分是谁……我去！有点儿帅啊！松哥，现在你们学霸都要长这么帅才配当的吗？名字也好听，柏淮……"

正好唐女士的下一条语音也顺着播了出来。

"就是那个柏淮啊，你们小时候玩挺好那个。"

简松意嘴角那点儿弧度压了下去。

简松意对柏淮的敌意大概是从婴幼儿时期开始的。

那时候刚满周岁的简松意宝宝在熟练地掌握了爬行技能后，开始颤颤巍巍地学习直立行走，但是一走一个屁股蹲儿，一走一个屁股蹲儿，摔了七八十下，简松意宝宝实在受不了这个委屈，嘴巴一咧，"哇"的一声哭了出来。

而柏淮宝宝已经一岁半了，看着哭得惨兮兮的简松意宝宝足足十分钟后，终于放下手中的玩具，站起身，一路走到他跟前，奶兮兮酷唧唧地说了两个字："看我。"

单纯无知的简松意宝宝于是真的抬起小圆脸，眨巴眨巴眼睛看向他的柏淮哥哥，天真地以为柏淮哥哥是来安慰他的。

然后他的柏淮哥哥就当着他的面在婴儿房里走了一圈。

稳稳当当，堪称健步如飞。

走完后还居高临下地睨了他一眼。

从父母口中听说这件事后，简松意深感自己幼小的心灵受到了巨大的创伤，并且这种创伤随着成长过程中和柏淮的各种不对付，而不断地扩散加深。

这份创伤到简松意得知自己基因检测结果是顶级支配者[1]，而柏淮只是一个柔弱的易感者[2]后才得到短暂的缓解和安慰。

---

[1] 指基因锁觉醒后能够控制外激素影响的特定群体，通常情况下具有更优秀的体力，好胜心更强，具有极大的生理优势，遂称为支配者。

[2] 指基因锁觉醒后，感知更加敏锐，更易被外激素影响的特定群体，通常情况下身体素质低于支配者，体力偏弱势，更适宜从事脑力工作。

算了，一个脆弱的易感者而已，让着他。

简松意后背绷紧的那根神经松了下来。

然后后门"砰"的一声又被推开了。

这次还伴随着土拨鼠的尖叫："啊啊啊！姐妹们！我们班新转来的是一个男生！巨帅！我刚刚路过他旁边的时候偷偷闻到一丁点儿外激素①的味道，也太好闻了吧！"

铿——

后排角落里传来了金属和大理石相撞的声音。

简松意翘着的椅子稳稳当当地落在了地上。

他旁边的周洛整个人都飞了起来："啊啊啊，我的妈呀，快带我去看看！我也要闻！"

说完后周洛感觉到身边的气场好像有些不对，立马换上一副义正词严的面孔："但我觉得肯定没我松哥帅，我松哥南城最帅！没有之一！"

说完他看向简松意："不过松哥，你暑假也满十七岁了吧，怎么还没分化②啊？我们年级好像只剩你没分化了。"

简松意心情有些不大好，但丝毫不影响他装淡定："我们顶级支配者都分化得比较晚。"

顿了顿，他补充道："因为强。"

周洛想了想，觉得有道理。

他初一认识简松意，就没见过简松意不是年级最高分的时候，体育也好，打架也厉害，身高一米八三，肤白腿长脸蛋俏，一双桃花眼不知道勾了多少小姑娘的魂。

南外还有一个群叫作"想跟松哥恋爱"，挤满了各种青春期的花痴小姑娘，足见松哥的魅力。

---

① 一种可以由易感者和支配者释放并感知的信息气味，拥有等级上的强弱区别。
② 指进入青春期身体发育成熟后出现的基因锁觉醒现象。分化后会成为易感者、支配者或无感者。因身体素质等方面的区别，分化结果会作为性别之外的第二身份被记录。

想到这儿，周洛故作花痴地朝简松意抛了一个媚眼："松哥，你放心，我一定坚持松哥最帅主义不动摇，在你分化成顶级支配者之前，为你'守身如玉'！"

周洛刚说完，教室门口就传来了班主任老白憨厚质朴的声音："同学们都安静一下，别吵了，吃东西、玩手机的都停一停，那几个抄作业的也先别抄了，听我说两件重要的事情。

"第一件事，这学期我们班上转来了一个新同学——"

所有人齐刷刷地看向门口，只有简松意低头摆弄着手机，一脸漠然。

有什么好看的，又没他帅。

然后他就听到身边的周洛咽了一下口水："那什么，松哥，对不起，我食言了，我可能不能为你'守身如玉'了，这确实有点儿扛不住啊。"

"……"

简松意觉得自己被冒犯了。

他抬起眼皮，不悦地看向门口。

屋外暴雨如注，天光暗沉，屋内一室安静，灯光明亮。

少年站在光影的分界处，身形颀长，神色淡漠，白炽灯给冷白的肤色漆上一道釉光，精致得有些单薄的五官生出一种冷淡的凛冽感。

高挺的鼻梁上架着一副金丝眼镜，琥珀色的眸子显得越发冷冽，白色衬衣纽扣系到了最上面一颗，恰好卡住了突兀的喉结。连带着左眼角下的那粒儿小痣都透着斯文败类、衣冠禽兽的味道。

怎么看怎么不顺眼。

简松意突然心情更不好了。

一般来说，他心情不好的时候就喜欢让别人心情更不好。

搭在桌面的手指缓缓叩了两下，嗓音是困恹恹的懒。

"周洛，你审美也不怎么样嘛。"

声音不大不小，刚好够门口那个人听到。

02

教室里静默了。

大家看着门口，等一个反应。

这位新来的同学看上去就不是什么省油的灯，只是清清冷冷往那儿一站，就让人觉得怵得慌。

简松意虽然厉害，但毕竟还没分化，还真不一定能占上风。

然而这位大哥从头到尾一点儿反应都没有，就敛着眉眼站在那儿，神色寡淡，连个多余的眼神都不给。

得，又来一个装到登峰造极的。

高三一班的同学们为自己的命运发出了扼腕长叹。

班主任老白倒也不尴尬，憨笑两声，慢吞吞地说道："哎呀，简松意同学还是这么喜欢开玩笑呀，我看你们两个好像还挺投缘的，那要不柏淮你就坐简松意旁边吧。"

……您哪只眼睛看出来他们两个投缘了？

就在所有人都等着简松意或者柏淮提出反对意见的时候，柏淮已经背着包，迈着那两条笔直的大长腿走过去，掏出纸巾，仔仔细细地擦起了桌子。

简松意瞥了他一眼，也没说什么，趴回桌子上继续睡觉。

气氛莫名诡异，又莫名和谐。

教室里再次静默。

站在他们两个旁边的周洛就那么呆呆地看着他们俩，脑袋短路了一会儿，然后突然打了个寒战，像是反应过来什么一样，飞快地逃离了现场。

柏淮。

如果他没记错的话，当年松哥周记上写的就是这个名字啊！

为了确认这件事情，周洛直直拐入隔壁二班，跑到一个剪着板寸、面容俊朗的男生旁边，紧紧抓住他的手臂，急切地问道："陆淇风，柏淮这个名字松哥以前是提过的吧？我应该没记错吧？"

陆淇风扫了他一眼："你问这个干吗？我给你说，你可千万别在小意面前提这两个字……"

"我提了。"

"……"

"我不仅提了，我还看到他了。"

"……"

"我不仅看到他了，我还看到他坐松哥旁边了。"

"……"

"他转到高三一班了。"

"……"

陆淇风愣了愣，然后低低骂了一声："柏淮居然回来了？我还以为他一辈子都不会回南城了。"

高三一班教室里是死一样的沉寂。

一是因为教室后排诡异的气氛，二是因为老白宣布的第二件事。

明天摸底考。

不过好在现在只有高三返校，不算正式开学，所以各方面管理都会松很多。

不用穿校服，可以带手机，可以叫外卖，甚至还专门给他们留了一天时间补作业。

这么想一下，南外也挺人性化的。

卑微的南外学子们生出了由衷的感激之情，补起作业来也就更加认真。

除了教室后排那两个人。

简松意戴着耳机，脸朝着窗户的方向趴在桌子上睡着觉。

他的颈骨微凸，线条分明，隔着薄薄的布料还能看见少年弓起的肩胛骨弧度。

瘦了。

长高了。

柏淮看了三秒，收回视线，垂下眼睫，拿出一本物理练习册刷了起来。

窗外的雨一点儿要歇的意思都没有，简松意却意外地睡得很安稳。

等他被徐嘉行叫醒的时候，教室里的人已经走得差不多了，那本物理练习册也被柏淮刷得快见了底。

徐嘉行一边收着书包一边说道："老白说今天高三第一天，给大家一个缓冲的时间，就不上晚自习了，松哥你回家再睡吧。"

"嗯。"简松意有气无力地应了一声，单手撑起脑袋，另一只手屈指揉了揉眼下的皮肤，一脸无精打采。

徐嘉行有些担心："松哥，你没事儿吧，怎么跟几天几夜没睡过觉一样？"

"没事儿，就是下雨天容易犯困。"简松意懒洋洋地打了个哈欠，没太把这事儿放心上。

徐嘉行点点头："也是，你这哈欠一打我都困了，我也要回去睡觉了，昨天晚上补了通宵作业，累死我了。"

徐嘉行走后，教室里就只剩下他和柏淮两个人。

柏淮低头刷着题，旁若无人的态度就像立地成了佛，不过简松意也不太想和他说话，自顾自地掏出手机，给司机老张发了条微信。

"张叔，学校今天提前放学，你来接我吧。"

张叔很快回复。

"我已经在路上了，就是堵得不行，你和小淮得在教室里等我半小时。"

小淮。

小个屁的淮。

他们家司机凭什么要接隔壁家这个臭小子？

简松意腹诽归腹诽，也没提出反对。

不就是让他蹭个车嘛，简哥大气。

"你爷爷让张叔帮忙把你顺带捎回去。"

柏淮淡淡"嗯"了一声，又翻了一页练习册，无动于衷。

没意思。

简松意悻悻地翻了个白眼，站起身，把椅子往后一推，往门外晃晃悠悠走去。

睡了一天，有点儿生理问题需要解决。

等他晃到走廊那头，看见"正在清洁中"的牌子的时候，撇了撇嘴，继续往二楼慢悠悠地晃去。

简松意平时不太爱去二楼，因为二楼是三个文科班和两个国际班拼在一起的，女生的比例格外高，他每次去找周洛的时候都会莫名其妙地带回一封情书或一盒饼干。

被缠多了，他就不爱去了。

不过现在应该没什么人。

然而他刚刚走到二楼就听见了女孩子的声音。

"皇甫轶，求求你让我走吧，求求你了。"

带着低低的啜泣声。

简松意挑眉，迈步子的频率快了些，走到卫生间门口，发现男卫生间的门果然被锁着，想也没想，他直接提腿，猛地用力踹了上去。

因为南外发生过学生把自己困在厕所一个周末，最后被臭晕过去这种事情，所以厕所木门都做得不甚结实，被简松意这么一踹，本来就松松垮垮的门闩"哐当"一声就掉了。

而简松意却好整以暇地站在门口，单手插在裤兜里，另一只手敲了敲门框："皇甫铁牛，你在这神圣的男厕所干吗呢？"

话说得没个正形，语气里的痞却带了几分冷。

皇甫轶家里有些背景，又是体育特长生，体格不错，在国际班可以说横行无忌，加上坏事儿被撞破，又羞又恼，一时间也没顾得上忌惮面前这位是个什么样的主儿。

他示威般地拽着那个女生的手往自己怀里拉了一下，挑了挑眉："我干吗关你屁事儿？"

那样子像极了奔赴刑场。

简松意低头轻笑了一声，揉了揉鼻子："是不关我屁事儿，我屁股其实还挺金贵的。"

皇甫轶虽然脑子不够用，但还是听得出来这是在骂他，在自己看中的女生面前被人奚落，他脸色瞬时就不好了："简松意，你小子是不是有毛病？"

说着，他松开女生的手，抡着拳头就冲着简松意的面门砸来，又快又狠。

简松意连眼都没眨一下地单手接住了，然后拽住皇甫轶的手腕，狠狠往下一折，一转，把他整个人拧过来，脚朝膝盖窝用力一踹，插在裤兜里的另一只手也抽出来，捏住他的脖子。

皇甫轶就这样猝不及防地被简松意摁着跪在了地上。

他想挣扎，但是双手被反剪，后脖颈被捏住，后背也被膝盖抵着，一个大男人的重量毫不保留地压下来，他根本动弹不得。

简松意看着膝盖下柔弱的小鸡崽，觉得没什么意思，松开捏着皇甫轶脖颈的手，朝那个女生勾了勾手指："过来。"

女生个子娇小，脸圆圆的，眼睛快占了脸的一半，眼中包着泪花儿，显然吓得不轻，但听话地走了过去。

简松意指了指皇甫轶："皇甫铁牛老是欺负你？"

小圆脸飞快地瞟了皇甫轶一眼，抿着唇点了点头。

简松意点点头："行，你先回家吧。"

小圆脸还想说什么，但是欲言又止，低着头飞快地跑出了卫生间。

狭窄逼仄的空间里只剩下两个人，简松意抓着皇甫轶的头发蹲了下来，冷笑了一声："刚才怕吓到小姑娘，没和你来真格的。现在奉劝你一句，欺负未成年女孩子是犯法的，懂吗？"

"简松意，你以为你是谁啊，你爷爷我……"

不等皇甫轶说完，简松意就拽着他的头发狠狠掼向地面，"砰"的一声巨响，听得人胆战心惊。

皇甫轶已经痛得连骂人的力气都没了。

简松意一脸若无其事地笑道："就你也配在我面前自称'爷爷'？你回去问问你老子，借他一百个胆子他也不敢。就你家里那点儿东西，不够看的，所以做人安分点儿。"

"我怎么不安分做人了？那个易感者自己忘记喷阻隔剂[1]，外激素

―――――――――――

[1] 一种阻隔外激素气味从而减少外激素对自身和他人影响的保护性药剂。

乱泄，怪我？"

皇甫轶疼得龇牙咧嘴，好像想到什么攻击简松意的点，冷笑一声："哦，我忘了，你不是支配者，闻不到外激素，可是你没发育是你的事啊，我……啊！"

这一次简松意直接把膝盖对着皇甫轶的腮帮子顶了上去，完美地避开了鼻子和眼睛这些脆弱的地方。

他语气淡漠："你爸爸没教你别说脏话，我教你。"

皇甫轶有一瞬间疼得觉得自己要把命折这儿了，本着"好汉不吃眼前亏"的原则，咽了一口血沫子："行，我以后不找林圆圆麻烦了，可以让我走了不？"

简松意闻言终于松开了手，任凭皇甫轶捂着嘴跌坐在地上，晃悠悠地走到洗手池边，打开水龙头，压了三泵洗手液，仔仔细细搓洗起来，似乎这双手刚才碰了什么很脏的东西。

唇齿间他懒洋洋地送出一声"滚"。

皇甫轶心中有气又不敢发泄，只能忍着疼，撑着地，咬牙切齿站起来，转身朝洗手间门外走去。

满目阴沉，怨怼愤恨。

皇甫轶一瘸一拐地走过拐角，发现阴影处站了一个人，那人身形颀长，气质冷然，单一个剪影就让人感受到压迫。

紧接着下一秒，还没等他看清楚这个人的脸，就因为突如其来的强大外激素的绝对压制而捂着脑袋痛苦地蹲了下去。

简松意解决完生理需求后又慢悠悠地晃回了高三一班。

柏淮已经背着书包站在门口等着他了。

看见他走来，柏淮偏过头，对他说了久别重逢以来的第一句话："带伞了吗？"

简松意抬着下巴指了指教室外的伞篓。

柏淮顺着看了过去，里面正躺着一把金色浮雕伞柄的黑伞，带着明显的标志，精致奢侈，高调张扬。

的确像是他的东西。

这人还真是没怎么变。

柏淮又看了他一眼，慢吞吞地道："我没带。"

听到这三个字，简松意顿时来劲儿了："来，叫声'哥'听听？"

柏淮扫了他一眼，抬腿就准备走进雨中。

简松意连忙叫住了他："欸欸欸！算了……谁叫你松哥我心软又善良呢，这声'哥'你先欠着吧。"

晚上还要去柏爷爷家吃饭，让人家孙子淋成个落汤鸡回去，多不地道啊。

雨点砸在黑色纺织物上，噼里啪啦的，像是没有尽头的打击乐乐章。

简松意走路虽然背也打得直，肩也放得平，但是不知道为什么，就是有种懒懒散散的气质，慢悠悠的，十分有古时候富贵人家的少爷招猫遛鸟儿的派头。

柏淮也不是什么急性子的人，但共伞的这一路他走得实在有些难受。

等快走到学校门口的时候，柏淮实在忍不住了："你能把伞举得高点儿吗？"

"什么？"

"虽然你矮，但我不觉得这影响你把伞举高 5 厘米。"

"你说谁……"简松意愤怒地转过头，视线上抬，伞骨下方的垂珠拨乱了一缕柏淮头顶浅栗色的发丝。

他一米八三，站在伞中央空间最充分的地方，正好。

柏淮比他大概高 5 厘米，站在伞沿附近，就有些不够看了。

但谁让他长这么高的？

还有，这人居然长得比他高？

简少爷突然心中没来由地憋了一口气："爱打不打，惯的你。"

说完，自己撑着伞飞快地往前几步，上了路边的一辆私家车。

03

简松意习惯性地坐上后座，柏淮则不知道出于什么原因坐到了副驾驶座上。

他看着柏淮因微湿而头发打绺的后脑勺儿，终于舒坦了些，懒洋洋地瘫在皮质座椅上，掏出手机，点开了微信群聊"三个臭皮匠"。

陆淇风：柏淮真的回来了？

简松意：嗯。

周小洛：松哥，快看一中的贴吧！

简松意：我闲？

陆淇风：一中贴吧因为柏淮回来都快炸了。

周小洛：真的，松哥，我们学校还没什么反应，但是一中是真的炸了，新转来的这个人看来很有文化底蕴啊。

简松意：你们文科生都是这么措辞的吗？

简松意虽然嘴上说着不愿意，但还是切出微信界面，点开了一中贴吧的网页。

的确是炸了。

一页二十个帖子，其中十个挂着柏淮的名字。

热度最高的帖子标题叫作"那个男人，他回来了"。

点开进去，主楼图片是柏淮在南外门口的照片。

他撑着伞站在雨幕里，挺括的白衬衫显出少年优越的肩宽和腰身，腿更是长得不像话，露出的那一截儿脚踝修长有力，骨骼分明。

比十四岁的时候更加高大、成熟、强势，只有眼角下那颗小痣依然没变。

主楼配文：那个男人离开南城三年后，又回来了，并且变得更加完美。

"我男神回来了！！我又可以了！！"

"南城最 A^①的男人终于回来了！我的暗恋没有 BE^②。"

"这个人怎么回事？！怎么变得更帅了？！"

"你们至于吗？柏淮就算回来了，有你们什么事儿？"

"这一届北城和华清的自主招生名额又少了一个，我去刷题了，大家再见！"

"我也去了。"

"啊啊啊，男神为什么去了南外！我现在转南外还来得及吗？！"

"柏淮为什么不回一中啊？"

……

几百层的高楼，因为最后一个问题，戛然而止。

像是某种心照不宣的禁忌。

简松意退出帖子，轻哂一声，就那点破事儿，这群人还没忘呢。

而且至于吗，柏淮走的时候才十四岁，小屁孩儿一个，哪里来的这么大魅力？一群人闭着眼睛瞎吹，还南城最 A 的男人，呵。

有我帅？

简松意想到这儿，忍不住又打开了那个帖子，点开那张图，看了三秒。

嗯，确实没我帅，一中的人和周洛一样，审美不行。

看着看着，简松意突然想起什么，皱了一下眉。

这人不是带伞了？

肯定是被哪个缺德的顺走了，结果害他平白无故被嘲笑矮。

简松意唇角略微不悦地抿成一条直线。

柏淮抬眼看了看后视镜，就偏过头望向窗外。

乌云压城，天光暗淡，偌大的雨点砸在街道建筑上，浸润出深沉的颜色，整个城市间笼罩着迷茫灰蒙的雨气，映照出一片繁华。

都是记忆中的模样。

---

① 网络用语，形容男生或女生利落帅气、气场强大。

② Bad ending 的缩写，指悲剧结尾。

简家和柏家是世交，从太爷爷那辈起就是一个战壕出来的兄弟。

后来简松意的爷爷和柏淮的爷爷又一起被分配到了南城，从北边举家搬来，做了邻居。

再后来简家老爷子牺牲了，简家的房子被收了回去，简松意他爸选择从商，而柏淮他爸却回到北城，借着柏家的根基和柏老爷子的羽翼，青云直上。

本来两家人就该这样渐行渐远，偏偏柏淮他小姑也跟着简松意他爸下了海，两人联手做大了南城的地产和零售行业，柏老爷子又恋旧，几次拒了北城的升迁调职，于是两家人索性就又把房子买在了一块儿。

市中心，梧桐树掩映下的欧式小楼，隔着一条林荫道和两个草坪，相对而立，窗户能看见窗户，门能看见门。

简松意和柏淮就是在这样的环境下穿着开裆裤一起长大的。

不过简家疼儿子，从小学到中学都是拣条件最好的私立学校上，生怕简松意受一丁点儿委屈。柏淮他爸全让柏淮去了公立学校，后来初三又转去北城，所以两个人真正意义上的正面交锋其实并不多。

柏淮转学后，他们父子俩就没回过南城，只有过年的时候柏老爷子才会去北城聚聚，所以其实这三年简松意和柏老爷子相处的时间比柏淮多了去了。

进了柏家就跟进了自己家一样，吃饭的时候简松意一个劲儿提醒着柏老爷子高血压哪些东西要忌口，饭后还顺带提醒着吃了药。

倒显得柏淮这个正牌柏家大少爷跟个外人似的。

不过亲孙子到底是亲孙子，柏老爷子握着简松意的手，说的却是柏淮的事儿："小意啊，爷爷知道你成绩好，现在小淮转到你们班上了，你有空就多帮帮他，不然我怕这孩子跟不上。"

简松意瞟了一眼坐在对面沙发上的柏淮，觉得自己得把今天从身高上丢了的那点场子找回来。

他翘起唇角："行啊，爷爷，这事儿就包我身上了，只是您也知道，我这个人没什么耐心，就怕到时候老是教不会，我一急，和柏淮吵起来了，您可千万别怪我。"

说完，他眼角一挑，眸光从眼尾掠过，扫了柏淮一眼。

他是内勾外翘的桃花眼，这么一扫，把挑衅的味道展现得淋漓尽致。

他也没真想辅导柏淮，而且就柏淮这孔雀开屏的性子，会让他辅导？

不可能的。

他就想臊臊柏淮。

然而没想到柏淮只是抬起眼皮，淡淡地看了他一眼。

"你家我家？"

"嗯？"

当简松意坐在柏淮卧室的书桌前，并且距离柏淮的胳膊肘只有一本书的距离的时候，他抬起头，看向对面那栋小楼自己卧室窗户外面的那盆雪松，沉默了一会儿。

到底是他有病还是柏淮有病？

怎么就真辅导起来了呢？

他们是这么友善和谐的关系吗？

简松意沉默且呆滞。

一只手伸到他跟前。

柏淮屈指叩了叩桌面："回神儿。"

他叩动的时候简松意隐隐闻到了什么味道，蹙了蹙眉："柏淮，你要不要这么闷骚，还往手腕儿上喷香水呢？"

柏淮斜了简松意一眼："您哪个鼻孔闻到的？"

简松意很认真："我怎么知道我哪个鼻孔闻到的，它们两个离那么近，也没给我打个报告啊。"

"……"柏淮偏过头，像看傻子一样看着他，"我压根儿就没喷。"

"不是，我刚真闻到了。"简松意觉得自己受了莫大的冤枉，"我这鼻子贼灵，每次你爷爷一吃夜宵，我在家就能逮到他，绝对不可能闻错，有本事你让我再闻闻。"

柏淮迅速利落地站起了身，侧过身，避开他，垂眸冷然，语气滑过一丝不易察觉的躁意："简松意，你还有没有点儿常识？"

他"啪"的一声合上了练习册，语气平静："我最后一道大题也做完了，你回去吧。"

还敢给他下逐客令。

简松意直接被气笑了，二话没说就站起了身，因为动作幅度太大，椅子被往后推了一大截儿，和木质地板摩擦划出尖锐刺耳的声音。

"你当谁稀罕呢？"

说完就"噔噔噔"下了楼，门也被"砰"的一声用力带上。

简松意虽然脾气大，但一般情况下还是比较注意在长辈面前的言行。

这个样子，是被人气厉害了。

柏淮看着对面房间很快亮起的橘黄色灯光，放下手里的练习册，捏了捏眉心，拿起桌上的手机，点开了置顶的那个对话框。

如果说简松意放在古代是个富贵人家的大少爷，那柏淮怎么着也该是丞相世家的嫡长子，只有脾气比他更大的，没有脾气比他更小的。

但是简松意这个人最大的优点就是不畏强权，他觉得柏淮就是装了一点儿，也没什么好怕的，于是铁了心纵着自己的性子不收回来。

偏偏从小到大，柏淮也懒得和他计较，总是有意无意纵着他，也真就养成了他一点儿委屈都受不得的脾气。

不过好在简松意脾气来得快，去得也快，洗完澡出来就什么事儿都没了。

简松意一只手抓着毛巾揉搓着头发，另一只手拿出手机准备给柏爷爷道个歉。

离开柏家的时候都没给老人家说个晚安，太没礼貌了。

他打开微信，一个有些熟悉的头像右上角亮起了一个红点。

头像是白茫茫一片，昵称只有一个字母——B。

对话框里的上一条聊天记录还是简松意他妈强制让他发的拜年贺词。

只有一条新消息："以后别瞎往别人身上凑！"

得，怪他太不讲究，没注意分寸，凑太近，让人不舒服了。

是自己的错。

于是简松意指尖微动，飞快回复了过去。

"味道挺好闻的，自信点儿！"

虽然柏淮不承认喷了香水，但是简松意确信自己闻到了。

是清冽的冷香，像下着雪的松林。

的确怪好闻的。

而且在那一瞬间他有一种难以言说的身心舒适感，所以他绝对不可能弄错。

而柏淮收到这条微信的时候，抬起头，看向对面窗帘上倒映出来的那个晃晃悠悠的人影，眯了眯眼睛。

有的人就是欠收拾。

04

简松意早上起来看见冷冰冰、空荡荡的厨房和餐厅时，愣了愣。

我的饭呢？

"叮咚"一声，微信响了。

唐女士：阿姨儿子生病了，请了一星期假，你自己去对门儿随便蹭点吃的吧。

唐女士：顺便给你看一下你爸亲手做的烛光晚餐。

唐女士：牛排。

我大概是个意外。

简松意觉得这个世界对他太无情了。

他也没那脸一大早跑人家里去蹭吃蹭喝，只能躁闷地抓了抓头发，顶着满脸困倦的丧气，随手钩了把伞就出了门，而黑色私家车已经停在了门口。

还好给他留了一个张叔。

简松意无可奈何地吐了一口气，然而当他打开车门的时候，那口气卡在了喉咙里。

柏淮为什么会在他家车里，还坐后座，手里还捏着个饭盒？

022

早起的后果就是脑子不清醒，简松意一边在心里吐槽，一边坐到柏淮旁边，还带上了车门。

直到车开始行驶，他才愣愣地问了一句："你刚转来就逃早自习？"

简松意实在做不到早上六点起床，所以在唐女士和年级最高分的双重保证下，学校特批他不用上早自习，赶在八点钟第一节课之前去就行了。

但是柏淮凭什么？他能考年级第一吗？

他不能。

柏淮低头打开饭盒，一脸淡然："爷爷说我身体不好，早上应该多睡会儿。"

简松意是真没看出来他身体哪里不好。

"我为柏爷爷这种宠溺孙子的行为感到痛心疾首。"

"彼此。"柏淮把饭盒递了过去。

一碗馄饨。

简松意接过碗，很礼貌："谢谢柏爷爷。"

"叫爷爷倒也不必。"

简松意觉得自己就不该省掉"替我"那俩字。

"哥哥倒是还行。"

"呵，你还欠我声爸爸呢。"

柏淮挑了挑眉，没有出言反驳。

简松意发现，这个人只要不戴眼镜，看人的时候就会特别欠揍，而且他发现这人的眼镜其实压根儿没度数，不知道在装什么大尾巴狼。

不过吃人嘴软，他暂时不和柏淮计较。

然而勺子搅了两下，却没能下得去口。

柏淮瞥了一眼，把碗接过来，塞了一盒饼干给他："你先吃这个。"

然后又拿了双筷子，开始挑拣里面的香菜。

阿姨做饭的时候他还不知道简松意家里没人的事儿，也就没来得及提醒，不过还好香菜只放了几根做装饰，剁得也不碎，很快就拣了出来。

当干干净净的馄饨重新回到简松意手里的时候，简松意咽下嘴里的饼干，倒吸了一口冷气："柏哥牛啊，居然还了这碗馄饨一个清白！"

等于馄饨配了香菜就不清白了？

柏淮觉得这人说话有问题。

不过那声"柏哥"还凑合。

简松意吃饱喝足以后想起了知恩图报，杵了杵柏淮手臂："昨天晚上最后那道物理综合题，你做出来后我还没帮你看呢，要不现在拿出来，松哥给你讲讲？"

"不用，到学校了。"

"你自己说的，可别后悔，摸底考试考砸了可别赖我。"

"不会，我成绩还凑合。"

"……"

是挺凑合的，北城最高分呢。

这人自恋起来简直可以和他一较高下。

简松意腹诽着打开车门下了车，倒也没忘撑伞等柏淮一会儿。

雨一点儿也没比昨天小，但到了教室后，柏淮浅栗色的头发却还是乖顺地贴在脑门上，丝毫没有像昨天一样被拨乱。

因为只是一个摸底考试，南外的学生又普遍具有自觉性，也就没布置考场，每个班学生都坐在自己的位置上。

早上考语文，下午考数学和英语，晚自习考理综。

一天之内考完，不打算给学生留下一根头发。

本着给这群高三学生一个下马威以鞭策他们刻苦努力的原则，这次摸底考试的题出得难于上青天，整个北楼的一层和二层"哀鸿遍野"。

南外是按成绩分班，一班到五班，依次而下，按理说高三一班的氛围应该是最轻松的。

确实本来也还算轻松，这种难度也还吃得消，但偏偏他们班有两个大魔王。

简松意本来就属于天赋型选手，脑子灵活，记忆力好，反应快，有时候做题就是凭着第一直觉，所以速度向来遥遥领先，提前半个小时交卷已经属于常态，一班的人也习惯了。

然而他旁边还坐了一个柏淮。

柏淮做卷子的风格和简松意不太一样，看上去很认真细致，慢条斯理，但也只是看上去而已，当简松意还在答最后一道阅读理解的情感分析的时候，他已经翻过背面开始写作文了。

是可忍，孰不可忍。

简松意笔也不转了，小人儿也不画了，立马提起精神集中注意力开始提速，最后总算是和柏淮在同一分钟内交了卷。

而等到下午英语和数学考试的时候，这场没有硝烟的战争愈演愈烈。

英语一个小时十分钟交卷。

数学一个小时二十分钟交卷。

每次听到教室后排角落里传来"啪""啪"两声放笔的声音后，一班同学就会看见两个身影慢腾腾地晃上讲台，交了卷子，再慢腾腾地晃回去。

一个开始睡觉，一个开始看书。

悠然自得的样子让一班这群全省尖子中的尖子陷入了自我怀疑。

为什么他们可以这么快写完卷子？

我是不是傻？

我是不是不应该在一班？

我是不是不配坐在这里？

我好像有点儿自闭。

考完数学到晚自习之间有一个小时。

因为不算正式开学，学校食堂只开了两个窗口，简松意嘴养得刁，瞧着那饭就没食欲，外面下着雨又懒得出去，索性不吃了，留在教室里刷着理综卷子。

白天三门考试他都比柏淮略微慢一些，虽然最后时间差距卡在一分钟内，但是他自己心里清楚，那是因为他的字飘得已经飞上了天。

而他看过柏淮的卷子，干净整洁，字迹清隽。

这就有点儿气人了。

所以他准备先练练手，找到题感，晚上教柏淮做人。

而柏淮显然不在意他的想法，问他借了伞就不知道往哪儿去了，教室里只剩下他一个人，正好图个清静。

然而十几岁的年纪是没有清净的，一个排队打饭的时间，高三一班新转来的那个帅哥是个和简松意一样的大魔王的消息就传了开来。

夹杂着高三一班同学们的血泪辛酸和其他班同学天真无邪的崇拜。

差距越大的人越不容易嫉妒，到了四班、五班能做完卷子的都寥寥无几，所以对于这种几乎只用了一半考试时间就交卷的人，他们完全感受不到压力，只剩下景仰。

因此相比考试成绩，他们更关心这个新转来的帅哥是不是真的大帅哥。

对此，高三一班的同学就很有发言权了，尤其是坐在两位大魔王前面的徐嘉行，那手都快插到胳肢窝了："那必须帅啊。我们松哥，你们都知道吧？"

众人小鸡啄米，还有几个女生光是听见"松哥"两个字就微微红了脸。

徐嘉行很满意这个反应："新转来那位，可一点儿都不比我们松哥差，而且瞅着好像比松哥还高了一丢丢，你们品品看，是不是个极品大帅哥？"

语气里那种与有荣焉的自豪感让人觉得仿佛夸的是他自己。

徐嘉行和简松意关系不错，他都能这么说，那十有八九就是真的。

众人开始低声议论起来。

突然冒出一个声音："嗤，你们初中都是南外直升的，所以连柏淮都不知道，还在这儿议论呢。我跟你们说，柏淮当年在我们一中那就是学霸加校草的存在，而且次次都是年级最高分，如果不是后来转学去了北城，中考最高分指不定还不是简松意呢。"

"这不是我们松哥的剧本吗？"

"那我们松哥不是遇到对手了吗？"

"刺激！"

"决战紫禁之巅！"

"来来来，下注下注，这次摸底考谁理科最高分。"

"那必须我松哥，三包辣条。"

"作为一中升上来的，我信我柏哥的传说，押六包！"

"我也来，我也来！松哥，五包！"

……

"我押简松意，他不是年级最高分的话，我请他们班所有人喝奶茶。"

声音细细小小，在一群大嗓门里显得有些怯生生，却是目前为止最豪气的赌注。

众人纷纷看向这位大款，只见是一个脸圆圆、眼睛也圆圆的小姑娘。

徐嘉行挑了挑眉："林圆圆，别冲动啊，我给你说，就我的一线情报，柏哥做题应该是以极微小的优势领先松哥的。"

"我……我没冲动，我就是相信简松意。"

小姑娘说完这话脸都红了，随便打了两样菜就跑到角落里。

对于这种随处可见的简松意的爱慕者，大家见怪不怪。

只有拿着饭盒刚从教师食堂出来的高挑少年朝角落不经意地瞥了一眼，然后撑着黑伞，缓缓走进雨幕。

柏淮回到教室的时候，简松意正在和一个白净可爱的男生说着话。

简松意懒懒散散地翘着椅子，嘴里叼着一袋酸奶，面前放着一份三明治和一个饭团，男生坐在徐嘉行的位置上，帮他拆着塑料包装纸。

那男生低声说了句什么，柏淮也没听清，但就看见简松意唇角突然上翘，眉眼上扬，漆黑的眸子里流露出粲然的笑意，澄澈明亮，直达眼底，像是想起了什么记忆深处最耀眼的往事。

不得不承认，简松意从小就是唇红齿白的好看小孩儿，好看得明艳又张扬，不知收敛，"咄咄逼人"。

柏淮走到座位边，把饭盒随手塞进了桌肚，动作自然又迅速，仿佛什么都没发生过。

他坐下来后才看清楚那个男生的正脸，是昨天那个开玩笑要为简松意守身如玉的。

好像叫周洛。

身材纤细，白净清秀，看上去就是个好脾气的。

他也就看了一眼，什么都没说，又拿出一本新的物理练习册开始刷了起来。

笔尖划过纸张，沙沙作响，指节因为用力而有些泛白。

从柏淮进来后，周洛就因为骤降的气温打了个寒战，他一边飞快地拆着包装袋，一边偷偷打量柏淮。

好看是真的好看。

就是太冷了，气质冷，味道冷，眼神也冷。

不是那种酷炫狂跩冰山美男的冷，就是疏离。

一种高高在上的、漫不经心的疏离。

再想到陆淇风告诉他的关于这位学霸十四岁时候的往事，周洛心里更敬畏了，把剥好的三明治和饭团往简松意面前一推："松哥，你慢用，我先回去背历史了。"

说完撒丫子就跑。

简松意取下嘴里叼着的酸奶袋子，慢悠悠地瞥了柏淮一眼："你看看你，多吓人，别人都怕成什么样了。"

柏淮瞥了他一眼："你不怕？"

简松意嘚瑟地挑了挑眉："我会怕你？简直好笑。小朋友，你可太天真了，也不想想你松哥是谁。"

柏淮向来不太搭理他这张叨叨叨的小嘴，但是今天不知道为什么，偏偏来了兴致，放下笔，转过身，左手搭上简松意的椅背，凑近一点儿，朝他笑了一下。

"小朋友，相信我，总会怕的。"

柏淮是偏长的凤眼，眸色也淡，这么一笑就有点儿斯文败类的味道，泪痣往那儿一衬，唬人得很。

简松意被他笑得怔了怔，一个没留神，失了重心，翘起来的椅子直直往后倒去，眼看人也要倒了，柏淮搭在他椅背上的手连忙往前一伸，接住了他。

……

椅子"哐啷"一声砸在地上。

教室门被推开了。

徐嘉行的矿泉水瓶掉在了地上。

教室门被关上了。

……

05

或许是因为简松意和柏淮的气场都太强，或许是因为根深蒂固的"两个学霸兼校草不可能和睦相处"的传统观念，总之，明明是一个有些许尴尬的画面，但从徐嘉行那个大嘴巴里传出去的消息，传着传着，最后传成了两个学霸在"广阔无垠"的教室里，打了一架。

砸桌子砸椅子，近身肉搏，你死我活，没完没了。

更有甚者，还传出当年柏淮之所以会一走了之，就是因为他喜欢的人被简松意横刀夺爱。而今天会打起来，也是因为旧事重提。

英雄相争，只为红颜。

说得和真的一样。

简松意差点儿就信了。

他坐在徐嘉行后面，幽幽地盯着徐嘉行的后脖颈，徐嘉行从第一块儿颈椎骨一路凉到了最后一块尾椎骨。

徐嘉行挺直脊梁，勇敢地对抗死亡的威胁，一直到卷子发下来，才敢小心翼翼地转过身，恭恭敬敬双手奉上答题卡。

"两位哥哥，别瞅我了成不？我错了，我不该乱看，晚上回去我就长针眼；我也不该乱说，晚上回去我就长口疮。"

简松意没好气地一把扯过卷子："你后脑勺儿长了眼睛？"

"不是，哥，就你们俩这冷飕飕的眼刀子，都快给我冻感冒了，我还需要看吗……"徐嘉行委屈巴巴。

简松意不耐烦地摆了下手："转过去，两个小时内别让我看见你的脸。"

"喳。"

柏淮在卷子上写下名字，轻哂了一句："你得庆幸你不是个易感者。"

简松意想了一下，也对。

如果他是个易感者的话，今天的剧本可能就是高冷校草俏学霸……不对。

他就不可能是个易感者，这个假设根本不成立。

倒也不是说简松意歧视易感者，他觉得易感者柔柔弱弱，也挺可爱的。

只是他这个人天生比较强势，习惯了站在制高点去争夺和保护，有着支配者的那种压制和领导的本能。

这种性子的人，当易感者，不合适。

况且哪里去找个子一米八几、八块腹肌、体育年级第一、打架和野兽一样的易感者？

根本不存在。

简松意就这样胡思乱想着写完了大半张理综卷子。

理综对他来说很简单，凭着感觉就能做出来，最开始还会经常犯一些细节性错误，但自从高二下半学期进入复习阶段，他的理综就没有低于 290 分，满分也是常有的事。

他做理综卷子的速度就跟被狗撵着一样。

当他换第三张卷子的时候，出于攀比心理，瞟了一眼柏淮。

落后他小半张卷子的进度。

他撇了撇嘴，这人理综不怎么样嘛。

渣渣。

还没等他发出一个措辞精湛的嘲笑，"砰"的一声，有什么东西从外面砸到了墙壁上。

简松意听声音判断，应该是个球，砸得还挺用力，如果再砸偏一点儿，就刚刚好砸到他旁边这块玻璃窗上了。

两种可能，一种是故意的，只是想骚扰他考试；另一种是手残，砸偏了。

但无论哪种都没安什么好心思。

简松意舌尖顶了顶腮，唇角扯出一个似笑非笑的弧度，漆黑的眸子沾染上些许戾气。

徐嘉行一回头就看见简松意这样，吓得差点儿没直接把笔扔出去，然而简松意只是转了一下笔，就若无其事地继续写起了卷子。

柏淮发现他写题的速度又快了些。

当第二声"砰"传来的时候，简松意刚好写完最后一道题的答案，指尖摁着卷子往柏淮跟前一推："帮我交一下。"

说完，他就推开旁边的窗子，单手撑着窗台，长腿一跨，跳了出去。

动作行云流水，干净利落。

高三一班的同学们呆呆地看着那个消失在雨夜里的背影三秒，低下头，该干吗干吗。

算了，习惯了。

柏淮跟着看了眼窗外。

雨已经小了很多，淅淅沥沥，挠痒痒似的，不至于把人淋感冒。

也就收回视线，继续考试。

小朋友这两天心里估计憋着火呢，有不长眼的送上来给发泄发泄，就随他去。

反正那个不长眼的也成不了什么气候。

简松意再次翻窗回来的时候，考试时间还有二十分钟。

柏淮玩着手机，眼皮都没抬一下。

倒是前排的徐嘉行转过身，低声关心了一句："松哥，这次又是哪个不长眼的？"

"铁牛。"

"铁牛啊？那小子最近是有点儿嚣张，好像说是国外那边学校基本已经找到关系落下来了，所以在二楼横着走，仗着自己是个支配者，整天到处乱放外激素，有毛病。"

"反正我也闻不到。"简松意收拾着书包，显然没怎么把他放在心上。

"不过那小子怎么敢找你麻烦的？他又打不过你。"

简松意拉上书包拉链，轻描淡写："他还带了两个人。"

柏淮终于抬起眼皮看了他一眼："所以用了半个小时？"

难怪，他就说对付那个叫什么铁牛的，简松意应该用不了这么长时间。

然而这话落在简松意耳朵里却成了一种挑衅般的质问——就三个人，你居然用了半个小时这么长？

他没好气地冷笑一声："不然我们柏哥觉得应该多长时间？"

柏淮认真想了下，本着诚实的原则，答道："一分钟吧。"

"……"

其实这还是他保守估计。

因为支配者和支配者之间的较量，最简单的就是外激素制衡，足够强大的基因会在一瞬间就通过外激素的压制让对方丢盔弃甲。

这保留了进化史上最简单直接的弱肉强食机制。

简松意觉得柏淮这就是赤裸裸的炫耀和嘲讽。

不就是比他先分化成了一个级别还不错的支配者吗？有什么了不起。

下课铃响。

简松意书包往肩上一搭，站起身，朝后门走去，路过柏淮的时候，手搭上他肩膀，低头凑到他耳边轻笑了一下："那柏哥还挺快啊，就是男人太快了——

"不好。"

少年说这话的时候，有一缕不真切的香味顺着他俯身的动作掠过了柏淮的鼻尖。

柏淮眼尾挑了一下，琥珀色的眸子下闪过一丝异样，浅淡得仿佛春日将化的薄冰，以至于没有任何人察觉。

简松意挑衅完后径直离开教室，只剩下柏淮一个人坐在教室最后的角落里，合上书本，指尖在桌面轻点了一下，发出一声短促的叩响。

意味深长。

简松意这两天晚上都约了陆淇风在他家打游戏，玩得太晚索性就在陆淇风家睡了。

和周洛不同，陆淇风和简松意是从小拜把子的友谊，两人的妈妈是麻将桌上的长年挚友，所以简松意在认识饼筒万的时候就认识了陆淇风。

陆淇风长相俊朗，脑子也不错，性格直爽，脾气好，家境好，出手大方，为人仗义，情商也高，是学生时代朋友最多的那种男孩儿。

小学、初中、高中全和简松意一所学校，两个人一起逃课打架玩游戏，样样不落，革命友谊深厚，是真正意义上的发小。

相比之下，柏淮这个竹马就很塑料了。

还是劣质的那种。

劣质竹马早上一进教室，就看见简松意趴在桌上补觉。

这个年纪的男孩子有一两个要好的朋友，偶尔留宿，也不是什么稀奇事儿。

但是柏淮坐下来的时候还是忍不住蹙了一下眉："哪儿混来的一身味道？"

可能因为支配者对支配者的气味天生就有敌意。

简松意却浑然不觉，扯着领口，低下头闻了几下，眉眼间还有些惺忪的茫然："有吗？"

完了他又松开领子，懒洋洋地趴下去："陆淇风明明说这衣服是他还没穿过的，你们支配者的鼻子怎么这么灵？"

说完他又觉得不对，补了一句："我们支配者。"

柏淮指尖夹着笔，有一搭没一搭地点着，薄薄的镜片给眼角那粒泪痣镀上了层略显冰凉的光。

他语气冷淡："你应该不算支配者。"

简松意知道自己十七岁还没分化，这个青春期确实来得晚了一些，但是他对自己会分化成顶级支配者这件事情从来没有怀疑过，听着柏淮这句话就格外不顺耳。

简松意觉得这人这几天就是明里暗里地炫耀外加瞧不起他，懒洋洋地"呵"了一声："你得庆幸我分化得晚，不然就怕到时候外激素压得你没法儿上课。"

"哦，期待。"

徐嘉行觉得自己身后的气氛实在不怎么美妙，但是又不敢劝，好在老白拿着一张单子进来了。

"摸底考成绩表出来了，你们自己上来看。"

说完就忙着去巡查早自习，剩下一个教室的人炸开锅，争先恐后地涌上去，然后煞白了脸。

明知道是死亡，为什么还那么勇往直前？

简松意不解地挑了下眉。

他就从来不看成绩单，因为"简松意"三个字出现在顶端的样子，他看倦了。

正想着，人群中爆发出一声怒吼："什么？！松哥居然不是最高分？！"

"松哥是最高分，你看看，他和柏淮分数一样的，只是柏淮是'B'，所以在上面。唉，你们看我干啥？"

徐嘉行顿了顿，好像反应过来："不是，我不是说柏淮是B，我真不是那意思！你们别看我啊！……柏哥，生日快乐！"

全场寂静，奏响天堂的乐章。

周洛气喘吁吁跑进来，仗着自己的身形，灵活地挤进人群，蹭到讲台边上："让让，让让，我来帮我们班的看一下赌局结果……不是吧？！松哥！你居然排在下面！"

"……"

"……"

徐嘉行觉得黄泉路上并不孤单。

简松意重重地把笔放在桌上："好好儿说话！"

因为力气太大，滚圆的笔身顺着桌面往边缘滚去。

柏淮伸出手指，往桌沿一抵："人家怎么没好好儿说话了？"

说着，他用眸光瞥了简松意一眼："那难不成，你在上面？"

"呵。"

简松意朝周洛勾了勾手指。

周洛立马拿着成绩单一溜烟儿跑了过来，双手奉上。

简松意扯过成绩单，往桌上一拍，拿起另一支笔，唰唰两下，把自己的名字写在了柏淮上面，然后把笔一放，将成绩表往柏淮面前一推："这次算你运气好，下次哥哥名正言顺在你上面。"

柏淮指尖把笔往回一钩，打了个转儿，嘴角一挑："那可能有点儿难。"

"不好意思，哥哥不知道'难'字怎么写，而且就你这理综成绩……"简松意的笔朝那个 276 分点了点，"不够看啊。"

柏淮笑了一下："你的语文，彼此彼此。"

语文是简松意唯一的短板，其实也算中上，基础题都能满分，就是主观题比较有个性，所以语文成绩怎么样，全看缘分。

而柏淮的语、数、外却相当好，数学和简松意一样，是满分，英语比他高两分，语文比他高了 18 分。

只不过这个差距被简松意一个理综就拉回来了。

理综这回事儿，脑子凑合又勤奋努力的人，成绩维持中上往往没什么问题，但是要想往 290 分以上走需要的是天赋，题越难，天赋的差距越明显。

对此简松意一向很自负。

加上被柏淮一而再，再而三地挑衅，难免心性被撩拨起来。

简松意侧过身，面向柏淮，一只手搭上椅背，另一只手捏着笔竖着在桌面上敲了两下，扯出一个散漫又嚣张的笑容："行啊，那下次考试谁的成绩低，谁就叫哥哥。"

柏淮轻哂："你对自己还挺不客气。"

简松意抬眉："我只对你不客气。"

柏淮侧过身，一只手搭上椅背，喉头上下一滚，送出一丝低沉冷淡的笑意："那行。"

全班静默，屏住呼吸。

不知道为什么，这个赌约听起来有些刺激。

想象了一下其中一位学霸叫另一位"哥哥"的样子，好像还挺带感。

现在学霸都是这么玩的?

两个人就这样对峙着,简松意放在桌肚里的手机亮了一下。

周小洛:松哥,不是我不信任你,但我觉得你可能稍微有点儿冲动了。

周小洛:我那天习惯性地进的是文科查询系统,刚查出来是柏淮,老白就带他进教室了,所以当时我没发现哪儿不对,刚刚才品过来……

周小洛:柏淮是上次北城联考的文科最高分啊。

简松意:嗯?

06

柏淮以前是个文科生。

然而现在考了整个南城最好的学校的理科最高分。

高三一班其他人也陆陆续续得知了这个消息,看向柏淮的眼神从仰慕变成了恐惧。

大神是用来仰慕的,变态是用来恐惧的。

简松意总算知道为什么从他见到柏淮开始,这个人就几乎一直在不停地刷理综题了,本来以为是个单纯的勤奋型选手,现在看来好像不是那么回事儿。

简松意突然觉得有点儿意思。

他记忆中的柏淮是一个理性又刻薄的人,不太会做出在高三这年从北城转回南城,还是文转理这种操作的。

就算他想,他那个一心想让儿子学文从政、继承父业的爹也不应该同意啊。

简松意觉得自己作为邻居兼同桌,应该给予对方一点儿人文关怀。

退出和周洛的聊天界面,点开某个白色头像。

"怎么突然文转理了?"

不等他把那条"又和你爸闹了?"发出去,消息就回了过来。

"无聊了。"

……没法儿好了。

这人真是不知好歹，自己就不应该担心他有什么苦衷和难言之隐。

他不配。

正好上课铃响，物理老师带着卷子走了进来，简松意顺势把手机往桌肚里一塞，名正言顺地不用回复。

高三一班的物理老师石青很年轻，平时和学生关系不错，进教室后直接让课代表把卷子发了下去。

简松意的满分卷子日常被当作讲卷。

讲台上传来石青略显嫌弃的声音："简松意啊，你这卷面，我真的……我侄子都比你强。"

石青的侄子今年三岁。

简松意丝毫不羞愧："物理又不给卷面附加分，写得好看有什么用？你还能给我打 101 分？"

"……"

柏淮觉得简松意这人还真挺欠揍，弯了一下唇角，拿起红笔在最后一道大题旁边开始写起来。

简松意用余光瞥了一眼，发现他最后一道大题最后两个小问几乎没得分，欠抽地嘚瑟了一下："你说你耍什么脾气，那天晚上你不耍脾气，这题我不就给你讲了吗，你理综至于这么惨？"

柏淮气定神闲："嗯，对，不然你就名正言顺地排在我后面了。"

气人。

简松意"啪"的一声掏出一本竞赛题册，不说话了。

石青站在讲台上，能清楚地看见教室后面的情形，虽然听不清在说什么，但难得看见他们班这个大少爷吃瘪，心情竟然有些愉悦："同学们把卷子拿出来吧，我们从最后一道综合题讲起。

"这道题是自主招生竞赛题，高考考不了这么难，但是全年级只有简松意一个人做出来，我还是不太满意……"

简松意不知道出于什么目的，又瞥了一眼旁边。

某人用红笔写下的答案和步骤已经完全正确，而石青还在叨叨，没开始讲题。

这人……

算了。

讲卷子的课一般过得很快。

等最后一节课下课铃一响，大部队就一窝蜂地冲向学校小花园的围墙处拿外卖。

教室里只剩下柏淮和简松意等着家里阿姨送饭来。

其实柏淮不太重口腹之欲，主要还是某人挑剔。

稍微有一点儿不对胃口就不吃，不吃了又胃疼，胃疼又憋着不说。

多少年的老毛病，也不知道改改，怪不得瘦了。

柏淮瞥了眼旁边玩着游戏的某人，看了下手机："我去门口拿饭。"

刚起身，教室前门的门框就被敲响了，还伴随着两声篮球砸地的声音。

"小意，雨停了，国际班约球，去不？"

站在教室门口的男生身形高大，一头板寸，五官英挺，嘴角挂着点儿疏朗的笑意。

说完注意到柏淮，又笑了一下："柏哥也在啊，好久不见，一起？"

陆淇风和柏淮认识，但不熟，无恩无怨。

陆淇风问一下只是出于礼貌，毕竟柏淮这种高岭之花在篮球场上挥汗如雨的样子，他想象不出来。

果然，柏淮只回了两个字："不了。"

语气冷淡到没有存在感。

而刚在游戏里拿了 MVP①的简松意听到"国际班"三个字，漆黑的眸子溢出点儿讥讽的笑意，懒洋洋地站起身，伸了个懒腰。

"走吧。"

高三一班的教室在北楼一层，旁边就是个小篮球场。

---

① most valuable player 的缩写，在游戏中指最有价值选手。

绵延了一整个夏天的雨季眼瞅着终于到了尾声，天初放晴的一个下午，露天球场上还有些积水，但憋久了的男生们荷尔蒙总是用不完，骨缝儿里都透出些痒。

　　不打几场，不舒坦。

　　国际班来了七八个人，简松意这边刚好五个，自然而然分好了队。

　　简松意用指尖抓着球，往地上漫不经心地砸了两下："半场还是四节？"

　　"人这么多，肯定打四节啊。"

　　"行。"简松意手腕一勾，把球往皇甫轶方向一抛，"你们先发球。"

　　白捡了发球权是便宜事儿，但皇甫轶偏要多嘴："凭啥我们先发球？"

　　简松意抬起眼皮儿，扫了他一眼："我三好学生，体谅伤残人士。"

　　开学五天被揍了两次的皇甫轶没了脾气，拉下脸，朝他们队其他几个男生使了个眼色。

　　国际班比较特殊，不参加国内高考，不算在升学率里，管理体系也是另外一套，有正儿八经想去世界名校的，但还是以家里条件不错、成绩一般的居多。

　　其中又有一大部分是中考体育加分升上来的，所以虽然成绩不好，但体格绝对属于一等一。

　　众人齐刷刷往篮球场上一站，气势看上去比理科班这边要强些。

　　不过球场边围观的学生们满眼还是只有简松意。

　　毕竟脸在那儿，不服不行。

　　皇甫轶约这场球就是要名正言顺找简松意麻烦，所以一开局，对面五个人就全线针对他。

　　针对不说，动作还不怎么干净。

　　陆淇风这边刚抢断一个球传给简松意，简松意就被四个大汉围着了。

　　简松意挑了下嘴角："怎么，你们家前锋也防人？"

　　对面受令围堵的前锋脸色不太好。

　　然而简松意面上懒洋洋，手上和脚上的动作却一点儿没松懈，朝右侧一晃，对面刚往右防，他就又往左带，对面又连忙撤回来。

　　虽然比较笨拙，但毕竟四个身高近一米九的大汉，人墙堵在那儿，简松意也突破不过去，索性抬起手腕打算就地盲投。

对面反应迅速，起跳，高防。

结果简松意一个背身把球往回一抛，传给了陆淇风，陆淇风篮下一投，进了。

对面蒙住，简松意耸耸肩，慢悠悠晃过去，和陆淇风击了个掌。

四两拨千斤，完全没把他们放在眼里。

两节下来，简松意这边已经 29 分比 12 分，遥遥领先。

场边的观众在周洛的带领下发出整齐划一的土拨鼠尖叫。

"啊啊啊！松哥最牛！！松哥最棒！！松哥天下第一！！！"

林圆圆也混迹其中，挥舞着两瓶饮料蹦蹦跳跳。

皇甫轶脸更臭了。

中场休息的时候，他把几个人叫过去，脑袋凑在一起，嘀嘀咕咕。

陆淇风瞥了那边一眼，朝简松意笑了一下："就他们几个破锣脑袋，也不知道算计些什么。"

简松意拧开瓶盖："你这人别这么刻薄，长成破锣脑袋又不是他们愿意的，你得有点儿同情心。"

他说话总是懒洋洋的，不用力，声音也不大，可是总是恰到好处地让该听见的人听见。

皇甫轶彻底不打算好好结束这场篮球赛了。

第三节一上来，简松意就抢断了一个球，两个假动作一晃，三步往前，起跳，灌篮，命中。

行云流水，一气呵成。

柏淮拿饭回来的时候正好透过窗口看见这一幕。

简松意觉得自己这个灌篮贼帅，扯着唇角，松开手，准备落地。

脚刚刚触地，还没站稳，对方的后卫就一胳膊肘捣上了他的背，他一个趔趄，差点儿栽倒，还好反应迅速，单手撑住了。

这已经不能算违体犯规，就是明摆着的恶意寻衅。

陆淇风直接上来，拎着那个后卫的领子往后一拽："什么意思啊？"

后卫摊了下手："不好意思啊，没注意，没站稳。"

"没站稳？你这么粗的两条腿是义肢啊？"

陆淇风几个也不是什么省油的灯，本来就看皇甫轶他们不顺眼，如果不是和简松意配合得好，一直压着对面打，心里的邪火早冒出来了，哪儿禁得住这么挑衅。

偏偏皇甫轶有恃无恐，巴不得把事情闹大，带着国际班几个身材魁梧的学生走过来，冷笑一声："说了没站稳，也道歉了，还要怎么样？又不是女孩子，就这么娇气，打个球都不能撞了？"

简松意站起来，掸了掸指尖的灰。

陆淇风注意到简松意蹙了下眉，虽然很短暂，但是那个蹙眉明显写着不舒服。

他走过去："没事儿吧？"

"嗯，还行。"简松意抬起眼尾，睨了皇甫轶一眼，"还继续吗？"

声音有点儿冷，眼尾抬的那一下已经很明显在压着戾气了。

他不是怕事儿的人，但他也不喜欢当着一群小姑娘的面动粗，毕竟打架不是什么好事儿，吓着人不太好。

他喜欢让别人输得服气。

比赛继续，简松意整个人的气势变得更加凛冽，进攻也越发犀利，连着进了好几个角度刁钻的 3 分，比分差距一度拉到了 30 分。

教室里吃完饭的人陆陆续续回来了。

徐嘉行坐在自己的位置上趴着窗台看着篮球场，连声啧啧："也不怪这群人叫得跟 NBA①现场似的，我松哥这就是帅啊，哪个女孩子扛得住？我要是个女孩子，我肯定追他。"

柏淮："……"

有的人真是天生心里没点儿数。

---

① National Basketball Association 的缩写，指美国职业篮球联赛。

第二章
后援会怎么加

SONG YI

07

简松意身高一米八三，个子不算顶高，但是弹跳力好，灵活，反应快，命中率高，加上和陆淇风多年来的默契，压着国际班那群人打没什么压力。

陆淇风抢断一个球，传给他，他接住后直接起跳想要投篮，结果胸口突然又被一只胳膊肘蓄力一撞。

很重的一声闷响，球没脱手，但人却本能地微俯了身子。

他皮肤白，浸了汗后在白晃晃的路灯照耀下，显出几分惨淡，连嘴唇都没了血色。

旁边尖叫喝彩的也不叫了。

周洛直接把矿泉水瓶一扔，冲上来朝皇甫轶急吼："你们怎么能撞人呢？！"

皇甫轶挑衅般地耸了耸肩："打球磕磕碰碰不是很正常？"

"你们明明是故意撞的！好多次了！我们都看着呢！"

周洛脾气是好，但兔子急了也咬人，眼睛凶得红红的，只可惜他才一米七二，对方一米九二，二十厘米的身高差显得他就是个真兔子，对方压根儿不把他放在眼里。

皇甫轶甚至还吹了个口哨："简大少爷就是简大少爷啊，上赶着献殷勤的人真多。不过，你们这些人真的就这么闲得慌吗，上赶着维护？"

周洛不会骂人，憋得满脸通红。

皇甫轶笑得更不屑了："你们闲，但我们还打球呢，先滚一边去。"

说着，皇甫轶就伸手打算把周洛拎起来扔出去，只不过手腕在半空中被死死钳制住，动弹不得。

"别动手动脚的，脏。"简松意面上没什么血色，漆黑的眉眼就显得更加冷戾。

他最近状态不太好，嗜睡乏力，刚才更是不知道为什么，只是被撞了两下，却好像整个骨架子都要碎了一样，疼得呼吸都有些困难。

不然皇甫铁牛在说完第一句话的时候就该凉了。

球场上发生冲突，不打他，是涵养。

嘴里不干不净，打他，也是涵养。

简松意转头对周洛道："带他们散了吧。"

周洛知道简松意不太喜欢在女孩子面前展现暴力，于是点点头，招呼起来。

和他一起的林圆圆一边帮忙，一边忍不住频频回头担忧地看向场内。

她这一回头，可就把皇甫轶激得没边儿了，阴阳怪气地朝简松意笑道："哟，怎么，简大少爷这是担心在这群爱慕你的小姑娘面前丢人，还是怎么，居然要清场？"

"没办法，家丑不可外扬。"

"嗯？"

简松意没管他困惑的眼神，回头看向陆淇风，轻飘飘地说道："我先提前咨询一下，教育'不肖子孙'的过程中不得已付诸的肢体行为，算家暴吗？"

还没来得及离场的群众忍不住发出一阵轻笑。

皇甫轶恼羞成怒，身体比脑子快，等他想起来他的计划是激简松意先动手以便甩锅的时候，他的拳头已经冲着那张精致漂亮的小脸蛋儿去了。

——然后被拦截。

在男厕所发生的一幕完美重现。

简松意抬了下眉，语重心长："你说你这孩子怎么这么叛逆呢？"

"简松意你装个屁！还有你们几个傻子，愣在那儿干吗呢？！"

皇甫轶一声怒吼，对面剩下几个人才从刚才简松意那波操作里回过神来，骂骂咧咧地抡起了拳头。

陆淇风这边几个人也不是软柿子，被对面恶心成这样了，不反击几下都对不起自己，纷纷撸袖子应战。

简松意身体素质和运动天赋从小惊人，而且因为没分化，完全不受任何外激素干扰，所以遇到别人挑衅打架从没输过，校霸的位置就这么来的。

不过他从不没事找事，不欺辱弱者和女生，虽然脾气不怎么样，但南外真正怕他的没几个，更多的是对学霸兼校草的喜欢和敬畏。

看见有不长眼的和简松意打起来，吃瓜群众是怎么轰也轰不走了。

不敢劝，又不想给老师告状，殷殷期待皇甫铁牛那个瓜皮被揍，又担心他们松哥受伤，一群人缩在球场角落，看得揪心不已。

而皇甫轶被揍过两次，也怵，所以这次连上他一共来了八个人，还都是前体育生，加上陆淇风他们几个，就是十几个支配者在球场上"群魔乱舞"。

外激素会随着情绪和身体状态的波动而波动，情绪越激动，身体运动越剧烈，外激素越浓，有时候浓到一定程度了，自然而然就外泄出来了。

十几个极度愤怒的、打架打到忘我，以至于没注意收敛外激素的年轻支配者凑在一起，那场面可想而知。

在角落里围观的都有些喘不过气来，面红耳赤腿发软。

简松意以前从来没有受到过外激素的影响，所以他也不知道为什么现在自己会越来越难受。

仿佛有一万种气味同时向他涌来，逼着他闻，浓烈到几近窒息，可又根本意识不到到底闻到了什么味道，胸口也闷得慌，心跳越来越快，四肢越来越无力，好像有什么东西在抽干他的力气，试图让他就此臣服。

头痛得要炸了，那种痛还带着一种晕沉沉的迷乱感。

他脸色太差，电光石火之间，皇甫轶捕捉到了一丝可能。

他突然故意释放出了自己的外激素，带着浓重压迫感的威士忌的味道瞬间涌入简松意的每个细胞。

刚抬腿端翻一个大汉的简松意，眸子收缩了一下。

接到皇甫轶的暗示，他们那边所有支配者在同一时间也释放了压迫性的外激素，陆淇风他们不明所以，想也没想，也直接释放外激素进行对抗。

这群支配者的等级都没有差太多，不存在绝对压制，十几种搅在一起，有来有回，围观的易感者们想跑，但是腿已经彻底软了，只能不停地喷着阻隔剂和抑制剂①缓解生理臣服本能。

而处于外激素旋涡中的简松意觉得自己简直要被搅碎了，但还是准确地拦截住对方的快速进攻，一个过肩摔把皇甫轶摔倒在地，几乎是同时再背身一个反踢高抬腿扫倒另一个人。

动作干净利落，凌厉狠绝，看上去不受一点儿影响。

简松意寻思着，就算疼死，也要先教教这群混蛋什么叫作服气，不然他们永远不知道怎么当个人。

坐在教室里的徐嘉行隔着一个操场外围、一个花坛、一个灌木小道，看不太真切，再加上他以为简松意跟之前一样完全不受外激素的影响，所以根本没多想，只是一脸膜拜。

"松哥牛了啊，这动作帅的，是不，柏……"

柏淮单手撑着窗台，翻了出去。

"柏哥，你干啥？！你怎么能翻窗户呢？！这是要扣操行分的！你不要和松哥学坏了啊！柏哥！"

柏淮头也没回。

他一直没管，是因为觉得不需要，毕竟简松意还是挺厉害的。

但是他刚才看到了人群里简松意在做狠厉动作的同时，状态似乎有些不对。

一瞬间他就反应过来了。

简松意应该已经正式进入分化期，这个时期长达七天到一个月不等，受激素影响，整个人身体状态会降至谷底，而且无论分化成支配者

---

① 一种抑制易感者自身外激素分泌从而降低其特殊时期不适感的保护性药剂。

还是易感者，都会对突然出现在世界里的外激素格外敏感和不适应。如果不能很好地引导，会引起排斥反应。

他知道简松意这人肯定能扛住，可是硬扛住的话，也太疼了。

球场附近的人也不知道发生了什么，就是在某一瞬间，好像下了一场铺天盖地的大雪，碾轧般地盖住了所有浮浮沉沉，只剩下积雪冷冽干净的味道，偶有风过，带来松林清幽香。

山间的积雪冷寂绵厚，压得其他的一切连挣扎着透口气的机会都没有。

刚才还气势汹汹的支配者们瞬间脸色都有些不太好，即使都为了面子强忍着，但还是忍不住蹙起了眉，低喘着气，有的甚至已经蹲在地上抱起了头。

而被十几种外激素搅得痛苦无比的易感者们，虽然依旧因为对支配者天生的臣服而感到无力，但好在没那么混乱了。他们愿意臣服，并渴求着在这个强大的外激素里寻找到一丝安抚，然而所触及的全是冰冷的雪。

柏淮是要压制这群支配者，但并没有打算施舍易感者们一点儿安抚。

只有简松意感到格外地舒适，好像有什么东西拥抱住了他，然后透过他的肌肤，一点一点渗透进去，沿着他的血液经脉一寸一寸地安抚着那些陌生的焦灼和疼痛。

他活过来了。

于是，他当即就又给了皇甫轶一个反向过肩摔。

皇甫轶觉得自己要死了。

简松意觉得真舒坦。

他蹲下身，敲了敲皇甫轶的脑袋："疼吗？"

皇甫轶倔强，不回答。

简松意掰了掰指节："我大方，过肩摔一般都买二送三，再试试？"

皇甫轶咬牙。

简松意笑笑："知道我为什么打你吗？"

皇甫轶翻白眼。

简松意没耐心了："事不过三，这是第三次了，还有下次的话，你的那些申请书和录取通知，大概就只能擦屁股了，明白？"

皇甫轶这才突然意识到了事情的严重性。

他一直仗着自己家世不错，大学又基本定了，所以才敢没轻没重地胡作非为，但是他忘了，在南城，没几个人会上赶着找简家的不痛快。

更何况和简家站在一起的向来有个柏家，这两家都不是好惹的。

皇甫轶想起这似曾相识的外激素压制，看了眼蹲在旁边似笑非笑的简松意，又看了看简松意身后不远处静静站着的柏淮，知道自己好像有点儿玩脱了。

不过好在这么多年，简松意除了想睡懒觉不上早自习以外，从来没让他家里插手过学校的事儿。

再蠢的人，也有保护自己的本能。

皇甫轶咬了咬牙："知道了。"

"道歉。"

"对不起。"

"谁让你给我道歉了？谁让你在这儿道歉了？"简松意眉眼恹恹，抬手指了一下围观人群蜷缩的角落，"刚你这张血盆大口一不小心犯了什么错自己不记得了？"

"记得，我错了。"

"没事儿，你松哥我这个人大度，明天就这个时间，你去国旗下做个演讲就行，字数也不多，就一万字吧。主题嘛就三个：一、论如何告别直男癌①，做一个爱护弱者尊重女性的好男人；二、论如何正确地使用牙膏牙刷，永久性告别口臭；三、论南外校草简松意为何如此帅气。"

说着，面带欣赏地拍了拍皇甫轶的肩膀："虽然你叛逆，但是我宽容。铁牛，振作点儿。"

皇甫轶想直接两腿一蹬。

---

① 对活在自己的世界观、价值观、审美观里，时时对别人流露出不顺眼及不满，并略带大男子主义的人的一种蔑称或调侃。

柏淮在简松意身后站着，不知道这人怎么能这么快就又嘚瑟起来了，若没有自己的外激素给他做引导，他现在不知道该疼成什么样。

"简松意。"

"嗯？"简松意回头挑眉看了一眼，瞥见某人修长的身影，像根冰柱子一样戳在那儿，就觉得自己又被秀了一脸，"干吗？"

"回去吃饭，凉了。"

"哦，行吧。"

简松意站起身，活动了一下筋骨，招呼着陆淇风走了。

陆淇风素质还算不错，只是有些轻微不适，但还是忍不住多嘴了一句："柏淮那外激素是厉害，绝对压制。"

简松意一脸茫然："他刚才释放外激素了？这么多人在呢，他是搞什么？"

陆淇风觉得简松意的神经大概有一万里粗。

但没分化的应该差不多都这样，估计不仅是柏淮的外激素，刚才的外激素混战他应该也没感觉到，又想到他和柏淮不对付，陆淇风也就没多说什么。

简松意走后，柏淮就收起了外激素。

沉迷于柏淮盛世美颜但被他的外激素味道"冻"住的围观群众松懈下来，花痴得更投入了。

"太帅了，真的巨帅，真正的威慑从来不屑于和你废话，直接压制就完事儿了！"

"而且这个人还有一张神颜！气质还这么禁欲！腿长得都到我脖子了！还有泪痣！"

"啊啊啊！简直帅爆了！"

柏淮没跟简松意一起走，不是为了留下来显摆的。

他慢吞吞地走到皇甫轶旁边，手插在裤兜里，低头看着皇甫轶，金丝眼镜给眉眼镀上一层冷硬的釉光，居高临下，声音很低，透着股漫不经心的淡漠。

"简松意是个好人，我不是。那天二楼走廊的监控录像都在我这儿。"

皇甫轶整个人都僵硬了，躺在地上像一具尸体。

"所以今天这事儿，你自己看着办。简松意受多大负面影响，你大概、可能得翻个倍，明白？"

皇甫轶面如死灰般点了点头。

柏淮收回视线，转身缓缓向教学楼踱去，那一收的余光里，透着厌弃。

简松意之所以耐心陪着皇甫轶这样耗，是因为担心这人没了底线，说些什么脏话，毁了林圆圆的名声。

但柏淮也不太乐意别人给简松意惹上什么麻烦。

耽误这么久，汤都要凉了，某人金贵，又该挑剔了。

08

汤倒是没凉，只是今天是鲫鱼汤，简松意不太爱喝，拿个勺子搅来搅去，馋得大半个教室的人直咽口水，他却面无表情。

柏淮实在看不过眼，摘下眼镜，捏了捏眉心："总算知道为什么你一大把年纪了还不长个儿。"

十七岁一米八三的简松意："……"

身高不足一米八三的其他人："……"

简松意把勺子一放："长那么高赶着补天？"

"阿姨说你太瘦，专门给你熬的，因为不能放香菜、芹菜，为了去腥没少费功夫。"

柏淮轻而易举找到简松意的软肋。

果然，简松意虽然不情不愿，但还是捏住勺子，屏住呼吸，一勺一勺慢吞吞地喝起来。

中途班长杨岳过来有事要说，被柏淮淡淡看了一眼，就闭上嘴巴，在旁边站着等。一直到简松意汤喝完，才开口："老白和老彭找你俩去年级主任办公室一趟，让你们三分钟内必须到，不到的话惩罚翻倍。"

简松意抬头看着他："你站这儿多久了？"

"七八分钟。"

简松意乐了："你说你是不是针对我？"

杨岳委屈："不是，松哥，这不赖我啊，您这不是在喝汤吗？"

说着，眼神儿一个劲儿往柏淮那儿瞟，疯狂暗示真正的"凶手"。

柏淮一脸淡定地写着物理题："反正已经迟了，把水果也吃了。"

"哦。"

简松意又慢吞吞地打开了水果盒的盖子。

杨岳：……

他觉得自己这个班长当得有些过分没有威严了。

杨岳清了清嗓子："松哥，你俩这样不好，老白和老彭是真生气了，办公室里乌泱泱站了一片，那气场严肃得和殡仪馆一样，你们俩可别火上浇油了……"

"今天这车厘子味道不错，来一个？"

"好嘞，谢谢松哥，可以再多来几个不？"

简松意和柏淮到年级办公室的时候，教导主任彭明洪和年级主任白平山正对着十几个高高大大的男生唾沫横飞。

表情痛心疾首得仿佛家里的小白菜被偷了。

看见简松意和柏淮的时候，估计连白菜帮子也没了。

老白还好，日常佛系①。

彭明洪就不行了，他本来就提前步入了中老年男性更年期，又被委以重任带高三。

现在没正式开学，校长室的人都不在，就他一个扛大梁的，只能他做主，万一出了点儿什么事，那他可没法儿交代。

捋了一把自己不甚茂密的头发，彭明洪指着他俩说道："让你们三分钟内过来！这都多久了？！"

简松意看了一下表："十五分钟左右吧。"

---

① 指一种无欲无求、不悲不喜、云淡风轻而追求内心平和的生活态度。

"我是问这个吗？！简松意，你不要以为你成绩好就可以胡作非为、胆大妄为、为所欲为！你们现在是高三！只要给你们一个处分，什么校招、什么保送，就全没了！没了！知道吗？！"

"哦。"

"哦什么哦？！事态的严重性你还不明白吗？北城大学和华清大学还想去吗？！"

"不是，主任，我不用校招保送也能去清北，所以真没那么严重，您消消气儿。"

这语气听上去还挺乖巧，但就是怎么这么气人呢？

彭同志差点一口气堵在支气管喘不上来，老白连忙出来打圆场。

"哎呀，叫你们俩来其实也没什么事，皇甫轶同学刚才也承认了，是他们先动的手。只是毕竟你们一个打人了，一个在公共场合故意释放高浓度外激素，都违反了校规，所以该处罚的还是要处罚，你们不要有什么情绪。"

简松意点点头："嗯，没事儿，我还挺大度的。"

柏淮赞成："我也还行。"

"……"

在座的其他人觉得这两人过于没有觉悟。

然而老白一身浩然正气："经过我和彭主任商讨决定，要对今天参与打架的所有人，一视同仁！一律做警告处分处理！"

大家的心凉了半截儿。

警告处分如果不能尽快撤销，自主招生和出国那可都完了。

"但是……"老白拖长音调转了一下，"你们主动来认错，态度还算良好，也念在你们高三，为了你们的前途考虑，学校决定再给你们一个机会。"

凉的半截儿暖起来了。

"五校联考，总排名在前一百的，处罚可改为通报批评，如果没进前一百……好自为之。"

国际班的八个人，心直接碎了。

这次五校联考国际班也要考，五个学校加起来三四千人，要让他们几个考前一百，不如让他们去死。

老白生怕皇甫轶他们不服气，还特意摆出了一副极其"凶残"的表情："最后！简松意、柏淮，你们两个人作为我班上的学生，我必须严加管教，提出更加严格的要求！他们考前一百就行，你们两个必须要考前五！"

"嗯。"

又是轻飘飘一声。

不过简松意好歹是应了，柏淮全程就站在那儿，气势端庄得让不知道的还以为他才是教导主任。

这下皇甫轶他们是真的心中憋屈又不知道该说什么了，到了最后，只能闷闷地说一句："老师，这决定有点儿太偏心简松意了吧？"

简松意点点头："是的，老师，我也觉得你们太偏心我了，所以我申请和皇甫铁牛同学交换处罚措施。"

皇甫轶："……"

听上去好像的确是纠正偏心的好方法，是皇甫轶无福消受这份善良。

老白轻斥："不要瞎给同学起外号。"

旁边一直在发呆的柏淮终于有动静了，偏头看向简松意，一脸认真："铁牛不是他本名？"

简松意仔细回忆了一下，笃定道："是他本名，我不记得他还有别的名字。"

皇甫轶："……"

老白生怕皇甫轶被简松意气晕过去，连忙挥了两下手："行了行了，都回去上晚自习，学习要紧。"

高三一班和二班的人步履轻快地离开了办公室，国际班的人则抬头看了看天。

今晚月色真好。

很适合回家吃"竹笋炒肉"。

回家的路上，简松意在车里就睡着了。

柏淮坐在后座另一侧，看着暖黄的车灯下映出的少年的单薄侧影。

根据他的观察，简松意的反应主要是嗜睡、乏力、倦怠、易疼。

这和自己分化时候的反应不太一样。

据他的了解，大部分支配者在分化期呈现出来的状态都是易怒易暴躁易冲动，渴望宣泄力量，很少会出现这种类似于病弱的反应。

可能是分化太晚，导致身体出现了一些不良反应。

还是得好好养着才行。

车停在公馆中间，两人各自下车准备回家。

柏淮突然叫住简松意："我觉得你应该请几天假，或者让唐姨早点儿回来。"

"怎么了？"简松意转过身一脸不解。

柏淮一时间有点儿不知道该说什么，这人聪明的时候跟猴子成精似的，傻的时候也真像个单细胞生物。

他耐心解释道："你难道没发现自己已经进入分化期了吗？"

"啊，这样啊，我说呢，怎么最近老是感觉不对。"

柏淮觉得自己侮辱单细胞生物了。

他叹了口气，声音有些无奈，在夜色里慢悠悠地说："你的反应不太好，休息和营养补充不够的话，分化的时候可能会很辛苦，在家里养养，我让刘姨过去照顾你。"

迟钝如简松意也感受到了这话不是挑衅，而是关心。

他说话难得没带刺儿："没事儿，就是爱睡觉而已，在教室睡、在家睡都一样，今天他们闹那么厉害，我不也一下子缓过来了嘛。"

柏淮没有告诉他，之所以他能缓过来，是因为自己在一旁用外激素做了引导，不然他可能今天疼得走不了路。

柏淮只是点了下头："随你。"

说完，他准备转身进屋，却被简松意叫住了。

"那什么，我看你今天做的那几道物理题好像有点儿问题，要我帮你看看吗？"

少年勾着书包带子懒洋洋地站在路灯下，目光因为不适应主动示好而瞥向别处，语气里还强撑着死要面子的傲娇。

"不然回头你考不进前五，被警告处分，我哪有脸见柏爷爷。"

柏淮转过身，低头按着密码锁，月光正好落在他微勾的唇角上。

"行，正好有道磁场综合有点儿难。"

那道题是去年华清大学自主招生最后一道题，确实挺难的，简松意估摸着给他们班千年老二杨岳来做也很吃力。

不过简松意只简单点拨了两句，就发现柏淮已经会了。

他觉得自己可真是一个天才教师。

顿时来了劲儿，"唰唰唰"地找出好几道类似的题，非要柏淮做，做了还要给他批改。

柏淮还真拿着笔，认真做起了自己今天其实已经做过一遍的题，而简老师则坐在旁边，跷着腿，一边吃着水果，一边玩着手机，悠然自得。

两个人难得和平相处，没有彼此挑衅。

直到周洛转发的一个链接打破了这个美好夜晚原有的平静。

"震惊！南外校草或将易主！南外第一 A 艳压全场！到底是颜控的狂欢还是慕强者的胜利？让我们拭目以待柏淮的到来！"

09

傍晚球场的那一出，整个南外高三最花痴、最八卦的人都在，一个、两个全被迷得神魂颠倒，不能自已，贴吧跟过年了一样。

周洛转发过来的这个帖子是最会起哄的。

楼主 ID：小甜粥。

一楼是偷拍的柏淮站在球场旁的照片。

路灯正好打在他身上，眼神冷淡，身形挺拔，气场沉默而强大。

身后几个狼狈的男生俯身喘气，像是臣服。

二楼配文：高糊都阻止不了的美颜和帅，太可以了！你们不知道，那一瞬间压制十几个支配者的外激素有多可怕！而且还这么云淡风轻，不动声色！简直就是王者！柏淮最牛！柏哥万岁！为柏哥生为柏哥死为柏哥哐哐撞大墙！南外校草非柏哥莫属！

"我是那颗泪痣，我在现场，我证明是真的。"

"真的太 A 了！瞬间压得皇甫铁牛那个混蛋没脾气，不是喜欢乱放外激素吗？你倒是放啊！"

"而且太禁欲了吧，泪痣杀我！"

"他这腿都到我脖子了，而且手也巨好看！颜值完美，外激素味道也超级好闻！又清又冷，像雪又有木香，哎呀，我说不出来，反正超级好闻！"

"高二的学妹想提前开学了！"

"高一的学妹发出尖叫！"

"一中柏淮粉丝后援会投来羡慕的眼神和一万亩柠檬地！"

"我说一句柏淮是南外校草没人反对吧？"

"我说一句柏淮是南外第一 A 没人反对吧？"

"我代表我松哥反对。"

"代表松哥反对加一。"

"对啊，松哥的颜值也很绝啊，那双桃花眼真的绝了！"

"讲真，单讲脸的话其实松哥更好看，松哥五官太精致漂亮了，明艳大帅哥！"

"而且松哥也很 A 啊，虽然没有分化，但是收拾那群人的时候不要太帅好吧？！"

"但是我更喜欢高冷禁欲系。"

"柏哥更高，柏哥已经分化了！"

"松哥分化后外激素说不定比柏淮更强呢！"

"我不管，柏淮最帅！柏淮最 A！柏淮天下第一！"

……

吵得不可开交。

吵到最后的结果就是，贴吧开了一个投票站。

你心目中的南外校草——

1. 简松意

2. 柏淮

……

周小洛：咦，这个发帖子的人可太没有眼光了，在我心里一直是松哥最帅最 A 哦！

周小洛：比心。

这个比心毫无灵魂。

简松意突然心情不太好。

他倒也不是稀罕校草这个名头，只是单纯地不喜欢别人觉得他不是最帅的，尤其是那个可能比他帅的人还是柏淮。

想到到时候如果投票出来结果真的是柏淮赢了，简松意心里就特别不爽。

唇角抿成一条直线，手指敲打屏幕敲出雷霆万钧之势，柏淮想装作没听见都难。

"又怎么了？"

如果简松意心思再细腻些，就能从那声音里听出一丝纵容，但是他现在满脑子都在想着怎么引导这群人重新树立正确的审美观和价值观，没空搭理柏淮，眼皮子都没抬地敷衍了句"没啥"。

没啥就是有啥。

柏淮放下笔，拿起手机，点开徐嘉行的朋友圈。

果然，这里应有尽有。

"哈哈哈，松哥多年统治地位终于动摇了，开盘开盘，继续开盘，上次并列第一我都亏死了，这次必须赚回来！"

转发的是那个帖子的链接。

下面评论——

杨岳：难道我不曾动摇过松哥的地位？

李蒙蒙：万年老二请圆润地离开。

林圆圆：这是一个颜值评选，请你正视一下自己。

高林：你发这条朋友圈是不打算活着见到明天的日落了吗？

徐嘉行：嘿嘿嘿，我屏蔽了松哥。

柏淮：。

徐嘉行：完了，漏了一个。

陆淇风：我截图发给小意了。

徐嘉行：别啊，陆哥！

……

柏淮没有理会徐嘉行发过来的长篇忏悔，只是点进帖子遛了一圈。

看完明白简松意又闹哪样了。

柏淮笑了一下，刚准备退出，目光却被一个飘高的帖子吸引。

细数渣男①柏淮二三事。

楼主 ID 是一串乱码，内容倒是条理清晰。

"你们不要被柏淮的表象蒙蔽了，这就是一个衣冠禽兽。

"他上幼儿园的时候就骗小女生，还同时骗三个，每天中午收三瓶草莓牛奶，收了三年，结果还不陪人家荡秋千。

"小学就更不做人了，有女孩儿追着他，他就把数学作业给人家做，还特别难的那种，人家小姑娘做了一晚上没做完，嗷嗷大哭。结果他第二天当着对方的面十分钟做完了，做完了还说人家不聪明就多学习，他不跟笨蛋做朋友！

"初中那可就更渣了，有小姑娘给他送情书，约他周末去天文馆，他明明答应了人家，结果临时变卦，放人家鸽子，大雨天的让人女孩一个人回去了，过分！

"诸如此类的事情，数不胜数，所以这个人从根本上就是一个漠视他人感情、玩弄他人感情的渣男，大家不要被他的皮囊所迷惑，还是简松意好，长得帅，品行端正，诚实善良，勤劳勇敢，所以请大家擦亮眼

---

① 指自我感觉良好、自私、擅长索取、不负责任的男人。

睛，一起支持简松意！"

柏淮：……

2楼："楼主你说话要讲证据，不要玷污我的男神！我男神冰清玉洁！"

4楼："好的，我知道了，我男神喜欢喝草莓牛奶，喜欢数学好的女孩儿，喜欢天文馆，谢谢楼主。"

12楼："造谣一张嘴，辟谣跑断腿。你说话有依据吗？你站简松意就站简松意，没必要捧一踩一，下次再随便Diss①我们家柏淮，不要怪我找到你教教你'哥哥'两个字怎么写！谁最A难道不是我们这些投票的人说了算？！"

21楼："谁敢骂我男神，可别来碰瓷儿了！"

43楼："楼主是哪里来的丑八怪？丑人多作怪。松哥很好，柏哥也很好，我们都喜欢，你不要在这里挑拨离间！"

简松意："……"

柏淮瞥了一眼某人略显呆滞的表情，乐了。

直男是不会懂女孩子的战斗力的。

不过简松意也不是那种轻易退缩的人，他呆滞了一会儿，就又振作起来，重新撸袖子战斗，满脸义愤填膺，手指点得飞快，露出的那截儿手臂甚至绷起了肌肉线条。

楼主："你们这些人怎么就不相信我呢，我说的真的是实话，有半句假的就让我永远考不了年级最高分。"

楼主："什么叫我本来就考不了年级最高分？我这辈子只考年级最高分好吧？"

楼主："什么叫我撒谎成瘾？什么叫我冒充你们松哥？什么叫我给他们两个提鞋都不配？！"

楼主："不是，我承认，简松意的确比我优秀英俊聪明帅气，但是有一说一，我肯定比柏淮强！"

---

① Disrespect（不尊重）或Disparage（轻视）的简写，指看不惯、轻视、鄙视，diss某人，多表示针对某人。

如果是动手的事情，简松意肯定不会输，但是论吵架，他永远不可能赢得过抱着键盘的女孩子们。

头像越粉，骂人越狠。

柏淮看着简松意和那群人怎么说都说不明白，又委屈又暴躁的炸毛样子，压住笑意，手伸到他面前敲了两下："行了，别没完没了啊。"

简松意立马心虚地把手机往回一收，一脸正经："什么没完没了？题做完了吗？"

"做完了。"柏淮好脾气地点了点头，"还顺便逛了会儿贴吧。"

简松意哽了一下，耳根子泛起一点儿红。

他万万没想到柏淮这种人也会去贴吧那么无聊的地方。

柏淮嘴角噙起点儿笑意："我还看了一个特别有意思的帖子。"

"……"

"讲了挺多我的往事，我寻思着整个南城知道这些的好像也就一个。"柏淮说话慢条斯理，似笑非笑，简松意耳根子更红了。

明人不说暗话，他索性理直气壮："怎么，哪句话说的是假的了？"

"事儿倒是真事。"柏淮屈指有一下没一下地敲着桌面，"就是我觉得我可能需要帮某人回忆一下完整版本。"

"草莓牛奶，如果我没记错的话，是某个人特别爱喝，不喝饱不睡午觉，我一个人的不够，所以没办法了。"

"……"

"数学作业是有的人必须做，但又想打游戏，就把作业本扔给我了。"

"……"

"下雨那天也不知道是谁，就摔了那么一跤，恰好需要我背他去医院。"说着朝窗外指了一下，"喏，就那个无辜的台阶，或许它愿意充当证人。"

简松意想起来好像的确是柏淮说的那么回事儿。

他尴尬地揉了揉鼻子："你一个大男人，老是记这些婆婆妈妈的事，真没意思。"

柏淮点点头："嗯，你有意思。"

说着还把手机屏幕往简松意跟前送了送，上面赫然停留着简松意的罪证。

简松意好生气。

被别人和柏淮比较就算了，自己多年来的校草名头不保也算了，被他的维护者羞辱也算了。

他就想引导一下青少年的审美观，结果还被当面捉了现行，他想把自己摁进土里埋起来。

这人不是从来不去贴吧那种无聊的地方吗？怎么就能做着如此有趣的物理题还有心思逛贴吧呢？

故意的。

肯定是故意的。

故意要去看一下他简松意打下来的江山是怎么被他撬动的，然后以此耀武扬威、理直气壮地表达不屑。

可真是个垃圾。

生气。

简松意越想越气，气得站起身，一把扯过书包飞快溜了。

溜走的时候还被柏淮一不小心看见了他绯红的脖子和耳根。

有的人，只是看着嘚瑟，其实脸皮比谁都薄。

柏淮心情还挺不错，往后一倚，继续优哉游哉地逛着贴吧。

看见一个 ID 叫冰激凌小圆子的人发的帖子："简松意粉丝后援会今天正式成立！全面招新！注册并投票即可领取奶茶一杯！"

他顿了顿，点进去。

指尖飞速移动，以游客身份回了几个字。

——后援会怎么加？

10

林圆圆今天很生气。

她觉得大家都太肤浅了，怎么能因为柏淮轻而易举压制了十几个男生，就对他犯花痴呢？

明明简松意更漂亮，明明简松意打篮球更帅，明明简松意才是碾轧皇甫轶、伸张正义的那个人。

而且简松意那么有温度，那么炽热，像太阳一样，怎么可能输给那个冷冰冰的男人。

这群人，肤浅。

生气。

全世界最好的崽崽，她来守护！

于是简松意粉丝后援会正式成立。

让她比较开心的是粉丝后援会人数充足，而且都给简松意投了票。

最关键的是她收获了一个很不错的副会长的头衔。

虽然副会长只加了QQ小号，也不方便透露真实姓名，但是副会长十分大方，主动承担了后援的奶茶费用，并且为松松疯狂打榜。

只要你喜欢松崽，我们就是异父异母的姐妹。

林圆圆开心地把这位QQ名叫"B.S."的葬爱家族小姐妹加入了好友列表。

"松崽是最好的！我们明天一定要努力拉票！不能让崽崽输给那个面瘫冰雕！"

面瘫柏淮：……

B.S.："好的。"

柏淮放下手机，捏了捏眉心，不知道想起什么，突然笑了一下。

其实他也觉得简松意更好看。

从小到大他好像没怎么见过比简松意五官更好看的小孩儿。

第二天上学的时候，简松意一上车就闭眼蒙头睡觉。

柏淮看着他时不时抖一下的睫毛和微红的耳垂，没戳穿他。

不过简松意也是真的困，昨天晚上一整夜他都没怎么睡好。

他早早上了床，觉得不应该和这群无聊的人计较。

但是越想越气，越想越气，气得凌晨两点半都没睡着，半夜怒而掏出手机，继续战斗。

他就想不明白，那群人的眼睛怎么长的？怎么会觉得柏淮比他更帅、比他更 A、比他更有魅力？

解释不通，气。

再想想还被柏淮抓包了他发的帖子，显得他很在意这件事情，很小气，很婆妈，很没有格调，他就觉得更生气了，又羞又恼。

他简松意这么多年，什么时候遇到过这种窘境？

实锤柏淮和他八字不合。

不过好在他好像有了个什么后援会，人还挺多的，投票应该不至于输。

就这么想了一晚上，直到早上坐在车里才迷迷糊糊睡过去。

这一睡就一路睡到了教室。

老白站在讲台上，看着教室靠窗的角落足足三分钟。

两个学霸，一个在睡觉，一个在做理综卷子。

一点儿也没有昨天才被拉到办公室教育了的觉悟！

还好今天他喝了一瓶静心口服液来上班。

他用平和温柔的语气婉转地提醒道："柏淮啊，你同桌这样睡觉，也不是个办法啊。"

柏淮抬头想了下，扯过挂在简松意椅背上的毯子给他盖上，然后就继续低头刷题。

老白：我是怕他着凉吗我？

算了，对待学生要宽容，要温暖，要如沐春风，反正只要把这次五校联考的最高分拿回来就行。

他转头，眼不见心不烦："说一下最近高三的安排，28 号、29 号，五校联考，一切按高考的规矩来，成绩也会列入校推和自招的名额考核，请同学们务必重视。"

教室里东倒西歪一片，唉声叹气。

"30 号、31 号，全体老师参与阅卷，不上课，安排全天自习，请同学们务必珍惜时间，遵守自习纪律，如果其间违反校规，就到开学典礼上念检讨！"

"嗷——"

"得了，你们别拖个调子半死不活的了。都调整调整，没几天就开学了，1号开学典礼，大家都把校服穿上，手机点外卖也不要太明目张胆。我给你们自由，但你们不要过了火，不然回头撞到老彭那儿去，可没我这么好说话，听见没？"

"听——见——了——"

"小样儿！"

一班这群学生虽然保持着这个年纪的少年特有的顽劣和活力，顺风顺水惯了，比较自负，该惹的麻烦从来没少惹，但品行都很端正，学习一事上也都心里有数。

就连简松意已经有这样的成绩，该刷的题也从来没少刷。

都是些表面混子。

所以老白也不一味压着他们。

联考之前整个班倒也的确安分老实了不少，唯一闹出的动静大概就是皇甫轶被简松意逼迫所做的国旗下的演讲。

"我错了！我真的错了！身为一个成熟的男人，我不应该对女孩子出言不'孙'！要坚决贯彻性别平等的观念！尊重爱护每一个同学！

"我也不应该说脏话！不应该半句话不离问候长辈！作为南外学子，我要体现出我们学校的素质！先成人再成才！

"最后，松哥最牛！松哥最帅！松哥天下第一！你的眼睛笑时宛如四月的朝阳，沉默时恍若秋夜的明月，你的嘴唇仿佛是最娇嫩的玫瑰花瓣，你的肌肤如同初冬的白雪，你的身姿清隽挺拔，如山涧月下的青松，我从未见过如此英俊的男子……"

这种尴尬的彩虹屁排比句，足足凑够了一万字，就在晚饭时间，国旗底下，拿着个喇叭，用他那粗厚雄壮的嗓音声情并茂地朗读，声嘶力竭，直至声音沙哑。

面对简松意和柏淮的暴力威胁，皇甫轶只能认尸。

毕竟他虽然混了点儿，不要脸了点儿，品行不端了点儿，但好歹还是个正经八百的高中生，真把事情闹大，搅黄了出国留学的事儿，前途未卜不说，还会被他爸揍死。

所以即使心不甘情不愿，简松意安排的道歉方式，他也只能说到做到。

不过死也要拉个垫背的，主席台是从北楼到食堂和小卖部的必经之路，人来人往，皇甫轶就不信简松意丢得起这人。

结果他在台上吼得脸红脖子粗，简松意在台下叼着根冰棍，听得兴致勃勃，时不时还点评几句。

"不是出言不'孙'，是出言不逊，你中考语文及格了吗？

"比喻还挺生动啊，介词也挺丰富，居然不带重样的，给你加五分。

"娇嫩的玫瑰花瓣不行，我不喜欢，太肉麻了，你换一个。

"我就只是英俊而已？"

皇甫轶："……"

要点儿脸。

最后总结陈词："那什么，最后那段，从'松哥最牛'开始，再来一次，有感情一点儿。"

皇甫轶："……"

想骂人。

深呼吸，莫生气，气坏身体没人替。

"松哥最牛！松哥最帅！松哥天下第一！你的眼睛笑时宛如四月的朝阳……"

简松意认真聆听，满意点头，并随手拦截了正好路过此地的柏某人："既然你路过了，那不妨停下脚步，和我一同聆听一下群众的心声。"

旁边负责录音录像的周洛同学："……"

不知道为什么，他觉得今天的松哥看上去似乎只有三岁。

至于为什么那位浑身上下写着"我很高贵冷艳"的柏淮还真的就停下了脚步一同聆听，他就更不知道了。

他也不敢问。

五校联考是南城几所最好的重点中学组织的联合考试，其他四所分别是一中、七中、四中、九中。

以前的高考最高分都是被这几所学校包揽的，只不过最近几年开始出现了南外的身影，所以南外也就成了这里面唯一的私立学校。

这次考试是模拟高考，为了营造氛围，考场也是五个学校所有考生统一编号，随机打乱分配。

简松意运气好，留守南外。

柏淮的运气就没那么好了，他被分配到了一中。

不是四中、七中、九中，好死不死，就是一中。

考试的当天早上，柏淮坐了自家的车去往一中考场，没和简松意碰上面。

简松意觉得柏淮这么大个人，就算故地重游，应该也出不了什么岔子。

但考完语文后，他始终还是有些不放心。

当年那件事，不是柏淮的错，但对于柏淮来说未尝不是一个心结。

这人看着冷，但其实心思比谁都细，万一遇上了什么熟人，撞上了什么旧景，想起了什么不愉快的往事，影响了考试，没能进前五，受了警告处分，那自己怎么面对柏爷爷？

他才不关心柏淮敏感的内心小世界，他只是单纯地觉得不能让柏淮因为自己挨处分而已。

简松意说服了自己，然后掏出手机给柏淮发了一条微信。

"我这次语文考得还挺好的，你小心点儿，别到时候当众叫我哥哥的时候嫌丢人。"

柏淮收到这条微信的时候，正在洗手，已经考试结束半个小时的学校没什么人，卫生间也很安静，水龙头哗哗地流着，还有隐隐的回声。

他偏头看了一眼洗手台上突然亮起的手机屏幕，勾了勾唇角。

隔着手机也能猜到某人那别扭扭的心思。

关上水龙头，甩了甩手，刚准备扯张纸巾把手上多余的水分擦干净，余光就从镜子里瞥见了一个身影，然后刚刚勾起的唇角就重新抿成了一条直线。

那人站在门口，一半身形没入墙角的阴影里，一动不动，像幽灵一般。

他看向镜子里的柏淮，幽幽地开了口。

"你回来了啊。"

11

简松意这次确实考得不错。

语文基本上只要他主观题稍微收敛一下自己的想象力，作文题再稍微遏制一下自己内心的真实想法，往上提高十分还是不难的。

其他三门的话，本来就很好，正常发挥就行。

加上特别巧的是皇甫轶正好和他一个考场，还就坐在他附近，每次提前做完卷子，看着皇甫轶挣扎后呆滞，呆滞后继续挣扎，最后化为虚无的表情，简松意的心情就特别好。

心情一好，题也做得更顺手了。

考了两天试，简松意两天没和柏淮碰上面，发的那条微信也一直到了当天晚上才收到了一个"嗯"的回复。

简松意觉得柏淮这人可真没礼貌，真冷漠，真无情。

所以连带着后面自习的两天都没主动搭话，不冷脸，也不黑脸，就是懒洋洋的，眼角眉梢都写着"我今天有点儿不高兴"。

柏淮知道他在不高兴什么，但是并不打算解释，有的事他不太想和别人说，尤其是简松意。

遇到灰尘，擦掉就好了，没必要把它拿到阳光下晒晒。

两个人就这样莫名其妙地陷入了一种微妙的冷战。

没有任何冲突，也没有言语挑衅，只是彼此心照不宣。

就连徐嘉行都察觉到了不对劲。

虽然他后座的两位一直不太对付，但是平时以松哥的小嘴叨叨叨为主，这两天异常沉默，反而让他脊背发凉。

他想起了某个清晨在这个教室发生的事关男人终身尊严和荣誉地位的那场豪赌。

大概成绩快出来了，要决定谁叫哥哥了，所以气氛才如此凝重吧。

徐嘉行是个好同学，团结友爱，淳朴善良，觉得帮助同学恢复良好关系是他当仁不让的责任。

于是鼓足勇气，置生死于不顾，扒拉了两下旁边的杨岳，又转过头："那什么，吃鸡①一缺三，朋友们来不？"

杨岳义正词严："今天晚自习是老彭巡逻，是手机不想要了，还是想在明天开学典礼上念检讨？"

简松意深以为然。

五分钟后，四人集体降落机场②。

简松意落地捡了把喷子③，一喷一个小朋友，柏淮机瞄④扫射击倒另外两个，附近一队直接被灭队。

刚捡了个平底锅⑤的徐嘉行和杨岳满脸问号。

"松哥柏哥救我！我们附近有人！好多人！啊啊啊！！！"

简松意压低声音："闭嘴，我门外有人。"

"呜呜呜呜，我不想当盒子精⑥，你忍心看着我当场猛虎落泪吗？"

柏淮看了一眼简松意的装备，然后低声对徐嘉行道："报点⑦，封烟⑧，我来救你。"

---

① 游戏术语。因在战术竞技型射击类沙盒游戏《绝地求生》中获胜时，游戏界面会出现"大吉大利，今晚吃鸡"的字样，所以游戏玩家日常将玩此类射击游戏称为"吃鸡"。本作中，"吃鸡"代表玩手机游戏《和平精英》。
② 游戏中，玩家搭载战机进入对战地图，并自行选择地点跳伞降落。机场资源多，是热门降落点。
③ 游戏术语，指霰弹枪。
④ 游戏术语，指机械瞄准，即玩家不装倍镜，只用枪械的基础镜开镜进行射击。
⑤ 游戏中的一种近战武器，可以挡住任何口径的子弹。
⑥ 游戏术语。在游戏中，玩家死亡后会在原地留下一个装备箱子，其他玩家可以从里面拿到对方的装备，玩家们称为"快递盒"，进而衍生出"落地成盒""盒子精"等词，指游戏玩得差的玩家。
⑦ 游戏术语。指遇到敌人或空投时，通过屏幕上方的数字和方向报出位置。
⑧ 游戏术语，指扔出烟雾弹放出白烟达到掩体效果。

"好的，谢谢柏哥，C 字楼二楼……"

"柏淮，别去……"

简松意话还没说完，就传来了一声凄厉的"砰"！

击杀提示：徐大可爱使用手榴弹击倒 B.H.。

"……"

AK789 击倒徐大可爱。

AK789 击倒杨山丘。

静默三秒，徐嘉行忏悔："对不起，柏哥，我以为我在为你封烟，但是没想到杨岳这傻子给我的是个地雷。"

柏淮："……"

简松意瞥了一眼柏淮无话可说想骂人又要克制的表情，乐了："都让你别去了，我和徐嘉行吃鸡一般都开场血祭他，不然毫无游戏体验可言。等着啊，看我怎么杀过去把你扶起来。"

说完，他低头继续作战，一枪喷到和他绕房子的敌方队员，收了把好枪，直接上二楼对刚[①]。

枪枪到头，绝不落空。

击倒徐嘉行他们的那个 AK789 也成为他的枪下亡魂。

简松意觉得自己牛到不行，然而却没有听到预想中的欢呼和崇拜声，手肘还被柏淮捣了两下，柏淮捣了手肘又扯他衣服下摆。

简松意不耐烦地皱起眉："别碰我，你死了就自己好好待着，不要影响我操作。"

"……"

气氛沉默得有些诡异，简松意感觉到一丢丢的不对劲。

他抬起了头。

徐嘉行和杨岳都在低头认真写着卷子，柏淮一脸无奈，而桌子边多了一个熟悉的肚腩，浑圆，饱满，有弹性。

肚子的主人笑得和蔼可亲又面目可憎："手机拿出来吧，顺便准备

---

① 游戏术语，指正面对抗。

一下明天开学典礼的检讨发言。"

"……"

明天正式开学，彭明洪铁了心要整顿高三的风气，简松意三番两次往枪口上撞，自然就被抓了典型。

徐嘉行和杨岳心虚又愧疚，不等简松意开口，就主动把检讨书写好送上。

家里倒是还有备用的手机。

只是明天开学典礼上念检讨的事谁也替不了，简松意注定要丢这么一回面子。

新仇加旧恨，挺漂亮一小脸蛋变得又冷又臭，一整晚连带回家的路上愣是没和柏淮说一句话。

柏淮想笑，又怕彻底把人惹生气了，哄不回来。

但是哄吧，又不知道从哪里开始哄，只怕好心好意哄了，某人还觉得他是在冷嘲热讽，幸灾乐祸。

他俩这关系，确实有些不容乐观。

甚至连某人下车关门的声音都比平时大了好几倍。

柏淮忍住笑，绕过车身，走到正在开门的某人跟前："帮个忙。"

"呵。"

"明天开学典礼，要求穿校服，我的要明天下午才能领，彭明洪让我先问你借一套。"

简松意冷着一张脸，没说话，自顾自开门进去。

进去后也没关门，柏淮就插着裤兜倚在门口，优哉游哉地看着某人进门换鞋，扔下书包，走上二楼，顺带还欣赏了一下那矜傲的背影，似乎根本不担心校服没着落。

果然，很快某人就又下来了，手里拿着一叠蓝白相间的运动服，往柏淮怀里一扔，拽过门把手，准备关门送客。

门被某条又长又细又直的腿挡了一下。

简松意没好气："怎么，还想进屋坐坐？"

也不是不可以。

不过柏淮决定还是不在这个节骨眼儿上火上浇油，只是腾出一只手拽过了简松意的手腕，往他掌心放了个东西。

"晚自习没提醒你老彭来了，怪我，给你赔罪。"

简松意低头一看，掌心里躺着一颗糖，是他小时候最爱吃的那种奶糖。那时候他换牙，唐女士不让他多吃，但是他又馋，柏淮每天就把自己那份儿给他，等他吃完了又盯着他刷牙，才算完事儿。

十年过去，这种糖现在已经不好买了。

一时间简松意也说不上来心里是什么感觉。

他只能强装凶巴巴地扔了一句："给颗糖赔罪，当哄小朋友呢？"

说完就飞快地关上门。

他已经过了喜欢吃糖的年纪，也不太爱吃甜食，只是到底也没有随手扔掉，回到房间，放在了床头柜上。

而柏淮抱着那套明显已经穿过的校服，低头笑了一下。

不过柏淮还是太年轻，低估了他和简松意之间的"仇恨"。

当简松意站在主席台上读检讨的那一刻，那颗糖的情分就全没了。

他下定决心和柏淮老死不相往来。

简松意面无表情地念完检讨，黑着一张脸，周身"生人勿近"的气场彰显着不痛快。

但这丝毫不影响台下众人十分热情地鼓掌。

帅，贼帅，又高又帅，就算是冷着脸也很帅。

几个终于近距离看到简松意本尊的高一小甜心愣是把检讨听出了表白的气势，兴奋得快昏过去。

彭明洪痛心疾首，决定端正一下校风校纪。

在简松意念完检讨后，勒令他站在旁边。

彭明洪接过话筒，语气十分严厉："今天，我之所以让简松意同学来做这个发言，就是为了树立一个错误的典型！新学期，新气象，每一个南外学子都需要做到严于律己，摈弃不良风气，把心思都用在学习上！帅有什么用？打游戏好有什么用？能让你们上北城、华清吗？不能！所以希望在座诸位，引以为戒，千万不要像这位简松意同学一样视纪律为无物！"

说完他把话筒递给老白，像一尊煞神一样坐到主席台旁边，颇有几分震慑力。

老白也不客气，接过话筒，呵呵一笑："首先呢，先在这里通告一个好消息，在这次五校联考中，我们南外高三学子取得了十分优异的成绩，第一名和第二名都在我们学校，他们就是高三一班的柏淮和简松意同学。希望大家向他们多多学习！"

刚坐稳准备喝口水润润嗓子的彭明洪同志："……"

人群发出低低的窃笑，有胆大的男生直接扯着嗓子问了一句："所以老师，我们到底要不要向简松意同学学习啊？"

老白本来就护短，知道简松意好面子，干脆一次性把面子给足了："所以简松意同学，有没有什么经验想和你的学弟学妹们说的？"

简松意一本正经："我就想说，长得帅，的确可以上北城、华清。"

"噗——"

人群中爆发出一阵压抑的笑声。

彭明洪觉得今天的水可真噎，掏出一瓶静心口服液，一饮而尽。

简松意一本正经地说完后继续一本正经地看着台下，随意一瞟，就瞟到了人群里的柏淮。

不知道是不是感应到什么，柏淮突然抬起眼皮往台上看了过来。

两人视线相撞的那一刻，简松意突然想，这次到底谁是第一，谁是第二？

应该是自己第一吧，不然还真的要叫柏淮哥哥？那他不如不活了。

"尤其是柏淮同学，第一次参加南城考试，就一举夺魁，特此提出表扬！"

简松意：呵。

靠近主席台的同学们觉得天凉了。

回到教室的时候，简松意的脸已经可以用"冰天雪地"来形容。

徐大可爱浑然不觉，持续作死，英勇无畏地从袖口掏出一个手机，递给简松意，低声说道："松哥，你快看贴吧，校草评比结果出来了。"

袖口露出的那截屏幕不大，但是足够显示出那几排字。

"南外第一届校草评选大会圆满结束，让我们恭喜高三一班柏淮同学！"

简松意："……"

徐嘉行怕他不高兴，连忙解释道："松哥，这次投票其实根本不公平。柏哥以前是一中的，好多一中的人来瞎凑热闹，乱投人情票。你也知道，一中每个年级一千个人，哪儿是我们学校打得过的啊，其实真的单论我们学校的票数，你还真没输。"

简松意现在就听不得这个"输"字，眉一挑，语气不善："什么叫输？我怎么就输了？"

徐嘉行觉得这个话题继续下去可能会出暴力事件，于是灵机一动，换了一个话题："唉，这次柏哥居然考了五校最高分欸，挺牛啊，你看刚才彭明洪那脸色尴尬的，啧啧。"

"……"

众人在心里为徐嘉行送上挽联。

简松意从桌肚里掏出一本书，"啪"地砸在桌子上，力道之大，震得笔都滚落掉地。

柏淮弯腰捡起笔："跟书发什么脾气？"

简松意翻着书，没理他。

柏淮皱了皱眉："怎么，是打算赖账，还是不敢叫？"

简松意捏着纸张的指节瞬间泛白，三秒过后，重新泛起血色，轻呵了一声："只要你敢听，我就敢叫。反正下次随时让你叫回来。"

柏淮颔首，指尖点着桌面，一副洗耳恭听的架势。

这还没完了。

算了，男子汉大丈夫，敢作敢当，言出必行。

简松意咬咬牙，深吸一口气，视死如归，然而嘴唇翕动，"g"音送到唇边好几次，愣是发不出来。

从柏淮的角度，还可以清清楚楚地看见他额头的青筋隐隐跳动，耳根红得滴血。

再逗下去，该哄不回来了。

柏淮见好就收，把笔放到他跟前，轻飘飘道："算了，看在你借我校服的份上，这次先免了。"

反应过来自己刚才好像挑了事，正忐忑不已的徐嘉行，听到这句话，终于松了一口气，转过身，把脑袋埋起来，假装一切与自己无关。

八卦群众纷纷效仿。

总算是落了个清净。

简松意正想着柏淮怎么会突然变得这么好心，柏淮就凑过来，压着嗓子，在他耳朵边上轻笑了一声："就这一次啊，下次可必须得叫了，时间、地点，我挑。"

唇齿间送出的温热气流慢腾腾地掠过他的耳郭和脖颈，肌肤被惹得烫了起来。

温度加剧了简松意的情绪，一瞬间他愤怒不已。

挑衅!

赤裸裸的挑衅!

还故意说悄悄话来挑衅!

看看这个戴着没有度数的金丝眼镜装相的人，就是一个活脱脱的衣冠禽兽!

还下次?

不可能有下次。

他简松意绝对不会输给柏淮第二次。

绝对不会。

出于天之骄子的自负，也出于争强好斗的本性，简松意在自认为被屡次挑衅后，终于忍不住了，冷笑出声，立下了他这辈子最后悔的一个 Flag①。

---

① 本义为旗帜，在游戏汇编中，指某一事件的判定依据往往是前面某段程序代码，这段代码一般被称为 Flag。"立 Flag"指立了一个目标但后来被打脸。

"柏哥挺厉害啊，南外第一Ａ是吧？行，我今天就把话撂这儿，一山不容二Ａ，我简松意不让你输得心服口服地离开南外，我就不当这个支配者了！"

12

简松意说完就戴上耳机，拿出他平时从来不碰的语文阅读训练册埋头做了起来，只留给柏淮一个冷冰冰的侧脸。

他是桃花眼，内勾外翘，双眼皮一点点儿向外延展开来，眸子漆黑，睫毛纤长，还带点儿卷，怎么看都是多情的模样。

这会儿冷了下来，眸子里写满不悦，没有平时那么招摇，却不知道为什么，让人总想哄哄。

柏淮觉得这两天这么一闹腾，可能让小朋友面子上有些过不去，刚那话明明只是想逗逗他，结果却一不小心把人气成这样。

自己不会离开南外，简松意也不可能不是支配者，狠话说得这么绝，这摆明是记恨上了，非要拼个你死我活。

柏淮捏了捏眉心。

算了，他记恨自己也记恨十几年了。

总归，道阻，且长。

下了课，柏淮一句话也没说，出了教室。

简松意自然巴不得他走得越远越好，眼不见心不烦，只是不知道为什么，柏淮一离开，身体不舒服的反应就更加明显了。

浑身酸软，没有力气，头也昏昏沉沉的，脖子连着脊椎下去那一条尤为疼，带着五脏六腑灼烧起来一样的疼。

分化的反应这么强烈吗？

好像的确有分化越晚反应越大的说法，实在不行自己还是请个假吧。

算算日子，唐女士也该回来了，到时候就算他不愿意，唐女士也不会让他出门。

想到这儿，简松意打算给唐女士发个微信报个备，一摸裤兜，才想起来自己手机被没收了，备用机也没带，再一看平板，听歌听没电了。

顿时心里更堵得慌。

今天也不知道是个什么日子，诸事不顺。

简松意趴在桌上，把头埋进臂弯，一只手搭上后脑勺儿，冷白瘦削的手指微微蜷曲，骨节用力，漆黑的短发从指缝里支棱出来，整个后脑勺儿都是大写的不开心。

趴了一会儿，他突然感觉自己旁边有了动静，好像有一只手穿过校服和桌子间的空隙探进了桌肚。

校服空空荡荡，那只手的动作也小心翼翼，没有触碰到他，像是在刻意避免。

这人还做贼！

简松意生气地抓住那只魔爪，直起了身子，晃眼一瞥，果然拿着赃物。

再定睛一看，是自己被没收了的手机。

他呆了呆。

柏淮弯着腰，一只手撑在桌子上，另一只手被拽着，看着简松意因为趴着睡觉而立起来的几根呆毛，勾了勾唇角："原来没睡着啊。"

"……"

柏淮晃了晃手机："本来还想给你个惊喜的。"

"……"

"给你要回来了，所以不生气了，行不行？"

"……"

彭明洪是出了名的魔鬼教师，很难缠，柏淮把手机要回来应该费了不少口舌，甚至可能还答应了彭明洪什么条件。

简松意觉得这人人性还算未泯灭。

他松开手，接过手机，往桌肚里一塞，耷拉着眉眼，瓮声瓮气地扔出两个字："再说。"

"还行，愿意开口说话了。"

柏淮抿唇笑了一下，就着俯身的姿势，伸出那只刚被拽过的手，顺势拨正了简松意额头上的几根呆毛。

然后把自己桌上的一个保温杯往简松意桌子上一滑，坐回座位，该干吗干吗。

　　一切自然而然，自然到简松意根本没有反应过来自己被揉了脑袋。

　　晚上放学的时候，柏淮收到了自己新认识的小姐妹"冰激凌小圆子"的消息。

　　她很愤怒。

　　"BB，你说这群人是不是眼瞎，怎么会觉得柏淮那张面瘫脸比我家崽崽帅！"

　　柏淮："……"

　　他其实觉得自己表情还挺丰富。

　　但是他不能在简松意粉丝后援会会长面前维护自己，于是淡定地回复道："是的，我也觉得简松意更好看。但是你为什么叫他崽崽？"

　　冰激凌小圆子："因为我是妈妈粉啊！妈妈粉当然要叫崽崽！"

　　冰激凌小圆子："等等，你不会是女友粉吧？"

　　柏淮卡住了。

　　冰激凌小圆子飞快回复："你可不能是女友粉！崽崽现在才十七岁，还没有成年，没有分化，没有高考，绝对不能谈恋爱！要好好长高，好好学习！妈妈不准他谈恋爱！如果你是女友粉的话，可能我们就是敌人了。"

　　柏淮："……"

　　B.S.："我不是。"

　　冰激凌小圆子："真的？"

　　B.S.："真的。"

　　冰激凌小圆子："那就好，那我就放心了。"

　　冰激凌小圆子："我今天放学的时候远远地看见崽崽了，好像心情特别不好，呜呜呜，心疼，都怪柏淮那个大坏蛋！选个校草还去一中拉水军，考试非要比崽崽高一分，我崽那么优秀，什么时候遇到过这种打击？"

　　冰激凌小圆子："也不知道怎么样可以让崽崽高兴一点儿，唉。"

　　柏淮偏头看向旁边倚在后座角落里眉眼恹恹的崽崽，表示他也很想知道这个问题的答案。

冰激凌小圆子又发了消息过来："大概只有柏淮那个面瘫狠狠被虐几次或者转学了，松崽才会开心起来吧。我们要不要想办法把柏淮赶走？"

柏淮一直觉得自己人气还挺高，第一次遇见一天之内有两个人想赶他走。

他苦笑了一下："柏淮不会走的。"

冰激凌小圆子："唉，也是，好不容易转过来了，怎么可能走？那只能希望崽崽早点分化，外激素碾轧那个面瘫！"

冰激凌小圆子："不行，越想越心疼，崽崽今天的表情真的太丧了。为了让崽崽开心，我愿意一年不吃芋圆，祈求上天让柏淮拜倒在崽崽脚下，膜拜崽崽膜拜到神魂颠倒，寤寐思服，那崽崽一定开心死了！"

柏淮觉得自己的年级最高分可能是白考了，居然有点儿跟不上这个女生的逻辑，他迟疑道："柏淮膜拜简松意的话，简松意就会开心吗？"

冰激凌小圆子："当然啊！因为崽崽肯定不会喜欢他！抢了校草的位置又抢年级第一，把我松哥气成这样，我松哥看他能顺眼？到时候先假意跟他交好，再相爱相杀，就此决裂！现在他有多嘚瑟，到时候就会有多惨！让松哥血虐他！想想就爽！"

柏淮："……"这都哪儿跟哪儿。

他没有再回复。

但是等回到家吃过饭，洗过澡，躺在床上，柏淮突然就想起了这几句话。

校草这件事情，他本来就没这个心思，而且是他占了一中人数的便宜，算不得数；年级最高分这事儿，也只是恰好这次理综简单，所以捡了便宜，凑巧总分比简松意多了一分。

他没想故意气简松意，只是好像阴错阳差确实把人惹不高兴了。

按小圆子的说法，大概自己要输给简松意几次才是哄人的法子，可是这人这么骄傲，自己如果故意让了，只怕到时候真的要决裂。

柏淮躺在床上，沉默地看了会儿对面的窗户，突然起身，打开房门。

"刘姨，今天换下来的校服烘干了吗？我给对面送去。"

简松意自认为不是一个好脾气的人，还挺自负，爱瞎显摆，喜欢原地开屏，臭嘚瑟。

不过也不是输不起。

他只是不习惯输，真输了，也不至于记恨上对方。

他之所以会感到烦躁，只是因为那个人是柏淮。

不知道为什么，他就是不太乐意输给柏淮。

从小到大都是这样。

他也觉得自己今天放的狠话太过了些，有点儿伤感情，毕竟校草评选不是柏淮要评的，赌约也是自己立的，考试输了也是自己技不如人，到头来，自己这脾气发得有些没道理。

不过说出去的话，泼出去的水，自己立下的 Flag 只能认了，他总归要让柏淮输得心服口服才行，毕竟一山不容二 A。

简松意自嘲地笑了笑，却扯得脖颈疼得痉挛了一下。

今天一天都很疼，到了晚上，那种疼痛和不适越来越强烈。

他估摸着自己可能要分化了。

好在支配者分化不需要准备什么，说不定一觉起来就可以告诉唐女士这个好消息，免得她总是担心。

简松意深吸一口气，调整了一下姿势，试图让自己更舒服一点儿，然而并没有用。

分化都这么疼的吗？听说易感者反应会比支配者严重十倍，那些易感者是怎么熬过来的？

简松意有些心疼那些小可怜。

他强迫自己睡着，以图淡化疼痛，迷迷糊糊地，终于睡过去一会儿，再醒来的时候嘴唇干得要裂了，喉咙也疼得冒烟，小腹处一阵一阵绞痛，翻江倒海。

想喝点水，刚刚站起身就又倒了下去。

头重脚轻，没有力气，浑身发冷。

可能发烧了。

简松意这么猜测着，却没有多余的精力做出反应，只能凭借着本能把被子裹得紧紧的，整个人埋进去，任凭身体深处的灼痛一点儿一点儿蔓延。

　　手机响了，简松意没力气把手伸出被窝，也没力气张嘴说话。

　　不停地响，大概打电话的人很着急，可是简松意实在没有办法。

　　他这辈子还没这么疼过，疼到最后都麻木了，昏昏沉沉，随时在失去意识的边缘，却在昏睡过去前依稀听见了楼下密码锁被按响的声音。

　　门开了。

　　上楼的脚步声很急促。

　　他闻到了一个很好闻的味道。

　　他感觉自己似乎被雪包裹住了，灼热和疼痛都得到了温柔的安抚。

　　他听见一个熟悉的声音。

　　"没事了，我来了。"

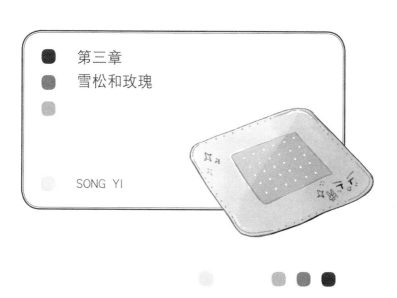

第三章

雪松和玫瑰

SONG YI

13

那人想要抱起简松意，但简松意觉得不行，一个大男人怎么能让人抱呢？

实在是太没排面了。

于是挤出最后的力气推开他："谁准你进我家了，你这是私闯民宅。"

推得猫挠似的，柏淮好气又好笑，直接半强制着把他拽到自己背上。"什么时候我进你家还需要你同意了？"

"恶霸。"

简松意用最后的力气呛完柏淮后，失去意识，陷入半昏迷状态。

他上初一的时候受过一次伤。

也是个雨天，梧桐叶子被风雨摧残，堆落了一地，紧紧贴着地面，泥泞湿滑。

简松意走路眼睛长在顶上，摔了一跤，脚踝骨折。

当时就是柏淮把他背去医院，前前后后伺候着，一直到唐女士赶来。

那时候简松意脸皮也薄，不好意思让柏淮背，闹着别扭，各种推辞拒绝，不过柏淮根本不搭理他，把人扛起来就走。

当时被背着具体是什么感觉，简松意已经记不太清楚了。

他就记得那天雨很大，他撑着伞，雨点噼里啪啦地砸着，风也有些嚣张，空气湿冷得很。

他身下的少年味道却干燥温暖，一步一步走得稳当。

就像现在这样。

简松意烧得没了意识，分不清今夕何夕，趴在某人背上，闻着某个熟悉的味道，恍惚又回到了好几年前那个雨天。

手下意识地搂紧了对方的脖子，嘴唇嚅动，他低低地呢喃了一声："淮哥哥。"

那是很小很小的时候，小到简松意还是个奶娃娃的时候的叫法。

柏淮搂着他双腿的手一顿，本来严肃紧绷的面容突然柔软下来，然后笑了一下。

他本来只是想借着还校服的由头来哄哄人，可是一到楼下，外激素铺天盖地涌来。

柏淮从来没见过哪个支配者分化外激素会如此失控，给简松意打电话又不接。

没把门砸了，已经算他十分理智。

他根本不敢想象如果他今天没来会发生什么。

过度的担忧和紧张让柏淮没有意识到事情有哪里不对。

柏淮把简松意在 VIP 病房安顿好后，去找医生了解情况。

医生看见两个人来就诊，深更半夜也没个大人跟着，难免会多想些，试探地问道："你和病人是什么关系？"

柏淮想起那声呢喃，垂眸道："我是他哥哥。"

医生点了点头，语气有些不满："易感者分化，还是一个大龄易感者，这么危险的事，家长怎么能放心不守在旁边？"

"易感者？"

柏淮抬起眼皮，素来平淡无波的琥珀色眸子在一瞬间涌现出千万种难以言说的复杂情绪。

"对啊。"医生一边开着单子，一边说道，"这么高的易感者的确不常见，但确实是个易感者。他体内的激素已经达到临界值，器官也发育成熟，今天晚上就会完成分化。不过他身体素质好，没什么大问题，等烧退了就好了。我再给你开张单子，你去领抑制剂和阻隔剂。"

柏淮听着医生讲话，试图努力记下各种注意事项，然而力不从心，他有些乱。

易感者。

简松意怎么会是个易感者?

回到病房,坐在床边,看着那张过去三年在自己脑海里勾画过无数次的脸,柏淮突然不知道该说些什么。

这张脸确实很漂亮,每一处都透着精致。

个子还算高,但是骨骼确实比普通支配者细一点儿,人也瘦,背着不费力。

这么看来,也有那么一些像易感者。

再想想,自己闻到他的外激素的时候分明是被安抚的,压根儿不是支配者之间的彼此敌视。

可是简松意在他心里是个支配者的观念根深蒂固。

为此,他甚至不辞而别,去了北城三年,就是不想看见简松意分化后,两人相爱相杀、争强好胜的局面。

等他好不容易成熟了,想明白了,决定让着简松意了,选择回来了,结果老天爷却又告诉他,你看,这是个易感者。

一个天生就会臣服于支配者的易感者。

那些本应该有的侥幸、窃喜、长舒一口气,都没有。

心口只有疼。

这么骄傲的小朋友,可该怎么办啊?

他伸出手,拍了拍简松意盖的被子,似乎这样能给予一些宽慰和安抚。

指尖却被抓住。

简松意翻过身来,微蜷着身子,眉头紧紧皱着,似乎不舒服得厉害,又似乎从指尖的气味得到了一些舒缓。

柏淮被他拽得身体前倾,眼看就要压到他了,索性翻身上床,坐在他旁边。

一只手被他拽着,另一只手一下一下顺着他的背,试图用自己的外激素安抚对方。

简松意慢慢平静下来,翻了一下身,有醒来的迹象,柏淮动作轻柔地下了床。

简松意鼻尖耸了耸，皱着鼻子嗅了两下。

柏淮好笑："小狗？"

简松意撇撇嘴，问他："这是你外激素的味道？"

"闻出来是什么味道了吗？"

"像下着雪的松林的味道。"

"好闻吗？"

简松意突然记起自己曾经非要闻柏淮的外激素，还夸好闻，当时不觉得，现在品品，那话和挑衅有什么区别？

他不好意思地移开视线："你说你这人没事瞎放什么外激素啊，也不知道收好，收不好就多喷点阻隔剂。"

柏淮没有反驳他不讲道理地乱甩锅，语气平静又温柔："你在分化，有支配者安抚会轻松很多。"

"我一个支配者为什么需要支配者安抚？"

简松意移回视线，迷茫地看着柏淮。

因为虚弱和困惑，目光钝钝的，显得有些呆。

柏淮看着，短短十秒，涌现出无数次于心不忍，可是到底还是把那句话用一种最为平常淡然的语气说了出来。

"因为你是个易感者。"

因为你是个易感者。

很短一个句子，简松意消化了足足一分钟，然后开口："你刚说什么？你再说一遍。"

柏淮没说话，直接把检测报告递到了他面前。

简松意看了一分钟，翻过身，往被子里缩了缩："我真是烧糊涂了，还在做梦呢。"

柏淮："……"

三十秒后，他翻过身，又看了一眼检测报告。

"嗯，我还没醒。"说完简松意又翻过身缩进被子。

柏淮："……"

这人或许是个摊煎饼的。

他知道这件事情对于简松意来说有点儿难以接受，可是再难接受也必须接受。

柏淮忍住心疼，强作云淡风轻："我能闻到你外激素的味道，确实是易感者。"

背对着柏淮的那个身影僵住了，肩颈线条在一瞬间绷得笔直，被子被用力拽住，褶皱一点点儿变深，落地灯在地面投下的影子，微微颤抖。

简松意没有说话。

柏淮也没有说话。

半晌，绷紧的肩胛线条缓缓沉了下去，简松意语气平静："我自己好像还闻不到，怎么样，什么味道？应该还挺好闻的吧？"

"嗯，挺好闻的，玫瑰的味道。"

"啧。"少爷似乎不太满意，"怎么你就是那么清高的味道，到我这儿就这么俗了呢。"

"不俗。是那种野玫瑰，木质清香感比较重，不腻。"

"哦，那还凑合吧。"

简松意始终没有转过身来。

没有歇斯底里，没有质问崩溃，也没有自暴自弃。

只是平静地，坦然地，骄傲地接受了这个事实。

柏淮本来想问简松意，如果十七年前那份报告的答案是易感者，现在会是什么样？

但是下一秒，他就觉得没有问的必要，因为他可以确定，这并不会影响简松意成长为如今这样一个光彩夺目的少年。

就像他一样，十几年的人生并没有因为当初那易感者的报告而变得柔弱。

他和简松意是一类人。

刻在他们骨子里的基因不是易感者或者支配者，而是骄傲和强大。

沉默半晌，简松意终于转过身来，看着柏淮，冷静且理智："你的外激素在支配者里属于顶级的那种了吧？"

"嗯。"

"那以后每天没事儿的时候，你对我施放一会儿压迫性外激素行不行？我想试试能不能扛住。"

柏淮抬起眼皮，看向简松意，眸色复杂。

简松意被看得有些不好意思："我也知道这要求挺烦人的，但我就是想练练不被支配者影响，你就帮我个忙呗。"

如果能在柏淮的外激素压制下做到全身而退，那绝大部分的外激素都不会影响到他。

只是这种对抗训练，谁也不知道需要多久，谁也不知道到底有没有效果，而对于易感者来说，训练的每一分每一秒都是折磨。

"可能比你想的还要苦。"

"我知道。但是吧，我既然不凑巧是个易感者了，那能怎么办呢？吃点儿苦就吃点儿苦，你松哥我又不怕吃苦。"

语气轻松戏谑，似乎挑衅命运也不过就是少年翻手为云的一个游戏。

窗外的月色落入了那双漆黑的眸子里。

柏淮想，星河璀璨，大抵也不过如此。

心里的疼就又无孔不入地泛了起来，还带着说不清的骄傲。

小朋友从来不会让人失望。

他是易感者又怎样？

他不需要心疼，不需要同情，不需要被故作温柔地哄着宠着。

他只会变得更强大，而自己会一直陪着他，无论荆棘路途。

柏淮点头："好。"

"柏哥就是仗义。"

如果我不仗义，你现在还能好好躺在这儿吗？

不过，总得讨回点本才行。

柏淮突然勾唇笑了一下，狭长的双眼微眯着："那我帮你这么大忙，你就不表示表示？"

简松意大度一挥手："要求随便提。"

"随便提？"

"随便提。"

"说话算数？"

"必须算数。"

柏淮看着简松意耿直无比的脸，顿了顿，然后说道："行，先记着，别耍赖就行。"

"你见过松哥我耍赖？"

"那声哥哥你可还没叫。"

简松意噎住了："你这人怎么这么小气呢，老惦记着让人叫你哥哥。"

柏淮乐了，恶人先告状的本领可真厉害："你还记得我爸吗？"

简松意刚准备开口，他又补充道："我是说温爸爸。"

简松意记得，那是一个温柔又强大的男人，很优秀的医生，在柏淮六岁那年，在一场轰炸中为了保护难民孤儿牺牲了。

"温爸爸虽然是个易感者，但是也是当年的理科最高分，医术挺厉害。

"我父亲你也知道，温爸爸死了在某种程度上就是他的晋升筹码，连葬礼都是在镜头前办的。我爷爷住院，外公外婆在国外没回来，当时好像全世界只有我一个人在为温爸爸的去世而难过。"

柏淮却好像并不打算伤感，想起什么有趣的事一样，笑了一下："不过那时候你挺有良心，没少安慰我。"

简松意故作邪魅地一笑："没办法，我打小就是个好人。"

"那你记得你当时怎么安慰我的吗？"

"……"

"不要难过，既然你没有爸爸了，那从今以后我就是你爸爸，你随便叫，别客气。"

柏淮慢条斯理："你说的原话。"

所以到底是谁总惦记着让对方叫爸爸？

简松意的笑容有点儿尴尬地僵硬在嘴边："那……那其实我也还算仗义？"

柏淮点头："嗯，仗义。"

简松意有点儿不好意思，觉得柏淮这人蔫坏蔫坏的，再次翻过身，埋进被子，决定不搭理某人。

偏偏平时沉默寡言的某人今天屁话贼多："温爸爸很喜欢你，他说你是他见过的最聪明的小孩儿。我还挺信他说的话的，所以你能不能成为一个比他更厉害的易感者？"

屁话不仅多，还有点儿窝心。

简松意揉了揉鼻子。

柏淮又补了一句："不然显得我欺负人。"

窝心个屁。

"柏淮你……"

人还没骂完，一股异样的感觉就突然从脖颈处开始蔓延，瞬间席卷了全身，带起一股股战栗。

那种需要支配者安抚的不适感又来了。

好汉不吃眼前亏。

简松意咬牙："柏淮你……能不能凑过来让老子闻一下？"

声音因为战栗变得又绵又软，本人却毫不知情，兀自强撑气势。

奶凶奶凶的。

14

柏淮有些哭笑不得："刚不是还让我收起外激素吗？"

简松意板着脸不说话，实在难受，又不好意思开第二次口。

不过柏淮笑归笑，还是伸出了手："给你闻。"

简松意磨了磨自己的虎牙，想咬。

但他觉得自己要克制，要矜持，要高冷，于是边嫌弃边耸鼻闻了一口。

一口不够，再来一口。

"续杯"好几次后，缓和些许，才施恩一般地看一眼柏淮，懒洋洋地缩回被子，姿态骄矜就差说一句"跪安领赏"。

柏淮觉得自己这发小当得跟个保姆似的。

简松意全然没意识到自己刚才的动作多欠收拾。

柏淮觉得有必要给这个一看就没好好上生理卫生课①的新手易感者普及一下安全知识。

他收回手腕，捏着转了两下："知道什么是不适期②吗？"

简松意耳根子红了。

柏淮点点头："看来知道。"

没想到这人在这方面脸皮还挺薄，看来以后得注意分寸。

心里这么盘算着，柏淮面上却继续一本正经："那你知道难受的时候闻我的外激素会舒服一些这意味着什么吗？"

简松意："……"

意味着老子被你抓了把柄。

"意味着我们外激素的契合度很高，起码百分之九十，我的外激素可以有效安抚和缓解你的不适反应。"

"谁要和你……等一下，"简松意突然顿住，"所以，我现在一个人很危险？最好跟你形影不离？！"

从表情和语气看得出他受打击很深。

柏淮觉得自己错了，那份检测报告不是没有影响，起码如果当初检测结果简松意是易感者的话，他不会如此难以接受。

垃圾机构，早该取缔。

他无视简松意怀疑人生的表情，松了松衬衫领口，交代道："在分化后一个月内，就会迎来初次不适期，不适期的时间和强度根据体质而有所不同，所以这一个月内你需要随时携带足够剂量的抑制剂以备不时之需，记住了吗？"

简松意备感疲惫："当易感者真麻烦，还不如不分化呢，实在不行混个无感者③也好啊。"

---

① 因基因锁觉醒会出现的不同生理特征和现象而特设的课程。

② 指易感者因为外激素大量分泌而出现的感知异常敏锐、身体不适的生理现象。

③ 指基因锁觉醒后，未发生基因改变的普通人。

"与其想这些有的没的崩心态，不如先睡一觉，接受事实。"

"那要不你变个易感者试试？看你心态崩不崩。"简松意念在对方还是有苦劳的分儿上，没有翻脸，还顺便关心了一句，"我睡觉，那你呢？"

"作为你的临时监护人，守夜。"

两条大长腿伸直，柏淮往后一靠，一副要驻扎此地的气势。

"没必要吧，明天还上课呢。"

"爷爷会帮我们请假。唐姨也在连夜赶回来，估计你醒了她就到了，然后就没我什么事了。"

语气挺无所谓，眼眶底下淡淡的瓷青却骗不了人，柏淮外婆是半个外国人，他发色肤色都比常人浅，所以有点儿黑眼圈就特别明显。

看得简松意心里挺过意不去，他抿了抿唇："这次，谢了啊，麻烦你了。"

"麻烦倒谈不上，"柏淮勾了下唇角，语气里带着若有若无的笑意，"毕竟谁让你叫我一声淮哥哥呢。"

看着简松意倏然睁大的双眼，柏淮心满意足，估摸着他身上那股不舒服应该挨过去了，也就不逗他分散他注意力了。

柏淮比刚才笑得轻松了些："快睡吧。你要实在过意不去，那就大度点，别生我气了行不行？我这个人嘴笨，不太会哄人。"

"谁要你哄了。"

简松意不满地嘟囔一声，到底扛不过身体的疲倦和乏力，昏昏沉沉睡了过去。

满室的玫瑰花香，不知收敛，越来越浓，无处可藏。

柏淮去卫生间掬了一把凉水拍在脸上。

他朝镜子里的人自嘲地笑了笑。

回到病床边，他安抚般地释放着外激素，试图让那双蹙着的眉舒展开来。

简松意在睡意蒙胧中凭借着本能放下了防备，没了那股针锋相对的气势，鸦翼般的睫毛安静低垂，看上去分外无辜。

简松意第二天醒来的时候，阳光很好，透过医院白色的纱帘洒了一室，漾起一圈一圈浅淡的金色涟漪，温和煦暖。

屋子里全是野蛮生长的玫瑰香。

像柏淮说的，不是那种温室里甜腻的玫瑰，而像是长在沙漠，长在悬崖，长在荒芜草丛里的野玫瑰，木质的清香感更重。

闻着有点儿野，好像能看见刺儿。

虽然不怎么霸气，但凑合着闻吧。

分化完后浑身舒爽的简松意伸了个懒腰。

柏淮湿着头发从卫生间里走出来："醒了？"

声音微哑，应该没休息好。

柏淮一只手拿着毛巾擦着头发，另一只手拿了瓶阻隔剂扔给简松意："喷上。"

无味阻隔剂。

还好，没整一些奇奇怪怪的味道。

简松意晃了晃瓶子，对着自己一阵猛喷。

柏淮倚在窗边，用手拨弄着头发，语气散淡："除了特殊时期，易感者平时可以自己收好外激素，别到处浪。"

"谁浪了？"

简松意喷完，嗅了嗅，空气里干干净净，雪松和玫瑰的味道都没了，这才低头满意地打量了一眼手里写满鸟语的瓶子："还挺好用。"

"国外研发的新品，目前已知效果最好的一款，喷上后连你是人是鬼都闻不出来。"

简松意掂了两下，心里默默盘算着什么。

过了一会儿，他才反应过来："医院现在卖这么高端的阻隔剂了？"

"不是医院的。"

"咦……"简松意看向柏淮的眼神略微有些古怪，"你一个支配者怎么还私藏易感者的阻隔剂呢？"

自己在这人心里到底是个什么形象……

柏淮好笑："你妈的。"

094

"你怎么还骂人呢？"

"我没骂人，我是说这瓶阻隔剂是你妈妈唐清清女士的。"

话音刚落，不等简松意做好思想准备，病房门就被推开了，一位高贵貌美的女士直直扑向床边，一把将简松意搂在怀里，哭得梨花带雨。

"我的儿啊，我可怜的儿啊，你的命怎么这么苦……呜呜呜……"

简松意："……"

如果他没记错的话，他应该只是分化了，并没有得什么绝症。

他尴尬地抬手拍了拍唐女士的背："妈，我没事儿，你别哭了，你眼霜还挺贵的。"

"眼霜哪里有儿子贵，呜呜呜……"

简松意耐心地安抚着她，语气也比平时温柔："我这不是没事儿嘛。"

"什么叫没事儿？怎么就没事儿了？"唐女士直起身子，泪如雨下，"你都变成一个易感者了，还能叫没事儿？"

简松意笑了笑："看不出来你原来还搞歧视啊，这种思想要不得。"

唐清清知道自己儿子心里肯定不好受，这会儿还要耐着性子哄她开心，心里软得一塌糊涂。

她抹了抹眼泪，压住哭腔，握住简松意的手："没事儿，儿子，虽然你现在成了这样了，但是你爸有钱，我们可以保护你一辈子，所以你千万不要有心理负担。"

"……"

唐清清越说越激动："怪我，真的怪我，当时那机构说基因检测百分之百准，我就信了。小淮分化成支配者的时候，我也没想起来哪里不对，还是执迷不悟，才让你沦落成今天这个模样。"

简松意："……"

我到底沦落成哪样了？

"你看看你，个子又高，脾气又臭，还有腹肌。"说着，手还摸上了简松意的腰，叹了口气，"硬邦邦的，一点儿都不软，哪像个正常的易感者？"

柏淮："……"

简松意：“……”

唐清清忧愁得很真实，简松意狠狠心，安慰道：“妈，没事儿，喜欢我的女孩子还挺多的……”

“多有什么用？遇到危险了，谁来保护你？”

简松意：“……”

柏淮觉得唐女士简直字字珠玑，真知灼见。

唐女士认命般地叹了口气：“唉，算了，实在不行你到时候继承家业，家里罩着你，免得你在外面被欺负，实在不行坐吃山空也还能吃几辈子。”

简松意：“……”

想得还挺周全。

柏淮觉得唐女士的想法有点儿危险。

他轻咳了两声：“阿姨，不至于，小意才十七岁，还早着呢，指不定以后会发生什么。”

意识到柏淮还在，唐清清收敛了一点儿情绪：“你说得对，还早，慢慢来，万一瞎猫遇上死耗子了呢？”

说着，她又叹了口气：“说实话，当时检测结果出来的时候，我和你爸爸还想过，让小松以后保护你，结果你后来成了支配者，我就没了这个想法。现在呢，小意又变成了一个易感者，我这，我这……我都想着把小意塞给你保护了。”

“可是不能啊。”唐女士动了真感情，看着柏淮，眼中带泪，“我是看着你长大的，我怎么能把你往火坑里推呢？真把小意塞给你照顾，我良心上怎么过得去？你爸爸九泉之下如何能安心？你是个好孩子，我不能因为一己私心害了你！”

柏淮：“……”

简松意：“……”

大概、可能，是亲妈吧。

15

好说歹说，总算是把唐女士的情绪安抚下来。

简松意敲了敲手边的阻隔剂瓶子，低垂着眉眼："妈，这阻隔剂喷上，是不是一点点儿外激素的味道都闻不出来？"

"对啊，我跟你说，这款是国外新品，国内市面上压根儿没有，你爸费了不少工夫才弄来的，本来我是打算留着自己用的，现在都给你吧。"

"也闻不出来是支配者还是易感者？"

"那肯定闻不出来。"

"那您能先别给我登记第二身份吗？"

知子莫若母，唐清清很快就明白了简松意的想法。

可是特殊的生理条件注定了易感者是脆弱的，需要被保护的。

即使科技和政策发展到如今，倡导人人平等，可是稀有又珍贵的易感者，如果脱离了诸多外部保护，单凭自身很难保全自己。

如果隐瞒身份，这就意味着在学校不会享受到任何福利和照顾。

危险又困难。

唐清清抿了抿唇，看向简松意的眼神难得有些严肃认真："小意，你确定吗？"

简松意低头把玩着阻隔剂，语气随意，好像不是什么大事儿："确定吧。我倒也不是觉得当一个易感者丢人，就是这么多年了，大家都拿我当支配者，我也拿自己当支配者，突然变成易感者了，多别扭啊，麻烦。"

"可是……"

"没什么可是的。妈，我不觉得我变成易感者后就真的比以前弱了，我不太需要那些保护，也不太喜欢别人八卦议论我。"

简松意顿了顿："妈，我需要一些时间。"

唐清清太知道她儿子是怎样一个人了。

习惯了强势，也习惯了保护他觉得需要保护的人，臭屁嘚瑟又欠揍。

这样的人是不会愿意心安理得地接受任何庇护的。

所以他可能需要一些时间去变得更强，强到可以一个易感者的身份也无所畏惧，来守护他那份骄傲。

那她愿意帮他守护这份骄傲。

唐清清伸出手，揉了揉简松意一脑袋乌黑蓬松的顺毛，笑了笑："行吧，我儿子说什么就是什么。"

得到了唐女士的同意，简松意抬起头，扫了一眼窗边的柏淮，语气冰凉："同流合污和杀人灭口，选一个？"

柏淮没搭理他，只是看向唐清清，笑道："阿姨，放心吧，在学校里我会帮着小意的。"

唐清清既感动又欣慰："那可真是太麻烦你了。"

"不会麻烦，小意从小就叫我哥哥，我照顾他是应该的。"

柏淮本来就好看，天生长了张让人省心的学霸脸，这会儿又笑得温柔，像初春刚融的积雪，简直化了唐清清一颗姨母心。

"还是小淮好，从小就懂事，阿姨没白疼你，晚上来家里吃饭，阿姨亲自下厨。"

"好啊，我也好久没吃您做的饭了，有点儿馋了。"

"那今天吃个够，来，告诉阿姨想吃什么，我记一下，下午去买。"

简松意看着相谈甚欢其乐融融的两人，略微有些迷茫。

柏淮是一直这么温柔话多、心暖嘴甜的吗？

唐女士被简先生宠了好些年，做饭对于她来说就和买包一样，图个心理刺激，所以厨艺着实不怎么样。

只是简家父子一向都哄着她，挑剔如简松意，每次也面不改色心不跳地吃个干净。

如今还多了个更加面不改色心不跳的柏姓心机狗，唐女士对于自己的厨艺就更没有自知之明了。

她折腾一下午，做了一大桌子菜，卖相都挺好，至于吃了后需不需要去医院，全看运气。

唐女士摆好盘，再装饰好鲜花蜡烛，去房间补了个妆，然后拉着两人拍了几十张照片，最后精挑细选出九张，上传朋友圈。

"为了庆祝儿子和他最好的朋友再续前缘，今天特地下厨！希望两个小朋友吃得开心呀。"

简松意垂眸看向手机屏幕，淡然地抿了一口茶："妈，再续前缘不是这么用的。"

"啊？这样吗？"唐清清迷茫地眨了一下眼，"那我重发一条吧，破镜重圆对不对？"

简松意释怀："算了，再续前缘也还行。"

为了避免再看见唐女士发一些奇奇怪怪的东西，简松意点了左上角，退出朋友圈。

一退出来就看见那个白晃晃的头像上有个红彤彤的小点——"原来你语文不行是有原因的。我错怪你了。"

简松意夹了块成分不明的肉放到柏淮碗里："多吃点。"

毒死拉倒。

阿姨还没回来，吃过晚饭，柏淮帮着唐女士收拾碗筷。

简松意懒，不想做家务，就随便找了个借口，出门走走。

他手插着裤兜，低着头，眉眼恹恹，步伐懒散，漫无目的。

九月的南城，经过了一个漫长的雨季，空气湿润，夜风吹过，带着些黏黏的凉意。

公馆区的梧桐路，积叶已经被清理干净，只偶尔有几片卷着黄边的叶子兜兜转转落下，有种零星萧索的美感。

等叶子落光了，天就凉了，到时候下了雪，枯枝上白茫茫一片，也挺好看的。

未必只有六七月的时候枝繁叶茂青郁明翠的样子才好看。

都挺好的。

怎样都挺好的。

支配者挺好的，易感者也挺好的。

没什么大不了。

简松意缓缓吐了一口气，抬起头，才发现自己不知道什么时候已经走到了小区外面。

旁边就是一个便利店，一个男人买了一包烟，走出来，站在路边，蹙着眉，狠狠吸了一口，再吐出一圈圈云雾。

似乎那些烦忧就这样被尼古丁分解，然后随着烟雾呼出体外，烟消云散。

鬼使神差地，简松意走了过去。

他从来不抽烟，只是突然有些好奇，那种传说中可以带来刺激的物质，是不是真的能缓解心里的不舒坦？

他是有些不舒坦。

只是不能让任何人知道。

他必须要坚强，坦然、乐观地接受这一切，才不会让关心他的人担心。

他知道这样是对的。

可是他才十七岁，还是会不甘心的年纪。

也不是不甘心，就是这么多年的习惯和信念突然变了，有些茫然。

他没有见过可以战胜支配者的易感者，不知道自己能不能做到。

应该是能做到的吧，毕竟我可是简松意啊。

简松意扯着嘴角笑了一下。

正好一片梧桐叶晃晃悠悠落下，停在他的肩头。他伸出手，想拈起那片叶子，却被人捷足先登。

拈起叶子的那只手很漂亮，指尖捏着叶柄，转了一圈，声音带着轻笑："这叶子还挺会选地方。"

说完那人抬起眼皮看了简松意一眼："人也挺会选地方。"

简松意没说话。

这个地方离便利店已经有些距离了，有条长椅，挺偏僻，也不知道柏淮怎么找来的。

柏淮坐到他旁边，顺着他的视线看向那个路人，轻哂一声："别看了，你还未成年，不能吸烟。何况你真以为这玩意儿是什么解忧药呢？"

"……"

他唇角勾着，似乎在笑，语气却算不上好："抽烟就那么回事，一点也不帅，以后也别碰。"

简松意有些不自在，话到嘴边只成了一句："你怎么知道我在想什么，你也好奇过？"

"嗯。"

"在北城的时候？"

"嗯。"

简松意难得有了好奇心："你这种人居然也有不良少年叛逆期？"

柏淮手肘搁在长椅靠背上，语气散淡："当时还小，遇见些事儿，自己把自己轴进去了，想不明白，非要装大人，后来发现没什么意思，也没什么用。"

"那现在想明白了？"

柏淮知道简松意大概想岔了。他没解释，笑了一下："想明白了。"

他偏头看向简松意，眸光从狭长的眼尾扫过，让人有些看不清里面的情绪，一字一句慢条斯理，语气温和却不容反驳。

"所以以后遇见什么想不明白的、不痛快的，不要自己藏起来，更不要试图干抽烟喝酒这种傻事儿。我不比这些玩意儿好用？"

16

好不好用我不知道，但我们是不是这么好的关系你心里没点儿数吗？

简松意是下定了决心这辈子都不和柏淮和好的，一点点儿也不领情，抿着唇角，睨了他一眼："如果我没记错的话，我昨天刚说过，要让你心服口服地离开南外。"

柏淮点点头："如果我没记错的话，你昨天说的是，如果不让我输得心服口服地离开南外，你就不当这个支配者。"

"……"

"你看，这不是灵验了？"

"……"

101

"我就喜欢你这种说到做到的好青年。"

简松意："……"

牙痒痒。

"小朋友，不要用这种深仇大恨的眼神看着我。"柏淮偏着头，看着简松意，眼睛像狐狸一样微眯，"善意提醒一下，你还用得上我。"

"您真无耻。"

"荣幸之至。"

被柏淮这么一搅和，简松意心里那点儿难得的黯然神伤全没了。

有空伤春悲秋，不如回去做语文阅读理解。

他的感性思维就这么多，可不能浪费了。

丧什么丧，有什么好丧的？

柏淮今天叫自己哥哥了吗？没有。

柏淮今天滚出南外了吗？没有。

所以自己没资格丧。

简松意豁然开朗，站起身，准备回家，留给柏淮一个无情的背影。

柏淮太了解简松意，太知道怎么不动声色地让他摆脱那些负面情绪，在他身后笑了一下，带着那么点儿纵容的味道，站起身，长腿迈了几步，跟上简松意，并肩往回走。

不过一个晚上，梧桐路就又堆起了一层薄薄的叶子，踩在上面，偶尔会发出沙沙的断裂声。

简松意突然想起什么："你是怎么找到我的？别跟我说碰巧，巧不到那儿去。"

"嗯，你小时候一不开心就会跑那儿躲起来，我习惯去那儿找你了。"

"哦。"

简松意"吧嗒"踩断了一根横在前面的枯枝。

那其实，偶尔用用柏淮，也不是不行。

简松意和柏淮同时请了假。

这可把八卦群众激动坏了，什么流言蜚语都有。

徐嘉行那个嘴巴是没个把门的，关于柏淮如何惹怒简松意，简松意又如何立下军令状，被他添油加醋，说得绘声绘色。

一传十，十传百，艺术加工，永无止境。

于是全校都知道了，他们本来的学霸和新来的学霸极度不对付。

大概王不见王，总要见点儿血。

据说两人狠狠地干了一架，两败俱伤，缺胳膊少腿，被救护车拖去医院，抢救了一整晚。

柏淮当晚睡前还收到了冰激凌小圆子的消息。

冰激凌小圆子："柏淮那个王八蛋！居然打我崽崽！还把我崽崽打进了医院，渣男！！啊啊啊！！！"

B.S.："……"

冰激凌小圆子："你怎么不骂他？你是不是不爱松崽了？作为副会长，你怎么可以不爱松崽了呢？你不心疼松崽吗？"

柏淮：……

真要说起来，昨天他还被简松意挠了一道，他才是被打的那个才对。

可是简松意分化的事情不能说。

柏淮面无表情。

B.S.："爱。心疼。柏淮渣男。"

冰激凌小圆子："还是个暴力狂！"

B.S.："暴力狂。"

冰激凌小圆子："诅咒他这辈子吃方便面都没有调料！"

B.S.："没有调料。"

冰激凌小圆子："唉，算了，你这种软妹子一看就不会骂人，搞得我都不好发挥了，不刺激，我找其他会员去了。"

柏淮：……

他本着学习的态度点开了小圆子的签名。

然后他看到了几乎所有他认识的粗话。

他记得，林圆圆是挺甜美害羞的一个小姑娘，现在连女孩子都这么暴躁吗？

那简松意暴躁起来得是个什么样儿？

柏淮咋舌，打算煮个泡面压压惊。

随手拆开一包，只有孤零零一个面饼，并没有调料……

柏淮觉得，为了打入敌军内部，窥探军情，他可真是牺牲太多了。

第二天，当简松意和柏淮全须全尾地从同一辆车上下来，一起走进教室的时候，八卦群众揉了揉眼睛。

徐嘉行睁大眼睛，扒拉了几下简松意，捏了捏他的胳膊，又拍了拍他大腿，难以置信："居然是真的！咋没少呢？"

简松意有点儿摸不着头脑："嗯？"

知情者柏淮面无表情地把那只在简松意身上摸来摸去的爪子拎开："内伤。"

原来如此。

众人恍然大悟。

徐嘉行抱拳："高手过招，在下佩服。"

简松意："嗯？"

什么玩意儿？

柏淮指尖点了点脑门："他这里，你知道的。"

简松意恍然大悟，爱怜地抚摸了一下徐嘉行的脑袋。

徐嘉行："嗯？"

我怎么觉得我刚才好像被冒犯了。

简松意坐下来后，瞥见旁边大组最后一排多了套桌椅，其他都是两张桌子拼一起，只有它孤零零的。

徐嘉行解释道："昨天你们不在，所以不知道，我们班来了个精培生。"

所谓精培生，也就是扶贫生，免学费、住宿费，从乡镇选上来插班借读。

南外是私立学校，各种费用昂贵，从来没收过精培生。

徐嘉行凑近，压低嗓子："听说啊，只是听说，教育局今年给我们

104

学校多拨了一个华清大学保送名额，前提就是拿这个换。"

杨岳也凑近，嗓子压得更低："我觉得换就换，干吗换到我们一班来，在五班混混不好吗？"

徐嘉行压得只用气声说话："可能是为了表现我们学校的诚意吧。"

杨岳用更轻的气声说道："那不怕跟不上吗，拖后腿就算了，万一打击了他自信心怎么办？"

徐嘉行气有点儿喘不上来："不——知——道——呀——"

简松意被两个人的热气喷了一脸，嫌弃地推开他们："得了，叽叽个没完了，杨岳就算了，徐嘉行你自己品品你的成绩，难道你的自信心就从未受过打击吗？"

徐嘉行："我上次好歹是我们班第二十二名好吧。"

全班一共三十个人。

简松意伸出大拇指："厉害，进步神速。"

"谢谢松哥夸奖！"徐嘉行还真美起来了。

简松意不忍心再看他，转过头朝柏淮问道："要换个位置吗？我坐那边儿。"

柏淮拿起简松意的水杯，站起身："不用。"

然后走到饮水机旁接水。

简松意看着他的背影，撇了撇嘴。

杨岳很敏锐："松哥，你不是只坐靠窗的位置吗，怎么突然想起来换座位？"

"哦，没什么，就是怕有的人心里有阴影。"

"啥阴影啊？"

"啪——"一个水杯放在了简松意桌上，阻隔了杨岳的好奇心。

柏淮坐回座位，低头翻书："别听他瞎说。"

简松意拿起水杯抿了一口："行吧，我瞎说的最好。"

徐嘉行努努嘴："喏，人来了。"

简松意朝门口瞟去，果然老白带了个生面孔来。

看上去长得倒也清秀，个头也还行，就是瘦，不是清瘦有力的那种瘦，而是有些营养不良的那种面黄肌瘦。

老白清了清嗓子："介绍一下，这是你们的新同学，俞子国，以后就是我们班的一员了，大家要互帮互助，共同进步。"

或许是和上一个转学生差距太大，或许是大家都提前知道了情况，尽管都鼓了掌，却不怎么热烈，敷衍得很礼貌。

这个年纪的学生，说不上势利，就是傲气，尤其是高三一班这群天之骄子，眼高于顶，对于突然闯入这么一个群体的外来者，往往不会太热情。

柏淮之所以能很快被接纳，并且封神，是因为他有绝对强大的实力。只要实力足够强，这群人也会真心服气。

又或者像徐嘉行那种，天生情商高，智商低，惹人爱怜，走哪儿都吃得开。

但很明显，这两种人，俞子国都不是。

不过他似乎也并没有因为这样算不上友好的反应而产生什么负面情绪，一脸乖巧地径直坐到属于他的位置，拿出了书。

杨岳是班长，又天生是个爱操心的性格，自觉承担起团结新同学的责任，掏出一个笔记本递给俞子国："喏，这是我们现在的进度，你看一下，心里有点儿数。"

俞子国受宠若惊地双手接过："谢谢你。"

"嗐，没啥好谢的，我叫杨岳，是一班班长，旁边这个二愣子是徐嘉行，体育委员。"

说着，他又指了指后排："这个是简松意，人称松哥，我校校霸。这个是柏淮，江湖外号柏哥，我校校草。同时他们两个也是年级前二，帅哥兼学神，你有什么不知道的，就问他俩。"

结果两个帅哥兼学神，一个比一个面无表情。

柏淮不好说，简松意嘛，杨岳是清楚的，傲娇，放不下架子，脸臭心善。

生怕新同学误以为自己是被针对了，杨岳连忙打哈哈道："当然，问我也行，好歹我也是前第二。"

俞子国郑重地点点头："嗯。前第二，你人真好。"

突然被发好人卡的杨岳："……"

新同学看上去，好像有点儿不太聪明。

不太聪明的新同学又看了一眼跟他隔着一个过道并排坐着的两位，有些羡慕："你们好帅啊。"

"……"

"两位帅哥是铁哥们儿吗？"

"嗯？"

"我爷爷能掐会算，我学过一点儿，这位校霸贵中带王霸之气，这位校草带逢凶化吉之能，如果凑到一块儿就是互为贵人……"

杨岳担心这位新同学今天晚上就被套麻袋打死，善意打断："他们俩都是支配者。"

顿了顿，杨岳壮着胆子委婉地补充道："而且关系不算融洽。"

"啊？这样啊，对不起，对不起，我学艺不精，我还以为靠窗那位是易感者来着，是我看错了，真的太对不起了，你们千万别生气。"

嘴上说着对不起，眼神里却无法掩饰地流露出意犹未尽的遗憾，满脸大写的可惜。

你到底在遗憾什么，可惜什么？

知道自己还真就是个易感者的简松意，无法理直气壮地反驳打脸，只能抽了抽嘴角："没事儿，不生气，也不怪你，怪我自己非要乱长俩桃花眼。"

柏淮低头无声地笑了一下："嗯，没事儿，我也不生气。"

17

气氛有点儿微妙。

好在老白及时讲话，打破了尴尬。

"上课之前，先宣布一件事情。大家都知道，我们南外高三一直有个传统，就是开学后会组织一次动员会，锻炼意志力，鼓舞士气。

"因为这届高三，是你们彭主任带过的身体素质最差的一届高三，所以学校决定要严加训练，把动员会选在了雏鹰基地，进行为期五天的特别军训，下周六正式开始。"

教室里发出鬼哭狼嚎。

"不是说高三时间紧吗，还弄这些破玩意儿干吗？"

"别的学校都是高一军训，就我们学校高三，这是有毒吧？"

"我想考试，我愿意考五天试。"

"愿意考试加一。"

老白把一张表格交给第一排的同学，慢吞吞地说道："磨刀不误砍柴工，看看你们这蔫嗒嗒、病恹恹的样子，不去好好训训，就怕你们都撑不过高考就倒了。"

这话倒是实话，一班有一大半人都极度缺乏运动，并美其名曰天才都是废宅。

又是一阵哀号。

"行了，号也没用，表格传下去，大家填一下姓名、身高、体重、性别，给你们做军训服和分班用，别乱填。下课交上来。"

表格传到简松意这排。

姓名：简松意
身高：183cm
体重：64kg
性别：男，未分化支配者

简松意毫不犹豫地写完，面不改色地递给柏淮。

柏淮什么也没看，什么也没说，在下面那排写上，柏淮，188cm，70kg，男，支配者，就又传给了俞子国。

小朋友的秘密，不能拿来逗，得好好守着。

表格传过去后，柏淮从桌肚里掏出手机，借着校服下摆的掩护，指尖飞快地摁了几下。

"柏淮。"老白叫了一声。

柏淮担心手机被收，被看见聊天记录，连忙先把刚发出去的那条信息删掉，然后才抬起头。

老白推了推自己的眼镜："上来拿你和简松意的卷子。"

"好。"

柏淮刚走上去，老白又改变了主意："你的拿回去，简松意的留下。"

简松意无辜地抬起头。

老白解释道："我得看看是多狠的心，能在数学、理综、英语都几乎满分的情况下，把我的语文糟蹋成这样。"

这次联考题简单，两人都是数学满分，英语只扣了两分作文分，理综简松意300分，柏淮288分，语文简松意117分，柏淮130分。

不多不少，总分刚好差一分。

但凡简松意对语文卷子客气一点儿，字写得态度端正一点儿，也不至于欠柏淮一声"哥哥"。

语文老师兼班主任老白十分痛心，他看了一眼手里的卷子，叹了口气，取下眼镜，揉了揉眼睛，把眼镜戴好，又看了一眼卷子，再次叹了口气。

简松意撇了撇嘴，至于吗？！

老白似乎知道他在想什么，在讲台上痛心疾首地问了句："简松意，至于吗？！一首初一就学过的诗歌鉴赏，你能一个得分点都踩不对？"

这次是现代诗歌鉴赏，普希金的《假如生活欺骗了你》，大概是个人都会背一两句，简松意一个点都答不对，也挺难得的。

柏淮回到座位上，收起语文卷子，拿出一套理综综合卷。

老白眼尖，本来准备求求简松意对语文上点心，结果突然看见他隔壁一个大大的力学图出现，差点儿一口气没背过去。

但是想想柏淮碾轧文科班的语文成绩和有难言之隐的理综成绩，决定睁一只眼闭一只眼，继续数落他旁边的简松意。

"来，我们看第一问，'生活欺骗了你是指什么状况'，这四分就是完全的送分啊，简松意，你能不能行行好给收下呢？"

柏淮从他这个新班主任的语气里听出了一丝委屈，有些心疼。

简松意就"薄情寡义"多了："我也没在卷子上写我不要啊，但阅卷老师不还是没送。"

"……"

"这算不算生活欺骗了我？"

"……"

老白鼻翼翕动两下，忍住，低头看卷子，一字一句念道："答：这是指有的人自己无能却甩锅给生活的状况。"

读完，老白抬头，看向简松意，想要讨个说法。

结果看见旁边的柏淮正画着受力分析图，十分投入，于是决定"一石二鸟"："柏淮，来，你来评价一下简松意这个答案。"

柏淮停笔，抬头："挺好的。"

"哪里好？"

"实话。"

"我知道你觉得好是实话，我是问你为什么觉得好？"

"我觉得好的原因就是他说的是实话。"

高三一班的同学们觉得自己被绕得有点儿晕。

简松意则朝老白点了点头，以示当事者对这个评价的认可。

可不嘛，生活哪儿有闲心欺骗你，说这种话的都是甩锅。

他都成了易感者了，被骗了十几年，他说什么了吗？他没有。

两个人就这样排排坐，表情一个比一个严肃，再加上头上顶着联考第一和第二的光环，优秀人民教师白平山同志觉得自己有点儿心梗。

他决定转移战火，找点成就感，一下就挑中了两人前排正在睡觉的徐姓"软柿子"。

"徐嘉行，来，你把这首诗朗读一遍。"

"啊？啊？什么？哦，好，假如生活强迫了我！"

老白："生活又不瞎，它强迫你干吗？！你把眼屎抠干净再读！"

他一生向善，到底是造了什么孽，遇上这群学生。

教室里发出低低的、善意的哄笑。

俞子国有些羡慕，又有些不知所措，他偏过头，不自在地低声问杨岳："班长，你们好学校都是这么上课的吗？"

"也不全是，比如老刘的数学课就不行，但差不多都这氛围吧，怎么？"

"哦，没什么，就是不习惯。我们那边上课老师特别凶，特别无聊，我还以为你们好学校都是好学生呢。"

"你是想说以为我们都是学习机器吧？"

"没……我不是那意思……"俞子国有些局促。

杨岳无所谓地笑笑："能猜到，反正你慢慢适应吧。"

南外是私立学校，建校时间不长，校长的教育观念比较先进，学生家境也都不错，注重综合素质的培养，一班这群人又都还算得上有天赋，老师管得就更松了，气氛就比较活跃。

也就难免有些看不上那种死熬死磕、玩命学习的学生，也没有多大恶意，就是温室里的孩子不懂得世界上不是所有人生来都拥有一样的条件。

有的人只能笨拙地用尽自己的全部努力，才能有一些希望，让自己的生活变得更好。

温室里的人不懂得他们，他们也不懂得温室里的人。

善意和羡慕，会在这种不理解中发生微妙的变化。

变得更好，或变得更坏，谁也不知道。

杨岳不明白这个道理，俞子国也不明白这个道理，从前的柏淮也不明白这个道理。

柏淮听着耳边杨岳和俞子国的低声交谈，低头写着题。

没有任何情绪变化，可是不知道为什么，简松意就是知道他心里在想着事儿。

简松意鬼使神差地掏出手机，想和柏淮聊聊。

结果却被柏淮十几分钟前发来的微信打了岔。

"军训分在支配者班会比较麻烦，需不需要先开始做对抗训练，适应一下？"

简松意自己都还没想起来这事儿，这人倒是上了心。

果然，偶尔还是可以用用的。

"行啊，正好还有四五天，我先练练，适应适应。"

柏淮瞥见桌肚里透出的一丝亮光，他一只手握着笔继续写着题，另一只手掏出手机盲打。

"那你家我家？"

"我家吧，晚上我妈不在，家里就我一个人。"

"行，晚上房间等我，我洗过澡就来。"

挺好的，沟通挺顺利。

但莫名其妙地，简松意觉得这对话哪里有点儿别扭。

他觉得柏淮这人肯定在这几句话里耍心机了，可是找不到把柄。

柏淮余光瞥见某人盯着屏幕认真思考但有点儿愁的表情，忍不住弯了下唇角。

正巧杨岳转过头来想问题，看到他这表情觉得有点儿惊悚。

"哥，你咋能对着一个摩擦示意图笑得这么温柔似水呢？"

柏淮笔尖点了点那个木板边上的小圆球，随手画了个笑脸在上面："你看这个球，它是不是呆得有点儿可爱。"

杨岳："哥，你挺特别啊。"

大概这就是自己永远不能考年级最高分的原因吧，看看人家大神，对题目充满着怎样宠溺的爱。

简松意觉得柏淮果然是个变态。

居然会喜欢物理小球？

但是他这个人善良又包容，于是宽慰道："小柏，没事儿，你放心，我不歧视你，晚上我房间，风里雨里，小简等你。"

小柏看着这条皮里皮气的微信，忍住了没回小简。

不过小柏觉得晚上训练不是不可以激烈一点儿。

18

柏淮晚上出门的时候，正好撞见唐女士从家里出来。

唐女士一看见他就连忙温柔地招呼道："小淮，你是来找小意的吧？"

柏淮笑着点点头："嗯，有些题不会，找他问问。"

"这么刻苦呀，那快进去吧，不过小意在洗澡，你得稍微等等。我还得去机场接小意爸爸，先走了啊。"

"嗯，阿姨路上注意安全。"

"唉，好嘞，你们也注意安全。"

唐清清说完就脚步轻快地走了，打扮得漂漂亮亮，拿着束花，年过四十，眼睛里却藏不住即将见到爱人的少女般的欢喜。

明明她只比简父早回来了两天而已。

果然，住在对门的人，全都是很可爱的人。

柏淮笑了笑，慢悠悠地晃上二楼，在简松意门口站定，屈指敲了敲。

门里依稀传来水声，简松意的声音也有些不清晰："妈，我洗澡呢。"

"是我。"

"哦，那你先进来吧。"

柏淮也不客气，拧开门把手，真的就进去了。

上次来简松意房间，柏淮被他的样子吓得失了分寸，背着他就跑，也没来得及细看。

现在一看，才发现变了不少，应该全都重新装修了。

浅蓝的色调换成了黑白灰。

墙上的小红花和小奖状没了，变成了书架上一个一个奖杯。

以前放四驱赛道的地方，现在放着一个规模巨大的乐高。

大屁股电脑也被双屏高配外星人代替。

好像已经没什么一样的地方。

柏淮一眼看见了床头柜上那颗原封不动的奶糖。

小朋友的确长大了，已经一米八几了，也不爱吃糖了。

他离开的这三年，是人生中成长最快的三年。

柏淮有些怪自己，当时怎么就舍得走了，如果没有错过这三年，他会不会不用进退两难？

而不是只会像现在这样，笨拙地、固执地，绕过一条条街头小巷，找到一家陈旧的杂货店，买一盒快要停产的奶糖，只因为记得他曾经缠着自己要吃。

柏淮从小就是最优秀的，从来不认为有什么事是自己做不到的。

唯独对简松意，太过珍视。

柏淮拿起那颗奶糖，在手里拨弄了两下，想收回自己的衣服口袋。

浴室门"吱呀"一声响了。

"你偷我糖干吗？"

柏淮转身，看见只在腰上围了一条浴巾的简松意。

简松意从柏淮手里拿过糖，剥开，扔进嘴里："你这人送了东西怎么还偷回去呢？"

简松意换好衣服，柏淮罕见地没逗他，直奔主题："准备好了没？"

"OK。"

"第一阶段训练，每次坚持十分钟，如果十分钟以内实在难受得撑不住的话……"柏淮想了想，"就叫声淮哥哥吧，我就收起来。"

简松意这下是死也不会撑不住了。

"柏淮，你能不能要点儿脸，平时在学校里装得高冷禁欲人模狗样的，怎么换了个地方就不要……哟——"

不等简松意小嘴叨叨完，空气里瞬间就爆发出了雪松的味道，凝聚成一堵无形的冰墙，压在简松意身上，逼迫他弯下腰，屈下膝，俯下首。

简松意咬着牙，双手撑住膝盖，努力地直起身子，抬起了头。

因为过于强力的对抗，身体有些发颤。

基因的影响，支配者的力量，原来这么强大。

血液里的每个细胞都在叫嚣让他臣服，只要低下头，弯下腰，扮作柔弱的模样，你就会得到安抚，你就可以从挣扎的痛苦中解脱。

而不是像现在这样，每一根骨头似乎都要被折断，每一处肌肉似乎都要被剐去。

简松意突然笑了。

他撑起身子，高高地抬起了下巴，面色苍白，眼睛有些红，咬着牙，扯着唇角，笑得痞气又傲气："还搞偷袭，太狠了吧。"

他下巴尖巧，下颌骨却坚毅，抬着头，脖颈的线条拉长，在灯光下，漂亮极了。

像一朵玫瑰，在悬崖的最高处从顽石沙砾中杀了出来，就那样傲然绽放，睥睨一切。

柏淮别过头，语气淡然："如果有支配者想找事，你觉得他们会提前给你打招呼？"

"行。"简松意咬着牙，笑意不减，"你就这点儿本事了？也不怎么样嘛，怎么绝对压制那些支配者的，别是演的吧？"

"循序渐进。百分之二十。"

百分之二十的能量，就这样了。

简松意苦笑了一下："那我还挺道阻且长的。"

"八分钟，再坚持两分钟。"

"我觉得你可以再加个百分之二十，现在这样，对我难度不太大。"

简松意已经基本可以直起身子了，扬着眉，勾着笑，跩得二五八万。

柏淮心里松了一口气，还好，比他想的还要好。

柏淮语气却正经冷淡得像个没有感情的教官："你确定可以直接加到百分之四十吗？这个强度，稍微体能差一点儿的支配者就承受不了。"

"我发现你这人很妇人之仁，这样会崩你的高冷人设的，你知道吗？"

小嘴怎么这么能叨叨。

"十分钟到了，缓一会儿，五分钟后加强度。"

简松意用舌尖顶了下腮帮："不用缓，继续。"

"我担心你……"

"有什么好担心的，真有支配者找我事，还能给我歇歇？"

挺会举一反三的。

于是下一秒，成倍的外激素直直压来，简松意低估了这个能量，一下子不能承受，整个身子在一瞬间就直接被压跪了下去。

好在最后一秒，他撑住了。

膝盖离地面不足五公分的时候撑住了。

一只脚脚尖点地，手指撑住地面，骨节从泛白到泛青，因为过度用力而高频率地颤抖。

绸缎睡衣贴着肌肤，少年紧绷着的脊梁和肩胛骨显露无遗，有些鳞峋。

强大的压迫让他喘不过气来，脸上已全然没了血色。

一粒汗顺着他的眉骨，"吧嗒"一下砸在地上。

疼的。

有那么一瞬间，柏淮想马上收起外激素，拽起简松意，差一点儿他就要这么做了。

只可惜他不仅心疼简松意，他还了解他，相信他。

而就在下一秒，简松意松开了撑着地面的手，稳住呼吸，一点儿一点儿挺直脊梁。

却在就要站起来的那一刻，体力不支，又被压了下去。

再次撑住地面，再次站起来，再次失败。

撑住，站起，失败。

反反复复，地面已经积攒了许多破碎的汗珠。

柏淮觉得眼角和胸口都酸胀得难受。

这哪里只是单单对简松意的折磨。

他咬住牙，下颌骨紧绷用力，垂下眼帘，不敢再看一秒。

终于，他听到了一声痞里痞气有些欠揍的声音："啧，柏淮你就这水平啊，一般般嘛。"

柏淮抬起眼帘。

那人已经站了起来，脊梁挺得笔直，头颅高高昂起，挑着眉眼，嘴角挂着玩世不恭的笑，张扬挑衅至极："怎么样，你松哥我厉害吧？"

少年意气狂傲，最是动人心魄。

柏淮看着他，没有说话，就那样看着他。

沉默的，安静的，无声的。

刚才还如冰墙一般的外激素化作了初春的暖水。

简松意愣了愣，过了好半天才反应过来："柏淮你发什么疯？怎么把外激素压迫撤掉了？不会是想突然来一下，逼我认输吧？！"

柏淮轻笑了一下："我要想搞突袭，你现在已经连皮都不剩了。"

116

想起那可怕的百分之四十，简松意竟然无法反驳。

"那你这是发什么疯？"

"训练的售后服务。"

"嗯？"

"训练后如果不安抚一下，你会对我的外激素产生阴影，以后见我就怕。"

"真的？"

"真的。"

"行吧。"

简松意皱着眉，将信将疑。

而在他看不见的地方，柏淮弯着唇角笑了。

只有这个时候，简松意才看不见他的眼睛，他才能让那些憋坏了的心腾出来喘口气。

恰好就在这个方向，他看见了储物柜角落里的一个糖罐。

很旧很旧，掉了漆，还有不少划痕，是简松意小时候最喜欢吃的那个牌子的奶糖，盒子上面歪歪扭扭地用水彩笔写着"淮哥哥"。

那是他五岁的时候送给简松意的第一个生日礼物。

柏淮突然觉得，时间或许比他想象的仁慈，在他离开的岁月里，总还是给他留下了念想，隔着漫长的岁月，赏了他些甜头。

他笑了笑，刚准备松开马上就要爹毛的简松意，门却"吱呀"一声开了。

"小意呀！爸爸回来了，看爸爸给你买什么了……了……对不起，爸爸应该敲门的。"

"砰"，门关上了。

门外传来简先生试图压低但其实并没有压低的声音："嘘！先别进去，我们儿子在里面煽情呢！"

简松意："柏淮，你说实话，你到底对我有什么成见？要害我至此。"

第四章

军训

SONG YI

19

托简爸爸的福，简松意坚定地认为柏淮是个"心机狗"，时时刻刻加害于他。

尽管柏淮一本正经、云淡风轻地编出了一套胡说八道的理论，解释清楚了那个拥抱，但是简松意始终觉得他爸妈并未全然相信。

简松意不知道他爸妈会怎么想，但他觉得柏淮必然是故意的。

还售后服务？真是瞎话张口就来。

简松意面无表情地把柏淮送出了门。

柏淮双手插在裤兜里，在门口站定，看着他的表情，忍不住勾了一下唇角："你爸妈好像误会了，所以，还继续吗？"

这才百分之四十，而且自己还很勉强，在实战中早就凉了，往后训练的日子还长着呢。

简松意心如死灰："继续。"

"但是我释放外激素，你爸妈肯定能察觉到。"

"……"

"我爷爷去外地视察，最近不在家。"

"行。"

柏淮点点头，转身往自家走去，刚走两步，又顿住，折返回来，掏出插在裤兜里的手，伸进简松意的睡衣口袋，放了个什么东西，然后才又转身走了。

简松意掏出来一看，一颗奶糖。

对面的门关上了，放在口袋里的手机屏幕亮了。

"小朋友今天训练表现很好，小柏教官奖励你。"

这人……

幼稚。

简松意腹诽着把糖剥开，扔进了嘴里。

雏鹰基地在南城城郊的一个荒山上，面积大，设备齐全，配套住宿食堂，差不多是全省最大的拓展训练基地了，也基本承包了南城几所学校的所有军训。

据往届学长学姐说，巨人梯、空中单杠、高空断桥、信任背摔、毕业墙、障碍跑、射击打靶、长跑拉练，一个不少。

甚至彭明洪这个魔鬼还给这次集训设定了考核，考核水平没有达到优的，将无缘本学期三好学生的评选。

听到这个消息的学生们想死的心都有。

于是到了周五，整个高三愁眉苦脸，纷纷讨论起了墓志铭。

下午最后一节课，老白看见教室里死气沉沉的样子，憨笑两声："告诉大家一个好消息。"

"什么？"

"今天晚上不用上晚自习！"

"乌拉——不对……周五晚上不是本来就不上晚自习吗？"

"嘿嘿。"老白假装没听见，继续憨笑，"当然啦，好消息后面一般都跟着一个不那么好的消息，就是晚上我们要集体乘坐学校的大巴，前往雏鹰基地，明天一早，正式开始军训！"

"啊……"

"昨天生活委员应该提醒大家了吧，东西收拾好了没？还缺什么的话，住校的回宿舍拿，走读的打电话让家长送，实在不行告诉我，我去帮你们采购，不过电子设备和零食不能带，带了也会上交。"

众人哀怨哭泣。

"老师，我不适期马上要来了。"

"老师，我不适期已经来了。"

"你们两个支配者哪儿来的不适期，需要我把你们送去人体研究中心吗？"

"不用了，老师，我不适期它有点儿不开心，又不来了。"

老白深谙打一棒子给颗枣的道理，把教案一收："算了，这节课大家肯定也没心思上，你们自由活动吧。班长，你和体育委员、生活委员去把我们班军训服领来，给大家发了，大家先试试，有不合适的现在换还来得及。晚上七点半，在校门口准时集合。"

尽管不情不愿，但是板上钉钉的事，改变不了，就只能接受，于是很快大家讨论的话题就从墓志铭变成了军训服装。

南外这次还算有良心，迷彩服质量不错，搭配黑色军靴，按照每个人登记的尺寸发放。只可惜就算按尺寸来，套在这群学生身上，大多也都松松垮垮，不伦不类。

尤其是俞子国，瘦得跟个竹竿一样，迷彩服完全成了一个麻袋，腰带扣到最里面的孔也还兜了一大圈，活像京剧里面官老爷的玉带。

他低头怎么摆弄也摆弄不好，有些委屈，又焦头烂额。

俞子国又看了一眼坐在座位上老神在在、无动于衷的柏淮和简松意，善意提醒道："柏哥、松哥，你俩怎么不试试衣服呢？万一不合适怎么办？"

简松意原地开屏："没什么好试的，你松哥底子在这儿，怎么穿都帅。"

柏淮："……"

行吧，他就假装不知道是因为有的人臭讲究，坚决不肯在公共卫生间换衣服。

况且这话说得也没毛病。

俞子国对简松意和柏淮有种盲目的崇拜和羡慕，觉得他的说法很有道理，于是十分认可地点了点头。

然后他低下脑袋，继续摆弄着那根腰带，愁眉苦脸："不行，我得想想办法，腰带这么松，我的内裤不是很有安全感。"

简松意被他的说法逗乐了："我觉得你很有语言天赋。"

柏淮则看着那根宽松的腰带，看了一会儿，想到了什么，站起身，出了教室，一直等到集合的时候才回来。

大巴上已经坐满了人，只有简松意旁边还有一个空位。

座位上放着简松意的书包，看上去似乎是刻意帮他占的。

偏偏等他走过去的时候，简松意又一脸高傲："我的书包难道还不配拥有一个完整的座位吗？"

柏淮懒得戳穿他，拎起他的书包直接放到架子上，坐了下来。

简松意"啧"了一声："恶霸。"

到了基地，已经是晚上九十点钟，各班班主任指挥着分配宿舍，交代各种注意事项和第二天的安排。

宿舍一共六层楼，两人一个房间，每层楼一个公共浴室。

简松意凭借着多年来大家的默认共识，蒙混进了支配者那层楼，谁也没觉得有什么不对。

宿舍按学号分，学号是按中考成绩排，于是简松意和杨岳一个房间，柏淮作为转学生就和徐嘉行一个房间。

看到宿舍安排表，杨岳和徐嘉行一人扛着一个大包冲了过来，喜笑颜开："还行，和熟人分到了一起，万一是关系不好的，那也太折磨人了。"

简松意瞟了徐嘉行一眼："还有和你关系不好的？"

"那倒也没有，但是你们比较帅，看着心情愉悦。"

徐嘉行没别的优点，就是嘴甜。

简松意身心舒坦。

而且他本来也觉得和杨岳一个房间还凑合，这人是个爱操心的性格，爱干净，好使唤，于是也没说什么，从老白那儿领了钥匙，就拎着自己的包，和杨岳晃晃悠悠地往宿舍楼走去。

柏淮却站在原地没动，低头和老白说了几句什么。

旁边的人也没听清内容，就听见老白突然叫住了简松意："简松意，你和杨岳回来一下，你们俩换换宿舍，你和柏淮一个宿舍，杨岳和徐嘉行一个宿舍。"

"嗯？"

柏淮无视简松意"你又在搞什么玩意儿"的表情，往前走了几步，把简松意指尖转着的钥匙串儿拿下来塞给杨岳，然后朝徐嘉行的方向淡淡瞟了一眼。

杨岳心领神会，立马跑了。

虽然不知道发生了什么，但是跑就对了，神仙打架，凡人遭殃，惹不起。

简松意挑了挑眉："你又怀着什么恶毒的心思？"

"如果你确定接下来五天训练，你不会被发现喷阻隔剂，不会遇上不适期，也不介意看着一个圆润的支配者穿着睡衣在你面前晃的话，我可以和杨岳换回来。"

柏淮一边说着，一边接过简松意的包，往宿舍楼走去。

简松意这才发现，他好像又忘记了自己是个易感者这件事，心里有点儿感谢柏淮想得周到，但就是嘴上不饶人。

"难道你就不会穿着睡衣在我面前晃吗？"

前面走着的柏淮顿住脚步，回头淡淡地看了他一眼，慢条斯理地说道："可能会。但起码我不圆润，而且身材很好，你应该不吃亏。"

简松意恨不得现在就找个扩音喇叭让柏淮把他的话复述一遍，让那群沉迷于这个人高冷禁欲气质的花痴听听，这是怎样一个不要脸的衣冠禽兽！

他一把从柏淮手里抢过钥匙，加快脚步，飞速地蹿进了宿舍楼。

柏淮拎着他的包，在后面慢慢跟着，抿唇笑了下。

军训什么的，感觉也还不错。

到了房间，简松意还是打算试一下军训服，毕竟想到俞子国那个样子，他觉得自己的内裤也不是很有安全感。

柏淮自觉地没有跟进去，站在宿舍外面，倚着墙，等着简松意开口使唤。

果然，五分钟后，门开了一条缝。

他转身，推开门，走了进去。

看见里面的光景的时候，眸子亮了亮。

果然，什么衣服穿在简松意身上都会很好看。

别人穿着显得不伦不类的迷彩服，穿在他身上却刚刚好，肩平而直，恰好撑起了衣服的廓形，因为比例好，一双腿格外修长，有些宽阔空荡的裤腿被黑色的军靴收束起来，笔直挺拔，干练利落。

20

训练完，洗过澡，大家回寝室。

第二天早上六点就要起床，六点半就要整理完内务到训练场集合，所以一回到宿舍两个人就收拾睡下了。

宿舍房间很小，十来平方米，两张行军床面对面地放着，中间距离不超过一米。

床也不过一米二宽，遑论被子不是纯棉的，垫褥不是鸭绒的。

简松意这辈子还没有睡过如此"艰苦卓绝"的环境。

虽然早早上了床，但翻来覆去就是睡不着。

钢架搭的床一直"咯咯"作响。

柏淮安安分分地平躺在床上，听着旁边不停扭来扭去传来的动静，终于忍不住："嫌床硬？"

简松意瓮声瓮气："还好。"

柏淮起身，弯腰把自己的被子抱在怀里，走到简松意旁边："起来。"

"干吗？"

"再垫一层，应该就能凑合睡了。"

简松意不扭来扭去了："不用，我还没那么金贵，你用不着这样。"

柏淮最近是不是对他有些太好了。

"你翻来覆去，咯吱咯吱的，我也睡不着，我明天早上可不想迟到。"

简松意："……"

好的，是他自作多情了。

"没事儿，我不扭了，你快去睡吧。"

柏淮抱着被子站在原地不动，似乎并不罢休。

简松意没办法，揉了揉鼻子，老实交代："不是因为床硬，而是太热了，有点儿痒，不舒服。"

热？

柏淮蹙了蹙眉，借着窗外月光，这才看见果然简松意只松松垮垮搭了一角被子。

九月初的南城，说不上冷，但也绝对说不上热，何况这还是城郊荒山，昼夜温差大，入了夜后有些寒凉，怎么可能热？

简松意也反应过来这点，伸手摸了摸自己的额头，嘟囔道："不会是冲凉水冲感冒了，发烧了吧？"

"发烧了应该感觉冷才对。"

柏淮放下被子，弯下腰，一只手撑住简松意的床沿，另一只手贴上他的额头。

"有些热，但应该不算发烧的温度，头疼吗？昏胀吗？"

简松意摇摇头。

柏淮抿唇，想了一会儿，问道："除了觉得热，还有什么反应？"

"就是热，然后浑身软，使不上力气。"

柏淮把腰弯得更低了，凑到简松意身侧，嗅了一下。

柏淮也没多停留，浅浅地闻了一下，就很快抬起头，看向他的脸，缓慢观察着，冷静理智得像个医生："除了热和没力气，是不是还觉得口舌干渴，注意力很难集中，思维有点儿不受控制？甚至……有点儿冲动？"

柏淮一说，简松意才发现确实是这样，而且感觉比刚才又强烈许多，难受得他忍不住咬了一下唇。

柏淮注意到他的反应，直视着他的眼睛，淡淡地命令道："看我。"

"嗯？"简松意虽然觉得莫名其妙，但也真的就看向了柏淮。

柏淮长得的确挺好看的。

"是不是觉得现在看我很好看？"

"嗯？！"

这个人居然会读心！

简松意骤然睁大双眼。

柏淮点点头："看来是了。"

不等简松意把那句"自恋"骂出口，柏淮又伸出自己的手腕，送到简松意的鼻尖："闻闻？"

简松意嗅了一口。

往日熟悉的冷香，今日格外好闻，简松意觉得身上温度好像更高了。

柏淮看他这样子，什么都懂了，了然于心："这位易感者同学，你难道不知道，你不适期来了吗？"

"嗯？！"

柏淮直起身："先掀开被子凉一会儿，免得热得难受，我去帮你拿抑制剂和阻隔剂。"

"不用了，我自己来。"

简松意站起身，打算走到放包的地方去，结果突然腿软，身体往下一滑。

柏淮手疾眼快，一把扶住他的胳膊。

简松意只是单纯地觉得柏淮身上那种雪后松林般干净清冷的味道很舒服，偏凉的体温也很舒服，怎么都很舒服。

都是兄弟，关键时刻，当个冰块用用，应该不会介意吧。

简松意认准了冰块就不撒手。

柏淮只能一只手圈着他，免得他摔了，另一只手在包里翻找抑制剂和阻隔剂。

好不容易翻出来，旁边的简松意反应已经十分严重。

柏淮将简松意扶到床上躺下，拽住他的右腕，低声道："别乱动，不然待会儿注射废了，你自己受苦。"

他一边小心施放着不会被其他人察觉的浓度的外激素安抚着简松意，一边拿出阻隔剂对着简松意喷了个结实，又给他注射了抑制剂，以免在这层全是支配者的楼道里引起腥风血雨。

同时也免得自己被他的外激素影响。

抑制剂往往五分钟就见效，而二十分钟过去了，虽然简松意的不适反应没有进一步加剧，却也根本没得到缓解。

柏淮想起医生说的，根据易感者的体质不同，不适期的强度和时间也不同，像简松意这种分化得晚的，往往反应会更加强烈，尤其是初次不适期的时候，很难控制，需要的抑制剂可能比平常多两到三倍。

柏淮苦笑，想把身上的人扒拉开，去拿第二支抑制剂，然而简松意一点儿也不配合，不仅不配合，还试图捣乱。

柏淮千哄万哄，才终于把第二支抑制剂注射下去，抓着自己的那人终于松开了一些，肌肤的温度也慢慢降下去，只是眉头依然不适地蹙着，仍然不太想离开"冰块"。

不过柏淮把他扒下来塞进被子的时候，他也没有反抗，乖乖地被裹在被子里。

柏淮看着他眼角还没有完全褪去的红意，伸手试了试他额头的温度，眉头微蹙："身上还是没力气吗？"

"嗯，好多了，但还是有一点儿，怪不得劲的，还有点儿热。"

看样子还没有完全压下不适期的反应。

柏淮刚才翻包的时候，只找到了两支抑制剂，想来应该是给简松意收拾东西的人觉得两支够用了。

不过看现在这个情况，应该只是暂时勉强控制住，可能还需要第三支。

易感者领取抑制剂都需要严格的审核流程，一旦向医务室申领，简松意的易感者身份肯定就瞒不下去了。

但是如果没有第三支抑制剂控制，明天训练简松意肯定受不了，就算体能可以勉强支持，外激素也难免会失控。

即使有阻隔剂在，但这么多支配者，只要泄漏一丁点儿就会被发现。

他不会让简松意冒一点儿风险的。

柏淮唇角抿成直线，垂下眸，给简松意掖好被子："你现在激素和荷尔蒙已经暂时控制住了，不会有冲动，只是可能还有点儿不适反应。先睡一觉，缓一缓，我出去一趟。"

本来想等柏淮回来，可是抑制剂的作用让简松意很快就昏昏沉沉睡了过去。

柏淮走到走廊尽头的公共浴室，进了最里面的那个隔间，打开花洒，把水流控制到门外听不见的大小，然后让冰冷的水从头顶凉浸全身。

凌晨两点的荒山，远远比想象的冷，空旷的浴室里，水流独自潺潺地响着，漫长而孤独。

等他终于觉得差不多了，才关上水龙头，穿上衣服，头发上的水也不擦，走到阳台上，任凭郊外湿寒的夜风吹着。

寒冷让人清醒，也让人理智。

柏淮在那里站了不知道多久，回到房间的时候，简松意已经睡着了。

只可惜被子不够软，床不够宽，抑制剂的效果不够强，他睡得不够安分。

被子被踢到地上，人挂在床沿边儿，蜷缩成一团，只要翻个身就会摔下去。

柏淮走过去，摸了摸他的额头，果然还是有些烫。

睡着了的简松意，没有清醒时候那股高高在上的傲慢和骄矜，面容柔软下来，微微蹙着眉，感受到额头传来的凉意的时候，乖乖蹭了两下，带着点小孩子般讨好的意味。

可怜又可爱。

柏淮叹了口气，把简松意往床内侧推了推，然后翻身上床，侧躺到床沿处，给简松意留下足够的空间后，屈起一条长腿，挡住边缘，防止某人掉下床。

一夜都睡得不太安稳。

闹钟响的时候，窗外天色是泛着微光的藏蓝。

简松意翻了个身，把自己埋进被子："天都还没亮，起什么床，谁规定的这破时间？"

如果不是他的起床气大得可怕，唐女士也不至于和校方沟通让他不用上早自习。

而柏淮已经穿好了衣服，叉腿坐在自己的床边，手肘搁在腿上，手

129

握着拳，抵着额头，有些无精打采地说道："起床吧，我好像发烧了，你陪我下山去趟医院行吗？"

嗓子沙哑，鼻音很重。

简松意一把掀开被子，坐起来，身体前倾，手掌直接搭上他的额头。

烫得惊人。

他低低骂了一句："怎么烧成这样了？！"

然后也不顾柏淮还在房间里，三下五除二地把衣服换好，就准备去背柏淮："走，我送你去医务室。"

柏淮推开他："没事儿，还用不着背。你现在去找白平山，就说我发烧了，需要下山去医院输液，你好像也被我传染了，有点儿头疼，想陪我一起去，照顾我，顺便自己也拿点药。"

简松意强制性地把他胳膊搭到自己肩上："这不废话吗，我还能不陪你一起去？"

柏淮拿开胳膊，摇了摇头："主要是不能让其他人跟着。"

他顿了顿："你只带了两支抑制剂，不够用。我是支配者，医院不会卖给我的，你得自己去领。"

简松意顿了一下，呼吸一紧："行，你先坐着，我去找老白。"

一推开门，正好撞见杨岳出来洗漱，简松意叫住他："杨岳，老白在哪儿？"

杨岳刚醒，还有些呆滞："老白在一楼值班啊，怎么了？"

"柏淮发高烧，我要带他去医院。"

"什么？"杨岳瞬间清醒了，"柏哥发烧了？我就说嘛，你们臭讲究什么，和大家一起洗热水澡不好吗？非得深更半夜一个人去洗冷水澡。"

"深更半夜，一个人？"

"对啊，昨天晚上一两点的时候吧，我起来尿尿看见的，当时给我吓的哟，哎呀妈呀，我差点儿以为闹鬼……"

简松意没有听完杨岳的屁话，整张脸瞬间冷了下来，他咬咬牙，攥紧拳头，深呼吸一口气，没有说什么，只是步伐飞快地下楼去找老白。

老白上来看了一下柏淮的情况，确实需要去医院，再加上被柏淮和简松意两个睁眼说瞎话技能满级的人一顿忽悠，给家长打了电话说明情况后，就同意了他们两个外出就医的请求。

毕竟这次彭明洪没来，整个年级的学生都要他管，他确实也抽不开身陪着，这两个也都是一米八几的大小伙子，发个烧，没必要把动静闹得太大。

只是为了方便，还是让基地派了车送他们去。

一路上，两人相对无言，简松意的唇一直不悦地抿着，眼角眉梢也隐隐压制着怒意。

这种压抑的怒意甚至让他忘却了不适期带来的不适。

陪着柏淮挂号、就诊、抽血、输液、排队拿药，拿着各种单子，板着脸，来来回回地跑着。

柏淮觉得，简松意估计这辈子都没来过这种小卫生站体验，怪难为他的。

一直等到把柏淮安顿好，挂上水，确定没事儿了，简松意才嘱托护士几句，自己离开了。

过了十几分钟，他拿着一支抑制剂回来，拍到柏淮跟前，语气不善："这下你满意了？"

柏淮低着头，盯着手背上的针头，没说话。

这种无言的默认让简松意更生气了："柏淮，你有意思吗？大晚上的明明已经洗过澡了还去洗那个破冷水澡，就为了发个烧，下个山，来个医院，帮我拿一支抑制剂？"

柏淮缓缓抬起眼皮，语气冷淡："不然呢？你是觉得你初次不适期的第一天，在抑制剂不充分的情况下，可以跟一大群支配者一起进行高强度的体能训练？"

"我会怕这个？"

"我知道你要说你厉害，你体能撑得住，但是你有没有想过，你根本不知道怎么当一个易感者，万一外激素失控了怎么办？"

柏淮的语气很平静，简松意知道他说的是对的。

看见简松意沉默了，柏淮才勾着唇角笑了一下："不过你也别太感动，这只是小柏教官分内之职，毕竟你叫了我这么多年淮哥哥，我还能不罩着你吗？而且万一别人都知道你是个易感者了，那我赢你赢得也没什么面子，别人还说我欺负人。"

从前柏淮这么说，简松意肯定就多毛了，不顾三七二十一非要先反击一顿过了瘾再说。

往往一顿叨叨完，本来要生什么气就忘了。

这一套，这么多年，柏淮已经用得很熟练了。

这是他哄简松意的法子，鲜有失手。

可这次简松意居然很平静。

他只是站在柏淮跟前，垂着眼帘，语气带着点儿躁意："你说你这嘴怎么就能这么不饶人呢？你从小到大但凡少气我两句，我现在能这么看你不顺眼？"

顿了顿，简松意继续道："但是柏淮，我也不是个狼心狗肺的傻子，谁对我好，我不至于看不出来。"

21

——但是柏淮，我也不是个狼心狗肺的傻子，谁对我好，我不至于看不出来。

这一句话砸进柏淮心里，他抿了抿唇，刚想说些什么，简松意就又开口了。

"我知道，这么多年你没少照顾我，我这人也不是不识好歹，虽然我们一直不太对付，但是……"

简松意不等他问，自顾自道："像小时候我妈说的那样，哪家亲兄弟不是打着吵着长大的？你不故意招惹我气我，我怎么可能不拿你当最好的哥们儿？"

"……"

看柏淮的表情似乎不太动容，简松意有些不自在地揉了揉鼻子："我虽然不太会说话，但我这人其实还挺仗义，不会欠别人情，反正就是，你对我的好，我都记着，我也会对你好。所以以后你能不能别老是故意气我？我脾气不好，容易甩脸子，但是其实吧……我也没真讨厌过你。"

这份情欠不欠，柏淮不好说。

但是他没有想到有一天会是简松意率先打破了他们之间那层心照不宣、针锋相对的薄冰，朝着自己，主动走了一步。

他主动走的这一步，本身就已经足够了，其他的对于自己来说，已经不太重要了。

柏淮身体素质好，退烧后观察了两个小时，没其他问题，医生开了点儿预防感冒的药，就让他回去了。

简松意打过第三支抑制剂，身体已经恢复正常状态，还顺便又领了两支以备不时之需。

柏淮看着他把抑制剂小心翼翼塞到包里的样子，鬼使神差地说了句："也不知道这玩意儿打多了对身体有没有坏处。"

"嗯，应该影响不大。"简松意拉上背包拉链，勾着带子，单肩背着，"医生说了，现在抑制剂技术已经很成熟，有的易感者可以一生依靠抑制剂生活。"

柏淮挑了挑眉："你这副如释重负的表情是什么意思？"

"能是什么意思？当然就是表面意思啊！可以选择抑制剂，而不是必须依附支配者生活，我难道不应该感到快乐吗？"

快乐是你的，和我没什么关系。

柏淮没说话，径直往基地派来的那辆车走去。

路过便利店的时候，他进去买了几瓶水和一些零食，上车后递给司机师傅，客气又礼貌："这次麻烦大哥跑一趟，还等这么久，真的很过意不去。"

"没有没有，反正我们也是拿工资办事儿，闲着也是闲着，你千万别客气。"

司机说的倒也是实话，他正好捡了个空看了一上午球赛，眼下柏淮

133

这么周到懂事，倒弄得他不好意思起来了。

柏淮又说了几句，他也就挠挠头收下了，回到基地汇报情况的时候，把柏淮的病情又说得凶险了几分，军训教官那边有些不满，但也不好再说些什么。

老白也是心疼学生的人，简松意和柏淮俩孩子平时就挺好的，身体也好，学习也好，别因为这个反而给累坏了，病倒了，回头不好向学校和家长交代。

于是两个人回来后没马上参与训练，而是给赶回宿舍休息了。

两人趁宿舍没人，舒舒服服洗了个热水澡，换上睡衣，躺在床上玩手机，桌上还放着柏淮从小卖部买回来的零食。

晚上徐嘉行和杨岳互相搀扶着回来的时候，因为惦记两位大哥，第一时间赶来慰问，看见这幅场景，整个人都不好了。

徐嘉行好说歹说才拦住了想去冲冷水澡发个烧的杨岳。

杨岳见计谋失败，一屁股坐到简松意凳子上，一把鼻涕一把泪："松哥，你不知道，这根本不是人过的日子，你知道我们有多苦吗？起床就跑五公里，然后就是四百米障碍跑，完了下午站两个小时军姿，军姿站完还让我们练枪！枪啊！真的枪啊！我一个和平年代的小乖崽我练那玩意儿干吗呀！"

徐嘉行抱住杨岳的头，边哭边哇哇大叫："练就算了，还要求准，到了考核时候总环数没有四十五环就没有优呀，没有优三好学生就没了呀，苍个天啊！"

简松意第一次见识到字面意义上的抱头痛哭，看得津津有味，等看够了，才善意提醒道："杨岳哭一哭就算了，徐嘉行你哭啥？三好学生有你什么事儿？"

徐嘉行抹抹眼泪："你说得好有道理哦。"

然而眼泪止不住，他嘴巴一扁，继续号啕大哭："松哥你不知道，易感者班和无感者班都还好，我们支配者班真的不是人过的日子，那个教官绝对是个虐待狂，真的，说话阴阳怪气的，脾气还很暴躁，特别喜欢人身攻击，贼瞧不起人。"

杨岳点头附和："真的，特别有那种偏执教官的渣男的感觉！"

简松意："你一天到晚都在看些什么玩意儿？"

"这不是重点啊，重点是我觉得我没办法活着回到南外了啊，松哥你救救我们吧，呜呜呜呜……"

惊天动地，如丧考妣。

闻讯过来探病的陆淇风同学，站在门口，慎重地问道："你们是去医院查出什么绝症了吗？他们怎么哭得如此惨烈？"

总算来了个精神正常的。

简松意问道："老陆，听说A班教官特别不是人？"

陆淇风走进来，坐到简松意床边，扒拉过他旁边的一包薯片，一边打开一边说道："确实有点儿。"

简松意踹了他一脚："别坐我床上吃。"

"你坐我床上吃薯片的时候少了？"

"反正掉渣子了你得给我洗了。"简松意日常不讲道理，又回归正题，"听说还练枪了？"

"怎么，来劲儿了？"陆淇风瞥了他一眼，"经验告诉我，你明天又要作，不过我劝你收收，那教官人真不怎么样，小心作过头，到时候不给你评优。"

"我又不差那个三好学生。欸，你别自己吃完了啊，给我喂一片。"

"你手残了？"

"我懒得洗。"

陆淇风翻了个白眼，选了块大的，往简松意跟前递过去。

一直沉默不言在床上看着书的柏淮，突然"啪"的一声重重地合上了书。

他抬起眼皮，目光在屋里三个外人身上淡淡扫了一圈："串寝是要扣分的。"

最后，目光停留在了陆淇风身上。

算不上友善。

陆淇风有点儿莫名其妙，但是也听说过这人不好相处，怕简松意夹在中间为难，把薯片往自己嘴里一塞，拍拍手，站起身："也是，估计马上要巡寝了，你们病号好好静养，我先走了。"

徐嘉行和杨岳明显感觉到柏哥被吵烦了，十分有眼力见儿地相互搀扶着，颤颤巍巍地离开。

热热闹闹的房间顿时变得冷清。

简松意撇撇嘴："你看看你这毛病，果然你人缘差不是没有道理的。"

柏淮不想跟他说话。

第二天早上六点，简松意被柏淮薅起来套上迷彩服和军靴的时候，才明白了徐嘉行和杨岳的苦。

真不是人过的日子。

因为起床气，简松意眉眼耷着，皮带把腰束成一柄窄刀，军靴裹得小腿又长又直，步伐却很懒散，骨子里那股骄矜气怎么也藏不住。

又痞，又傲。

轮到柏淮，就只剩下傲了，他个头还要高些，肩也宽些，腿更是长得不像话，那身制服穿在他身上，熨帖又挺括，没有一寸不完美。

没有戴平时那副装样的金丝眼镜，眉眼就显出一种漫不经心的淡漠和不屑，凛冽又冷傲，禁欲又强势。

两个人没有经历过军训的毒打，卡着点到训练场的时候，所有学生和教官都已经先到了。

偏偏两人觉得要求是六点半集合，现在才六点二十六分，不着急，于是迈着大长腿慢悠悠地从训练场最这头往最那头的 A 班晃去。

两个人中任何一个人单独出现都足以吸引人们的目光，当两个人同时出现的时候，效果就呈几何式爆炸增长。

"好帅！啊啊啊，快给我氧气瓶！"

"盛世美颜抚慰了我受到创伤的心灵。"

"他们穿的和我们真的是同一款军训服吗？！"

"啊，我松哥太帅了，天啊，不要看我，松哥你不要看我，再看我我要晕过去了！"

"松哥明明在看我！"

"松哥是你们的，我只想静静欣赏柏淮。"

"他们两个真的都好帅啊，以后也不知道便宜了谁。"

"他们两个将来不管跟谁恋爱、结婚都感觉好可惜哦。"

大家看向无感者班那个刚转学来的竹竿儿。

"你说得好有道理。"

"你说得好有道理。"

"你说得好有道理。"

……

只有易感者班某人对此嗤之以鼻，暗暗腹诽。

林圆圆：我崽要好好学习，柏淮那个坏人给我走开！我要吸一口我崽盛世美颜！

本来死气沉沉的训练场因为两人的出现骤然沸腾，窃窃私语和土拨鼠的尖叫声不绝于耳，教官们高声训斥了几句，但无济于事。

罪魁祸首浑然不觉，依旧不紧不慢地走着，坚持耍完了整场帅。

等走到 A 班前准备进队列的时候，却被 A 班教官叫住："你们两个，立定！"

简松意顿住脚步，回过头，挑了挑眉，柏淮也顿住脚步，抬起眼皮，淡淡地看了那个叫黄明的教官一眼。

"有什么事儿吗？"

还挺不耐烦。

被毒打了一天的 A 班众人屏住呼吸。

教官也没见过这样的学生，冷笑一声："你们就是昨天那两个弱不禁风去了医院的学生？"

听到"弱不禁风"四个字，简松意可就不乐意了，他想把说话这人在大半夜摁到冷水下面冲一个小时，看他是不是还能生龙活虎。

简松意上下打量了对方一眼，是个挺高的支配者，迷彩服也遮挡不住他壮实的肌肉，但偏偏脸很窄，额头很尖，眉目间有种让人不舒服的阴鸷暴戾。

说话也的确是阴阳怪气的。

教官往前两步，扯着唇角，笑得有些阴恻恻："整个年级就你们两个来得最晚，还慢腾腾的，是来军训还是来走秀？摆谱耍帅给谁看啊？"

柏淮抬手，看了一眼表："六点二十九分四十八秒。没迟到。"

"上战场的时候有谁会给你们掐表？"

简松意从小到大最烦这套动不动就上战场的比喻，懒洋洋道："维护世界和平人人有责，太平盛世的，你诅咒打仗干吗？"

人群发出一阵低笑。

黄明知道和两个学生逗口舌之快对他并没有什么好处，不如直接给个下马威。

他一声冷笑："那你们最好祈祷世界一直和平，不然就你们这种养尊处优的懒蛋，连自保和反击能力都没有，别到时候死得比谁都快。我也不是故意为难你们，只是昨天射击打靶都已经教了，我没时间给你们开小灶，你好自为之，到时候考核别拖我们 A 班后腿。"

"行吧。"简松意瞥了一眼旁边一箱一箱整整齐齐的军训枪支，"56式半自动步枪？"

黄明有点儿意外："挺有眼力。"

"还凑合。"简松意偏过头扫了柏淮一眼，"手生没？"

"还行。"

简松意点点头，又看向黄明："教官，这枪现在能打吗？"

黄明以为就是这个年纪的男生，看到枪手痒，想摸摸玩。

他有些不屑地扫了简松意一眼："怎么，想过手瘾？我可说好了，打靶我昨天是定了规矩的，一共十发，脱靶一发，跑一公里，连续三次不过三环，跑一公里。你想打可以，但是得按规矩来。"

人群齐刷刷地倒吸了一口冷气。

松哥和柏哥昨天教习的时候可不在啊，十发下来，五公里打底得有了吧？

两个当事人却神色淡然。

简松意食指按住拇指，扳了一下，发出清脆的声响，晃了两下脖子，语气满是懒洋洋的嚣张。

"也没怎么，就是想让你看看，我们这种养尊处优的懒蛋，其实可能……还挺强的。"

22

挑衅的意味很足了。

黄明是山沟里摸爬滚打长大的，小时候家里穷，上不起学，吃不饱饭，十几岁就出来打工，挨了不少打，吃了不少苦，最后机缘巧合去了部队，后来因为伤病退伍，又到军训机构当了教官。

他自认为是吃苦吃出来的汉子，对于那些含着金汤匙出生而不努力、不知进取的人就不大看得上。

尤其是简松意这种看上去一副纨绔子弟做派的人，怎么看怎么不顺眼。

本来看不顺眼的话，其实也不能真做些什么，毕竟纪律在那儿，但是现在简松意自己嘚瑟着往枪口上撞，就别怪他非要杀杀这群小子的威风了。

"归队！"

"稍息，立正！"

"向左向右看！前后左右对齐，报数！"

"检验枪支！整理装具！"

"靶场就位！"

A班六十二个人一一领好枪支，到训练场前段的靶场集合就位，剩下其他班的三百来号人原地踏步军姿。

表面站军姿，实际光明正大看戏。

教官们都想看看那两个跩跩的小兔崽子的笑话，而学生们都希望他们的松哥能争一口气。

昨天一整天可被这群教官欺负得太惨了，又被训又被骂又被罚。

虽然简松意昨天没有参加射击教学，可是莫名地，在南外这几年的经历，让他们总觉得没有他们松哥耍不下来的帅。

毕竟简松意天下第一。

黄明也察觉到这两个人在学生中人气似乎很高，大家都眼巴巴地盼着。

他觉得这样也好，杀一儆百的威力会更强。

于是气沉丹田，用整个训练场都听得到的声音喊道："你们两个出列！报名字！"

"简松意。"

"柏淮。"

"你们两个是否确定申请用 56 式半自动步枪进行打靶训练？"

"确定。"

"确定。"

"好！一人十发，规矩我已经说过了，不过因为你们是训练之外的额外申请，耽误了大家晨跑时间，所以，你们的失误，将会连累整个 A 班！你们每多跑一公里，全班就跟着你们在原来五公里的基础上多跑一公里！"

这下本来只是看戏的众人可就蒙了，看戏咋还能把事看到自己头上手来呢？

皇甫轶第一个不干："凭什么啊？他们惹的事儿，凭什么我们跟着挨罚？"

黄明呵斥："皇甫轶出列！"

皇甫轶不情不愿。

"在队伍里，不打报告，擅自讲话，罚做俯卧撑五十个！"

"教官，我……"

"一百个！"

皇甫轶憋着气，但是一句话都不敢再说了，只能自认倒霉，到旁边做起了俯卧撑。

简松意依然懒洋洋的，似乎黄明说的话他压根儿没放在心里，擦拭着手里的枪支，随口问道："报告教官，可不可以申请如果我和柏淮失误，我一个人跑完整个 A 班需要罚的圈数？"

似乎是担心黄明听不明白，他继续慢悠悠地解释道："也就是说，整个 A 班，六十二个人，我每脱靶一发，我就一个人多跑六十二公里，但如果我们俩发发红心，那今天 A 班的晨跑就改成自由活动。你看，这样行不行？"

　　全场震惊得已经不知道该说什么好了。

　　松哥，这……是不是有点儿装过头了啊，兜不回来怎么办？六十二公里，脱一次靶可就要了人命啊。

　　还发发红心，以为召唤师峡谷皮城女警无 CD[①]放大呢？

　　黄明觉得这小子真是狂得可以，狂得有点儿水平。

　　他居然扯着唇角点了点头，同意了："行，批准申请。"

　　简松意得到满意的答案，偏着脑袋，看向柏淮，挑了挑眉："怎么样，柏哥，敢不敢陪我玩一把？"

　　柏淮一只手插着兜，另一只手拎着枪，看向简松意，眯了眯眸子，勾唇笑得有些纵容："放心，我在这儿，还能让你受了罚？"

　　东方天际，暖橘色的初阳，已经洒落了微光。

　　射击就位。

　　卧倒，装弹，构筑依托物，右手握枪，身体一线，左手握弹匣，双肘着地，身体贴地，枪托抵肩，头稍前倾，自然贴腮，瞄准，预压扳机，屏息，射击。

　　十环。

　　十环。

　　十环。

　　……

　　两个人从头到尾，从节奏到动作，完全一致，枪枪十环。

　　即使射靶距离不到百米，相比正规的四百米射击训练简单了许多，但是这种标准的卧姿射击动作和成绩，已经足够南外所有学生瞠目结舌了。

　　"我服了，松哥和柏哥真的牛。"

---

① 游戏术语，cool down 的缩写，指技能冷却时间。

"绝了绝了，真的绝了。"

"还有什么是学神不会的吗？没有。"

"这两人是双胞胎吧，怎么能一模一样呢？我还以为我大脑自动复制粘贴了。"

相比其他人的震撼和惊艳，陆淇风就平和许多了，露出一副"我就知道"的表情，低声道："这两个人的射击都是同一个人手把手教的，能拿枪的年纪就开始一起学了，能不一样吗？又能不厉害吗？"

他这么一说，其他人想起简柏两家的背景，也就不觉得奇怪了。

家学渊源，到底和普通人家的孩子不一样。

两个人收好枪，站起来，也没露出得意的表情，一脸无所谓，简松意甚至还打了个哈欠，仿佛刚才只是顺手滋了个水枪。

简松意把枪顺势往肩上一扛，朝黄明抬了抬下巴："报告教官，两人共射击二十发，上靶二十发，平均环数，十环。"

发发红心，召唤师峡谷女警真的 Carry① 了。

这个射程，固定弹道 56 半自动卧姿射击，枪枪中红心，只要规范训练过，也不算太难。

可是这只是两个高三学生。

黄明本来是想杀杀这群纨绔子弟的威风，没想到这两人居然真有两下子。

当着这么多人的面和简松意谈好的条件，可不能反悔，不然这教官的威望和面子就没了，但如果真的免去晨跑，擅自减少训练任务，算是他作为教官的失职违规。

他当时也就是实在看不惯简松意那副上天下地我最跩的嘴脸，以貌取人，被激将了一下。

结果现在杀威风不成，反而使自己进退两难，下不来台。

黄明斟酌了一下，咬了咬牙根，决定先把面子保下来，其他的以后

---

① 游戏术语。Carry 指能带动整体节奏的位置，也就是 C 位、核心位。此处意为 Carry 全场，带起全场的节奏。

再说，毕竟还有四天，他还是他们的教官，多的是机会。

于是他冷下脸，沉下嗓子："简松意、柏淮，归队入列！Ａ班晨跑时间原地活动！就地解散！八点半准时集合，开始四百米障碍跑训练！"

"哇——"

无感者班和易感者班传来艳羡的惊叹。

Ａ班振奋了。

徐嘉行和杨岳高举双臂，带头应援："牛奶皮肤简松意！擦浪嘿哟①简松意！南外最Ａ简松意！无所不能简松意！"

他们两个声情并茂，真情实感，十分富有感染力，带得Ａ班一群身强体壮的男生粗着个嗓子跟着一起呐喊应援。

包括皇甫铁牛那个憨憨。

场面之惊悚、尴尬，难以想象。

简松意转过头，认真地看向黄明："报告教官，现在让这群傻子去晨跑还来得及吗？"

黄明不想搭理他。

柏淮在心里认可了"牛奶皮肤简松意"的说法，顺便"啧"了一声："我这好不容易拿到的南外最Ａ的称号，就这么没了，等于我打的十发十环是白打的？"

简松意睨了他一眼："你应该从自己身上找找毛病，反省一下为什么自己人缘这么差？你有想过用自己的优秀为大家谋取利益吗？你没有，所以不要不服气。"

说得有道理。

"不过我觉得他们说得也对，我们松哥是挺Ａ的，我还挺服气。"

柏淮说着手掌搭上简松意的脑袋，笑得有些温柔。

简松意愣了愣："柏淮，你说实话，你是不是昨天发烧烧傻了？"

柏淮搭在他脑袋上的手无言地僵了一下，然后顺势拽住他的帽檐，用力往下一压，挡住简松意的视线，轻笑一声："昨天不是说好了吗？

---

① 来自外语音译，意为"我爱你"。

我要嘴甜点儿，多哄哄你。"

简松意藏在帽子底下的脸有点儿不自在。

"够甜吗？不够的话，我其实还可以再甜点儿。"

柏淮的声线偏清冷，但此时此刻压着声音，藏着笑意，低沉而有磁性，听上去很有几分缱绻的味道。

"比如我不仅觉得我们松哥最 A，我还觉得我们松哥最好看，打枪的时候还很迷人。或者你想听牛奶皮肤简松意，擦浪嘿哟简松意，我都可以多说几句。"

语调舒缓温柔，又很认真，和之前的挑衅嘲讽全然不一样。

简松意觉得帽子捂得脸真热。

他转身就走："我去找个地方睡个回笼觉。"

简松意一向很嘚瑟，但凡别人夸他，都是照单全收，顺便原地开个屏。

他也一直觉得柏淮那张嘴很气人。

可是当柏淮真夸他的时候，他又臊了起来，哪儿哪儿都不自在。

就好像他夸自己，和别人夸自己，有什么不一样似的。

简松意转身就走，却走得很慢，柏淮两步就跟上了，念在他脸皮薄，没再喊应援口号，压着笑意："这个点宿舍也进不去，你去哪儿睡回笼觉？"

简松意把帽子摘下来，理了理头发，漫不经心："随便找个椅子和空地躺一躺不就行了？哪儿那么娇气？"

说着还真走到训练场外面树荫下的一条长椅上坐了下来。

简松意往后一靠，脖子枕上椅背，半仰着头，把帽子往脸上一扣："八点多叫我，免得那个教官又阴阳怪气说我们不守纪律。"

柏淮坐到他身旁，侧过身，右手肘搁上椅背，左手把他脸上的帽子拿掉，看着他困惺惺忪的眉眼，问了一句："这么睡，就不觉得不舒服吗？"

废话。

当然不舒服。

我想在家里两米宽的加厚定制软垫上裹着高级鹅绒的被子打滚儿，你能给我抬来？

简松意一肚子起床气，但因为实在太困，连张嘴都嫌费力，就没把话说出来。

柏淮看出了他的不爽，嘴角噙了点儿笑意："这么睡不舒服的话，那我其实可以把肩膀借给你枕枕，当然，大腿也不是不行。"

嗯……

看上去好像确实会比这破木头椅子舒服些。

23

都是兄弟，能当冰块用，自然也能当枕头用，应该没有什么区别。

简松意认真思考了三秒，身体已经开始启动调整姿势。

第四秒的时候，被一阵鬼哭狼嚎阻止了动作。

"松哥！哥哥！简哥！求求你救救孩子吧！！！"

不知道哪里冒出来的杨岳抱住了简松意的大腿。

柏淮："……"

简松意："……"

杨岳匍匐在地，抱住简松意大腿："哥哥，教我怎么打靶好不好？你知不知道昨天的测验我跑了足足三公里啊！"

"他连续十发没有进三环，教官还把余数给他省了，是真的惨。"

简松意："……"

徐嘉行又是从哪里冒出来的？

简松意头疼地捏了捏眉心："你就算凭手气纯蒙也不至于这样吧？"

"不是啊，松哥，我肚子有肉，我贴不住那地！"

理由好充分。

简松意抬了一下腿，示意杨岳松开，杨岳乖乖放手，蹲到一旁暗自抹泪，活像一朵楚楚可怜的胖蘑菇。

简松意于心不忍："早让你减肥了，你把身上的肉扒拉一点点儿给俞子国，多完美？"

杨岳委屈："我也想啊。"

其实杨岳身高有一米八，体重一百六十斤也不算很胖，但是他皮肤白，肉不紧实，看上去就很膨胀，像个发酵过头的白面馒头。

白面馒头也是真的委屈："我知道你和柏哥不在乎三好学生评选，但是你们也知道，每年北城大和华清给咱们学校的自招名额就那么几个，我不能考年级最高分，只能从这方面加加分了。"

"你这成绩高考又不是考不上。"

"有兜底的才能安心啊，临场发挥谁也说不准，万一到时候出个什么岔子，我就差自招这点成绩呢。"

简松意看得出来，杨岳是真的愁，自己也没理由不帮他，懒洋洋地打了个哈欠："行吧，下午训练的时候，指点指点你。"

"谢松哥救命之恩！"

杨岳破涕为笑，立马从怀里掏出了一个瘪瘪的充气软枕，鼓着腮帮子，呼呼几下，吹得胖胖的。

他单膝跪地，双手奉上："陛下龙体金贵，臣等自当为您准备周全，望陛下好好休息，圣体安康。"

"嗯，跪安吧。"

"谢主隆恩！"

傻大个带着胖蘑菇退下了。

简松意把软枕放到柏淮腿边的位置，身体一横，躺上长椅，枕着枕头，屈着腿，闭上眼就开始睡回笼觉。

柏淮十指交叉，按住指节，发出"咔嚓咔嚓"的声响。

行，杨岳是吧，记下了。

深山老林，草木多，空气湿，孑孓虫豸泛滥成灾，扇着翅膀的小虫儿络绎不绝地觊觎着简松意，简松意隐隐有爹毛的趋势。

柏淮用帽子盖住了简松意的脸。

小虫儿们见小玫瑰被捂严实了，于是纷纷换个地方，都是细皮嫩肉的年轻人，哪里好拱拱哪里。

帽子下，简松意蹙着的眉平了下去，回笼觉睡得安稳。

柏淮冷白的皮肤上起了些小小的粉色疙瘩。

其他班的人出去晨跑，A班的人都趁着时间休息，偶尔有几个没眼力见儿的，也被陆淇风不着痕迹地挡住了，所以倒也没人过来打扰。

简松意这一觉睡得还算踏实。

简松意坐起身，拿过旁边的帽子，往脑袋上一扣，稍微挡住点自己的脸："我睡这么久，怎么也不叫我起来？"

"我自己也寐了一会儿。"

柏淮的表情和语气一如既往地淡然。

简松意眸光从眼尾扫过，顺着帽檐下方瞥了旁边一眼。

视线被遮挡，只能看见柏淮自然垂放在腿上的一截手臂。

筋骨修长，清瘦有力，白皙清透的肌肤上泛起了一些小红点。

简松意把帽檐往上抬了抬，看向不远处。

易感者班晨跑只需要跑一公里半，所以早早就结束去食堂吃了早饭，然后陆陆续续回到训练场。

他站起身，往易感者班走去，顺便给柏淮留下一句："你就在此地，不要走动。"

柏淮挑眉："怎么，你要去给我买几个橘子？"

简松意嘴角轻扬，头也没回，朝身后比了个 OK 的手势。

他边走边整理仪容，收起刚才睡醒时候的惺忪懵懂，换上一副散漫冷戾的表情，径直走进易感者人群中。

一瞬间，易感者们屏住呼吸，双手紧攥，一边做着简松意走到自己跟前，说"小子，你引起了我的注意"的美梦，一边眼神死死黏着他，看看到底是哪个幸运儿。

幸运儿周洛同学拎着一大袋面包和牛奶，蹦蹦跳跳地朝简松意走来："松哥，你终于来找我了！你知道吗？自从柏淮转学过来后你都不怎么找我了！我还以为我失宠了！"

简松意视线躲闪了一下："怎么会，他能和你比？"

周洛捧着一大袋早餐开心地小鸡啄米式点头。

太好了，虽然他最近在贴吧天天为柏淮打 Call，但他还是更挺松哥，松哥也是更偏爱他的，真好。

周洛想想还有点儿感动:"所以松哥你找我干吗啊?"

简松意把眼神往周洛手上的塑料袋放了放。

周洛了然:"哎呀,这个早餐本来就是给你和陆淇风买的,还有杨岳和徐嘉行,你们A班估计训练强度太大了,都累得没去吃早饭,待会儿四百米障碍跑怎么扛?"

说完就把袋子挂到了简松意手指上。

然后又想起什么,他从袋子里又掏出一盒牛奶和一小袋面包,用说悄悄话的声音说道:"这份是给俞子国的,我待会儿给他送去,我看他昨天都没舍得买,只啃了个窝窝头,哪受得了啊?"

声音很轻很轻,生怕旁人听见,语气是善意的抱怨。

简松意伸手揉了揉周洛的一头小卷毛:"乖。"

周围的易感者们连心跳都停了。

周洛本人也惊呆了,以前和松哥关系好归好,但是松哥从来不会对自己这么亲近,现在居然对自己摸头杀!!!

难道松哥终于开窍了,要从暴躁校霸转型温柔校草了?

他可以!

对于周洛丰富的内心活动,简松意并不知情,只是拎着袋子,又问了一句:"我记得你的血型挺招虫子的?"

"嗯!"

果然,松哥如此在意自己,连细节都记得。

"那是不是带了很多驱蚊水、花露水和抹疙瘩用的东西?"

"嗯……"

走向似乎不太对。

"能借我点儿吗?"

"哦,好。"

周洛对即将发生的事情一无所知,走到放包的地方,翻出自己的双肩包,打开,拿出一个大的化妆包,里面满满当当全是驱蚊止痒的。

"松哥,你要哪种?"

简松意蹲下身,对着那堆瓶瓶罐罐看了会儿,有些不理解易感者的精致生活，然后伸出手，拿了一瓶最小的出来。

周洛："嗨，松哥，你别和我客气，这个是小样，不……"

简松意把小样塞到了周洛怀里。

然后他单手抱住那个化妆包，站了起来："给你留一个，其他的我先带走了，不合适的待会儿再给你送回来。"

"不……够用的。"

周洛把话说完的时候，简松意已经走远了。

他低头看了看自己手里的小样，又抬头看了看松哥的背影，视线越过松哥，望向那个坐在长椅上淡淡笑着等他的柏淮。

说好的他不能和我比呢？

这么个不能比法？？？

旁边几个和周洛平时关系还不错的同学回过神来，凑近小声问道："洛洛，你对松哥是真好。"

周洛笑道："你们觉得我对松哥太好了，那是你们不知道松哥对我有多好。"

虽然花痴，但旁边的同学还是有几分理智，对这句话保持怀疑："松哥那脾气……会对人好？"

周洛很认真地点了点头："很多事儿你们不知道。其实，松哥不只是会耍帅，他真的很好很好，比你们想象的还要好。"

"那得是有多好？"

"大概，像太阳一样好吧。"

周洛看向东方已完全露出天际的旭日。

简松意永远永远会是他最好的朋友，因为这个人曾像太阳一样带着温暖和光亮照进了他不安惶恐的那些日子。

他也知道，这个太阳或许还曾经照进过另外一个人孤独暗淡的岁月。

所以，哪怕简松意那个臭大猪蹄子骗走了他所有的花露水给别的大猪蹄子，他也可以原谅他。

真的原谅，一点儿都不气。

第五章
草履虫

SONG YI

24

简松意空手离开，满当当地回来。

柏淮打量了一眼："打劫去了？"

"劫富济贫。"

简松意把袋子往柏淮怀里一扔。

第一次被扶贫的柏淮看着那个粉嘟嘟的化妆包，有点儿好笑："周洛没和你绝交？"

"大家都是好兄弟，不存在。"

柏淮慢条斯理地涂着花露水，幽幽地道："请问我一个支配者，为什么要和你们两个易感者做兄弟？"

"花露水给我还回来。"

柏淮轻笑："你这人怎么这么小气？开个玩笑而已，陆淇风不也是支配者吗，和你们两个关系不也挺好？"

"那也确实。不过陆淇风不一样，那是过命的交情。"简松意跷着个二郎腿，嘴里叼着袋牛奶，懒洋洋地。

柏淮"啪"的一声盖上花露水的瓶盖。

柏淮垂眸，放下袖子，理着袖口，试图单手把袖扣扣上，白皙的指尖拨弄着那枚深绿色的纽扣，就是怎么塞也塞不进去。

看得简松意这个暴脾气心慌，直接拽过柏淮的左手，三下五除二给系上了："开个口让我帮你弄会死？"

柏淮顺势伸出右手："还有这只。"

人就不能惯着。

简松意翻了个白眼，帮他把另一只也扣好，然后就拎起袋子："走了，给杨岳那小胖墩儿送早饭去。"

他丝毫没有意识到柏淮刚才的行为只是单纯地在找存在感。

简松意说陆淇风不一样，主要是针对陆淇风和周洛的关系，而柏淮不一样，主要是针对柏淮和自己的关系。

不过这种话本来就是随口一句无心之言，没有经过推敲和思考，柏淮不知道原委，简松意自己更是没有觉得哪里不对。

而对于柏淮来说，他在意的是，自己在简松意眼里，和陆淇风、周洛，或者和徐嘉行、杨岳，没有什么区别。

大家都是兄弟。

顶多是认识的时间更长，彼此更了解，一起经历过更多事情而已。

他自嘲地笑了一下。

简松意露出狐疑的目光："你又在琢磨什么阴谋诡计？"

柏淮淡然一笑："没什么，就是觉得杨岳吃面包的样子特别像吃豆豆游戏里面那个黄球。"

他顿了顿："加大号的。"

旁边刚刚被投喂的杨岳一口面包堵在了嘴里："嗯？？"

胖子做错了什么？胖子很可爱的好吗？

然而这个世界对胖子是不友好的。

不知道什么时候出现的黄明吹响了口哨："A班立刻、马上集合！那个吃东西的胖子！谁允许你在训练场吃东西了？深蹲纵跳40个！"

杨岳讨厌军训。

杨岳体能不太好，做完40个深蹲跳，大汗淋漓，弯着腰，撑着膝盖，大口喘气。

黄明看到他这个样子，蹙起眉："马上归队！"

杨岳想缓会儿，一只手撑着膝盖，另一只手举起："报告，报告教官，我申请原地休息30秒。"

黄明厉斥："军人的天职是服从！现在是军训，你必须无条件服从教官的命令！"

153

杨岳不喜欢惹事，忍了，强撑着直起身，回到队伍中，站到简松意旁边。

　　黄明扫了他们那排几个人一眼，扯着嗓子道："今天上午的训练任务，还是四百米障碍跑，不过是升级版的。昨天只是让你们跨桩，今天，低桩网、独木桥、跨桩、壕沟、高墙以及高台跳板，全部都有！"

　　想哀号，不敢号。

　　黄明继续说道："我们在部队，要求都是两分三十秒合格，优秀的士兵都会努力追求一分三十秒！不过，你们……"

　　黄明没说后面的话，只是扫了众人一眼，挑了一下嘴角："为了训练你们的集体意识，该项目考核非单人考核，而是四人接力合作，可以自由组队，总用时十五分钟以内为优，二十分钟以内为合格。明天下午考核，所以你们有今天上午和明天上午两个半天的训练时间，所有人必须抓紧时间训练，听到没？！"

　　"听到了！"

　　"报告教官，A班共六十二人，四人分组会多出两人，怎么处理？"

　　黄明心中早有打算，看了柏淮和简松意一眼，又看了杨岳一眼："今天单人训练，用时最短的两位同学，直接评优，不用参与明天下午的考核。"

　　杨岳因为"自由组队"四个字而燃起来的希望熄灭了。

　　想都不用想，用时最短的两个人里面肯定有松哥。

　　松哥不参与考核了，谁还能拉他一把？

　　愁。

　　愁归愁，训练还是要继续。

　　教官示范了一遍后，众人开始排队依次训练，两人一组，同时进行。

　　绝大部分支配者的体能和运动天赋都是不错的，但是杨岳小时候经常生病，吃多了含激素的药，导致身体虚胖，前面的矮桩和壕沟还算勉强过了，在过低桩网的时候却卡住了。

　　低桩网最高离地不过五十公分，到了网中部，自然下垂，连五十公分都没有，就算同组的徐嘉行有意等他，替他把网偷偷摸摸撑起来一点

154

儿，他也卡在中间没过去。

一是空间实在不够，网总是挂在身上；二是体力有限，不能支持高速匍匐前进；三是"肚子有肉，贴不住那地"。

杨岳尝试了好几次，始终没能突破。

黄明冷眼看着，只想把早上没杀成的威风好好杀杀，走过去，蹲在旁边，厉声呵斥："你知不知道，因为你一个人耽误了大家多少时间？你这种身体素质，就是集体的拖油瓶！还在训练场吃东西，无组织无纪律的人将来怎么为国家、为社会做贡献？！"

说得义正词严。

其实就是一顿瞎嘲讽。

杨岳怕当众顶撞，黄明会扣他纪律分，到时候不给评优，于是生着闷气，忍了。

反正说得再难听也没关系，又不会少两斤肉，而且如果真能少两斤肉，也是好事。

黄明终于捡到一个软柿子可以拿捏，还打算再说，却听到懒洋洋的一声："报告教官，我有话想说。"

"憋着！"

"憋不住。"

简松意排在杨岳后面，现在站在队伍的第一个，正好可以直视黄明和杨岳。

他指了指杨岳，慢条斯理地说道："您说的这位集体的拖油瓶，从初三开始就参加高中生物竞赛，连续三年获得省一等奖，是全省顶尖的生物学苗子。他以后可是要考华清的，本硕博连读，然后成为国内最优秀的生物医学专家，会研发出很多种预防和治疗疑难杂症的特效药，造福数以万计的人类大众，您或者您的家人在重病之际也都可能会受益于他的科研成果。所以……

"你凭什么说他不能为社会做贡献？就因为胖吗？那我可能会写一封投诉信，指责教官对未成年人进行外貌上的歧视和人身攻击，严重伤害了未成年的心灵健康，甚至可能使一位未来的伟大的科学家就此一蹶不振。"

简松意无论是表情还是语气，都很严肃正经，说得跟真的一样。

当事"科学家"杨岳偏过头，看向徐嘉行，迷茫地低声问道："我初三那年试水不是连复赛都没进吗，高一也只是二等奖，还有我真的考上华清本硕博连读了吗？我觉得我自己好牛啊，有点儿自豪。"

徐嘉行："你还是先严重伤害一下自己的心灵健康吧。"

杨岳反应过来，立马流出眼泪，握紧拳头，咬紧牙关，倔强又脆弱地说："教官，我知道我体能不如其他人，但是我也很努力，我也在尝试，我每天都好好学习，团结同学，你为什么说我好吃懒做？我太受伤了，我好难过，我需要心理辅导，我不想参加高考了，我好像有抑郁倾向了。"

黄明："……"

他没有完全听明白简松意说的那一大段话，但是在他的认知里，考上华清大学的都是最厉害的天才，更何况还是博士。

他被说得有点儿蒙。

他是看不上这群娇生惯养的小孩儿，但是他内心里很羡慕、尊敬文化人，又看到这个学生真的哭了，突然有点儿后悔自己刚才说的话。

说到底，他和这群学生无冤无仇，只是看着他们年轻得无忧无虑，所以总想让他们吃些苦头，磨炼磨炼少年的锐气。

黄明沉下脸："简松意擅自讲话，罚做俯卧撑20个！训练继续！所有人耐心等待！"

然后黑着脸走到一旁，除了必要的训练纠正，没有再说一句话。

而杨岳最终也完成了整个四百米障碍跑。

耗时二十分钟。

他一个人，用了二十分钟。

如果要评优的话，四个人总共最多只能用十五分钟。

没有人会愿意和杨岳组队。

下一组是柏淮和简松意。

柏淮的目光掠过眼尾，扫了旁边正在活动手腕的简松意一眼，挑眉道："小时候的游戏还记得吗？"

"记得。试试？"

"也不是不行。"

"别放水。"

"当然不会。"

刚刚回到队伍里的杨岳，听到这段对话，心凉了，如果他们俩不放水，肯定直接评优。

不过也好，松哥和柏哥这么牛，就该拿优，自己不过就是少当一回三好学生而已，还有竞赛奖项在呢，校推名额总能落一个在自己身上。

杨岳安慰着自己，然后听到一阵惊呼，抬起头，看向训练场，愣住了。

这又是什么操作，还能这么玩儿？

25

柏淮的腰带不在他腰上。

柏淮的腰带绑上了简松意的左手手腕上。

总之就是柏淮用腰带把简松意的左手和自己的右手紧紧绑在了一起，从腕骨处一直往上缠到了接近手肘的地方，再用搭扣固定。

这么一绑，基本上就等于一人失去一只手，还被彼此牵制，活动能力和活动范围直接打了个半折还多。

这是觉得游戏的困难模式也太过容易，所以自己折磨自己，非要升级成地狱模式？

魔鬼？变态？大牲口？

而训练场上俩魔鬼的背影几乎完全同步，每一个步伐的幅度，每一次迈步的频率，几近一模一样。

二人飞快地过了跨桩和壕沟，到了低桩网，同时卧倒，一人一只手臂用力，匍匐前行，配合默契，竟然一点儿不比单人的慢。

独木桥，两人侧身上桥，横向飞快移动，没有一点儿摇晃就过了。

高墙下，一人一只手拽住绳子，手臂发力，腿蹬墙，柏淮先一步上墙，给简松意留下空间，简松意随后长腿一个侧抬，踩上墙顶，轻跃而上。

最后同时向前跑上高台跳台，果断从两米五高的地方跳下。

动作干净利落，简洁帅气，没有失误，没有赘余，英姿挺拔，且刚且飒。

总用时 1 分 48 秒。

目前最短。

众人抬头看了看天，这两个人是不是老天爷的 bug①？

以前松哥这个人就很能嘚瑟，柏哥来了后，两个人一起，嘚瑟指数和难度指数直接平方了一下。

还有这该死的默契，明明传闻中这两位已经拼得你死我活了啊，这到底是个什么情况？

最关键的是，这两个人耍帅竟然从未失手，简直是我等难以逾越的两座高山。

千言万语到了最后，在心中汇成一句话，真跩啊！

然而他们不知道，高墙后面到达终点的响铃迟迟没被摁下，是因为这两个人，耍帅翻车了。

跳台下方铺着一个软垫，跳下来的时候，简松意的脚踩到了软垫的边缘，脚踝别了一下，本来不是大问题，可以稳住，偏偏还有一个柏淮和他绑在一起，他一不小心就倒在了软垫上。

而和他绑着的柏淮，就直直压在了他身上。

因为手臂的束缚，两人之间没有一丝间隙，柏淮浅棕色的刘海儿垂下，和简松意的额发浅浅纠缠。

简松意不自在地偏过头，让开视线："你怎么这么重，快起来！"

柏淮手撑在简松意身侧，试图站起来，但因为另一只手和简松意绑在一起，要站起来需要承担两个人的重量，而简松意的双腿之间没有空隙，他完全找不到合适的着力点，试了几次，结果都是无用功。

---

① 本义指系统故障、程序错误，此处指能力过于专业，已经超出了常人范畴。

几次尝试后，柏淮轻笑一声："腿分开点儿。"

"干吗？"简松意心虚又警惕。

柏淮没戳破他："你躺这儿不动是指望我一只手把你拎起来，还是觉得这个姿势不错，想再享受会儿？你不让让，我怎么发力？"

简松意没说话，只是照着做了。

柏淮总算找到着力点，单膝跪在他两腿之间，然后直起身子，用力往上一带，简松意腰腹同时也跟着发力，坐起身，踩住地，相互扶着站了起来。

站起来后，简松意没有像平常一样为自己的成功耍帅而原地开屏六十秒，只是埋头解着腰带，一言不发。

柏淮默默地看着他，看得他浑身发毛，简松意忍不住抬头回瞪了一眼："看什么看？！"

柏淮平静地道："没看什么，我就是在想，刚才我们为什么不先解开，再起来，不就很轻松了吗？"

柏淮说得很对。

这么简单的道理，聪明如简松意，居然没有想到，只是因为刚才他脑子有些空白。

但是简松意没法说出这个答案。

简直没脸见Ａ班父老。

好在黄明及时赶来，缓解了他的尴尬："你们两个怎么回事？为什么擅自增加任务难度和危险系数？完成任务后为什么不按铃？又为什么不及时归队？你们这根本就是视纪律为无物！"

简松意认可地点点头："教官说得对。"

"嗯？"习惯了他犟嘴的黄明突然有点儿不适应。

简松意义正词严，正气凛然："所以我们这种视纪律为无物的人，这次的成绩就应该作废！"

黄明："……"

第一第二免考核资格顺延给了陆淇风和皇甫轶。

但没人在意。

简松意和柏淮的光荣事迹随着八卦之风吹遍了"祖国大地",被传得神乎其神,慕名而来的人基本是"跪"着看他俩的。

至于在高墙后那微妙又尴尬的几分钟,也只被当作他们为了和杨岳组队,故意拖延的时间。

吃晚饭的时候,柏淮和杨岳继续训练,简松意没陪他们,跟着陆淇风先走了。

柏淮淡淡地看向两人的背影,眸子里看不出情绪。

杨岳杵了杵他的胳膊,小心翼翼地问道:"柏哥,怎么了?和松哥闹别扭了?"

柏淮收回视线:"没。收腹,身体贴紧地面,注意力集中,别分心。"

"哦。"杨岳悻悻地应了一声,又开始认真练习起来。

陆淇风是个情商很高的人。

所有人都觉得简松意和柏淮不对付的时候,他就已经看明白了这两个人根本不是不对付,只是各自轴着各自的心思,小朋友一样地闹着别扭。

而自从柏淮回来后,简松意的一日三餐都是吃的柏家的,以前的三人行只剩下了自己和周洛两个。

现在这个塑料发小居然又想起了自己,那必然是他和柏淮之间又闹什么小别扭了。

陆淇风试探道:"你和柏淮今天配合很默契啊,专门练的?"

"也不是专门练的,在七八岁的时候,也不知道怎么回事儿,我俩就开始经常吵架打架,我爷爷和柏爷爷觉得我俩贼烦,每次教育我们又被我们气得高血压,就干脆直接把我俩绑一块儿,扔训练场去,眼不见心不烦。我们自己无聊,就开始各种折腾,后来当游戏玩了。"

"你们俩还真是从小就有当牲口的潜质啊。不过好几年没见还能这么默契,你们这是什么感天动地的兄弟情?"陆淇风半开玩笑半认真。

简松意没搭理他,扒拉着餐盘里的饭菜,扒拉了半天,突然放下筷子:"陆淇风,过来抱我一下。"

陆淇风:"你今天跳高台跳下去把脑袋摔坏了?"

"别废话，过来抱。"

"等我吃完这个鸡腿，我们换个地方行不行？大庭广众之下两个大老爷们儿抱一起，你不怕恶心，我还怕呢，别恶心得无辜八卦群众吃不下饭。"

简松意拿筷子戳了戳鸡腿。

柏淮就不会怕恶心。

还是柏淮讲义气，够兄弟。

这么一想，自己好像更不是人了。

陆淇风啃着鸡腿，突然朝简松意身后抬了抬下巴："黄明怎么和俞子国坐一桌了？是在 A 班没欺负够人，再去无感者班找个软柿子捏？"

简松意回头看了一眼，了然，又转过身来："没事儿，他不会找俞子国麻烦的，你吃完了吗？吃完了就去办正事儿。"

正事儿就是让陆淇风抱抱简松意。

两个大老爷们儿抱得贼尴尬，陆淇风那两条胳膊怎么放怎么不对劲，好不容易视死如归地绕过简松意两条胳膊把他圈住，简松意身体僵硬得像一块板砖，真想一脚把陆淇风踹开。

极力忍住，抱了一会儿，发现还是想踹开，终于付诸行动。

陆淇风捂着自己的膝盖："简松意，你这个人讲不讲道理，一会儿要我抱你，我抱了你又把我踹开，你以为我愿意抱你啊，你又不是女生，抱起来又软又乖，我图啥？"

简松意没理他，只是默默地松了一口气。

还好还好。

那股庆幸和烦躁从眉梢间溢出，陆淇风观察着他的神情，再想到今天一系列事，心中隐隐有了些大胆的猜测。

还没等那个猜测浮出水面，简松意就先发制人，偏过头，一脸狐疑地看着他："你刚才说什么？谁抱起来又软又乖？"

陆淇风："……"

简松意眯着眸子打量了他三秒。

"你以后和我保持距离，别对我动手动脚。"

陆淇风："嗯？"

什么玩意儿？我为什么要对你一个男的动手动脚？

简松意无视陆淇风怀疑人生的表情，转过身，打包了两份饭菜又买了些零食饮料，往训练场走去。

军训每天晚上八点结束，一结束，一群"濒死之人"就乌泱泱地往宿舍蠕动。

训练场空空荡荡，只剩下简松意、柏淮、徐嘉行，还有杨岳。

他们要抓紧时间，把一个可爱的胖子，变成一个灵活的胖子。

这种时候，很多事情已经和评不评优、拿不拿三好学生没有关系了，只是关乎这个年纪的少年那份骄傲、尊严和不服输的勇气。

大家都年轻，没道理做不到。

如果一个人不可以，那还有我们。

总归不能让别人看轻了去。

杨岳做好热身运动，发誓要把这一关拿下。

刚准备开始训练，俞子国就拎着一个塑料袋匆匆跑来，一路到了杨岳跟前，打开塑料袋："这一盒是创可贴，这个是手套。"

四百米障碍跑容易受伤，尤其是杨岳最困难的匍匐过低桩网和拉绳上墙，容易磨破手。

俞子国始终还是要比他们几个细心些。

但俞子国是一个早饭都舍不得去小卖部买牛奶面包的人，一盒创可贴和一副手套，对于他来说，可能得咬咬牙才能买。

杨岳懂，但杨岳没说，大大咧咧地收下了，然后一挥手："我刚买了好多零食放那边，结果松哥让我减肥，不准我吃，你把它们拿走吧，不然我看着馋。"

俞子国认真地点点头："那我拿走帮你收好，你什么时候要我什么时候给你。"

这孩子怎么这么实诚，杨岳捏了捏自己肚子上的肉肉给他看："在我身材和松哥一样好之前，我都不会要。"

"啊？那到时候肯定早过期了，还能吃吗？"

太实诚也会伤人，杨岳梗了梗，顺着道："所以你自己吃了吧，不要浪费粮食。"

俞子国挠挠脑袋，想了一会儿，然后说道："好吧。不过，为什么今天大家都赶着给我送吃的啊？"

"大家？"

"对啊，就你们班黄明教官，晚饭的时候说自己鸡腿打太多了，非塞给我两个，也是说吃不完，不能浪费粮食。"

训练场上短暂地沉默了一会儿。

杨岳拍拍他的肩："嘿，本来就不能浪费粮食，而且你太瘦了，本来就该多吃点。你拿了零食就先回去吧，我们要抓紧时间训练，你在这儿也帮不上忙。"

"嗯嗯。"俞子国乖巧地拎起零食袋子走了。

走了两步，又停下来，转过身朝简松意和柏淮竖了个大拇指："学霸校霸，你们穿同款衣服真的很配！"

说完就溜了。

"……"

"……"

这……全年级三四百个人穿的不是一样的？

简松意好气又好笑。

"这俞子国，真的是无知无畏，胆子真肥。"徐嘉行咂了两下嘴，"不过这黄明看不出来啊，还是个暖男，怎么对我们就那么坏呢？"

柏淮淡淡道："正常，每个人都有招人喜欢的一面，也有招人讨厌的一面，只是我们恰好招黄明讨厌，所以他也招我们讨厌。"

吃过太多苦的人，面对顺风顺水的人，自卑又自负，但是看见曾经和自己一样的孩子，也会想要照顾。

没有谁有想象中那么好，也没有谁像想象中那么坏。

这些道理，柏淮在十四岁那年就懂了。

简松意听到柏淮这句话，突然偏过头，眯着眼睛看向他，语气危险："那你说说，我招人讨厌的一面是什么？"

柏淮轻笑："好像暂时还没发现。"

"……"

"那你觉得，我招人讨厌的一面是什么？"

简松意收回视线，转过头，板着脸，酷酷地扔出两个字："全部。"

柏淮觉得"全部"这两个字，可爱得有点儿犯规。

比"没有"还好听。

唇角忍不住翘了起来。

柏淮视线从简松意脸上收回，看向前方，发现杨岳和徐嘉行正惊恐又呆滞地看着自己。

他们看看柏淮，又看看简松意。

"你们……你们刚才……松哥是在口是心非吗？"

简松意黑脸。

柏淮微微一笑："杨岳，加五公斤沙袋训练。"

杨岳："嗯？"

为什么受伤的又是我？

算了，绑吧，跑吧，练吧，人生就是这样，有的人有颜值有智商有武力有家世有人宠，而有的人，他只有脂肪不离不弃。

夜色里，可爱的胖蘑菇滴溜溜滚来滚去，而胖蘑菇的朋友们则一边贬损他，一边陪着他。

终于达到给他定下的八分钟标准后，胖蘑菇把自己埋进沙坑，进行无声而自闭的有丝分裂，旁边柏淮还在和徐嘉行讨论着明天最稳妥的战术安排。

简松意无所事事，拽着绳子，上了高台，躺下，双手枕着后脑勺儿，跷着腿，看着藏蓝色的天幕。

南城位于内陆，市区是平原，被群山环绕，地势低平，云层厚，鲜少能在夜晚看见星空。

如今到了郊外的山上，空气也清新了，天也近了，星河也璀璨起来了。

九月的夜风吹过，带来山间桂花清甜的香，残叶婆娑，草虫嘤嘤。

都说以鸟鸣春，以虫鸣秋，秋天大概是真的来了。

秋天要来了。

简松意想到这句话的时候，第一时间就想起了柏淮。

过几天，得记着买束洋桔梗。

温叔叔喜欢。

刚想着，身旁的绳子就被拽了一下，很快一条修长的腿踩了上来。

柏淮轻巧一跃，落到简松意旁边。

简松意起身，想直接从跳台跳下去。

柏淮低声道："躲我？"

简松意顿住了，然后又慢慢躺下去，恢复原来的姿势："没。"

说不上躲，就是如果这么和柏淮独处的话，难免又会想起今天上午，总归有些不自在。

柏淮在他身边用同样的姿势躺下，轻描淡写地说道："那最好，反正躲也没用，毕竟晚上我们还要睡一个房间，低头不见抬头见。你总不能像人家夫妻吵架一样，把我扔去厕所睡觉吧。"

简松意觉得柏淮这个比喻不太贴切，但他现在正是心虚的时候，没好意思挑刺儿。

他怕柏淮多想，开口解释："晚饭没等你，是看你和杨岳训练一时半会儿结束不了，想去给你们打些热饭菜，早点儿带回来。"

其实男生之间的友情向来是大大咧咧的，并不会像女孩子一样，计较今天谁和谁吃了饭，谁和谁一起上了厕所，谁和谁讲了悄悄话。

所以这种解释就有些不伦不类，笨拙而不自然。

柏淮在简松意视线以外的地方勾起了唇角，柔声道："我知道，我没那么小气。"

"知道就好，不过还有就是……"简松意欲言又止。

他一向是个嘴巴不饶人的，今天却偏偏觉得舌头不听使唤，有些字音在舌尖转了几圈，始终就是送不出去。

柏淮也不急，慢条斯理地温声问道："还有什么？"

"还有就是……以后我们俩之间得注意点。"

柏淮偏过头，看向简松意。

少年精致漂亮的侧脸在夜色中少了几分平时咄咄逼人的明艳，变得柔和起来，星河落在眸子里，清澈透亮，耳尖有点儿浅浅的红。

这样看着，竟然还有点儿可爱。

他不知道简松意说这句话是因为什么，只是心里突然紧了一下，像是棉团骤然被抽出一缕，不安又绵软。

他努力让自己的声音听起来更温和："为什么？"

简松意抿了抿唇，斟酌了一会儿，才用极低极低的声音说道："我知道我们俩从小一起长大，亲兄弟似的，有些动作亲密惯了，也有很多习惯不好改，但是吧，兄弟归兄弟，我现在毕竟是个易感者了，身份不一样了……你说对不对？"

说完，他别过头，佯装看向不远处在沙坑里打滚的两个傻子。

柏淮先是愣了愣，然后偏回头，看向夜空，轻笑了一声："对，你说的都对。"

在某个初秋的夜晚，星空下，桂花香里，一只可爱的草履虫在被盐汽水喷死前，稍微进化了一点儿。

26

两人肩并肩躺着，空气静谧地流淌，草虫蛰鸣之声越发明显，桂花的清甜也更加温柔。

柏淮突然侧起身子，屈肘，右手半握拳，抵住脑袋，垂首看向身旁的简松意："那你觉得，我们需要注意到什么地步？"

简松意依旧偏着头，唇角抿成一条直线，没有回答。

他觉得柏淮对他这么好，不太想伤这份感情。

于是简松意晃了两下腿，扯出平时那抹漫不经心的痞笑："嘻，没事儿，我说着玩儿的，你当我没说过，以前该怎么样，以后还怎么样。"

"可是你不是个易感者吗？"

"易感者怎么了？就不能和支配者当好哥们儿了？那我以后不是只

能跟周洛一起玩？反正只要我们坦坦荡荡，问心无愧，还不是该干吗干吗，你说是不是这么个理？"

他能这么说，柏淮当然很高兴。

而且简松意脸皮薄，说出去的话就不大好意思反悔，他说该干吗就干吗，就是真的可以，哪怕他觉得有点儿臊了，也碍着面子不会讲出来。

这种时候，就很好欺负。

还有比这更好的结果吗？

柏淮心情很好，没有正面回应简松意的话，只是眯着眸子，挑唇笑了下："你看过《倚天屠龙记》没？"

"啊？"简松意不知道话题怎么突然跳到这儿来了，"没看过，怎么了？"

"没怎么，就是以后有机会我把这本书借给你，你可以看看。时间也不早了，回宿舍吧。"说完，柏淮就起身跃下了跳台。

紧接着简松意也跟着跳了下来。

偏偏不知道这软垫是不是故意帮柏淮欺负人，简松意跳下来的时候又踩到了边缘，又别了一下，只不过这次他没有倒，而是被柏淮伸手扶住了。

柏淮自然而然地收回手，问道："怎么了？"

"没怎么。"

简松意飞快地扔出三个字，压低帽檐，步伐匆匆，把柏淮落在了后面。

柏淮唇角的弧度更明显了。

还真的是，脸皮太薄了，太好欺负了。

第二天考核名单出来的时候，A班其他人都表示杨岳这组是三个王者带一个青铜。

简松意和柏淮自然就不用说了，徐嘉行作为一班的体育委员，虽然成绩在一班垫底，但是运动细胞在一班绝对是拔尖的。

所以，十五分钟的时间，他们规划给杨岳的是七分钟到八分钟，徐

167

嘉行二分钟到三分钟，而简松意和柏淮每个人则必须在二分钟以内完成。

杨岳用时最不稳定，所以被安排在第一棒，后面的人才好根据情况弹性发挥，同理，徐嘉行被安排在第二棒，现在的问题就是谁是最后一棒。

柏淮几乎没想："简松意最后一棒吧。"

逆风翻盘拯救队伍的任务如果交给小朋友，到时候他一定会完成得很帅，可以让小朋友高兴高兴。

其他两个人也觉得没什么问题，反正他俩谁最后一棒都差不多。

简松意却突然出声反驳："柏淮最后一棒吧。"

柏淮抬起眼皮看了他一眼。

简松意漫不经心地理着袖口："我不当背锅位。"

杨岳的发挥其实很不稳定，昨天晚上训练，七分钟到九分钟甚至十分钟都有可能。

一旦杨岳出问题，那他和柏淮就需要挑战更多的极限。

而柏淮是支配者，无论简松意愿不愿意承认，柏淮的体能和潜在爆发力其实都是高于自己的，这是基因决定的先天体质问题，没有办法。

所以，简松意并不认为自己真的比柏淮弱，他只是觉得，柏淮不是他的敌人，而是他的朋友，是一个可以无条件信赖的人，那么，为什么不做出最好的安排？

所谓骄傲，并非一味地争强好胜，而是我和你一起，把所有的事，做到我们所能做到的最好。

十几年的相知相伴，简松意虽然嘴上没好话，但是实际怎么想的，柏淮明白。

他突然觉得自己还是低估小朋友了，在他离开的这三年，简松意成长得比他想象的还要好，那副孔雀开屏的样子，并不是自负愚刚，而是且韧且强。

还很懂事。

他笑了笑："放心，教练，我一定不负众望。"

信号枪响。

杨岳第一个出发，前面的勉强都还算顺利，低桩网也在预期的时间过了，结果不知道怎么回事，卡在了高墙。

　　他拽着绳子，拖着略显臃肿的身子，努力蹬着墙面，试图上行，可是每次都恰好只差那么一点点儿力气，就支撑不住，滑了下来。

　　一次又一次，时间不停地流逝，围观的其他组的人，都揪起了心，甚至都想劝他们放弃，让杨岳回来算了，不然那手都不知道该被麻绳磨成什么样了。

　　可是简松意和柏淮只是站在那里，安安静静地看向杨岳，笃定而从容。

　　就连徐嘉行也一点儿没有分心和担忧的意思，做着热身活动，随时准备出发。

　　这种无言的信任和坚决，隔着几百米的距离传递到了杨岳那里，终于，他狠狠咬住牙，憋住最后一口气，翻上了高墙，飞快地跑到跳台，果断跃下，按下了响铃。

　　而就在同一瞬间，徐嘉行也飞快地出发了。

　　这时候已经过去了九分四十秒。

　　也就是说留给剩下三个人的时间，只有五分二十秒。

　　专业士兵评优的标准是一分三十秒，徐嘉行觉得自己必须给简松意和柏淮至少留下三分钟的时间。

　　所以，他也要挑战自己的极限成绩。

　　然而，他做到了。

　　徐嘉行是再随遇而安不过的人，什么都不放在心上，这次却发了狠，拼命冲，挑战了自己的极限，给剩下两人争取了三分十五秒的时间。

　　然而即使这样，情况也不容乐观，因为大家都知道，在真正的部队，一分三十秒就已经可以拿到很好的名次了。

　　那两人再厉害，也只是学生，没有经历过日日夜夜的训练，如果能完成，那简直就是一个奇迹。

　　简松意心里却很放松。

　　他觉得一分四十秒虽然很极限，但是自己可以。

　　退一万步，就算他失误了，他的后面还有柏淮。

那个人，一定可以做到。

所以，没什么好担心的。

因为没有压力，整个身体放松下来，矫捷又灵敏，迅速而利落，身轻如燕，韧如顽竹。

到按下响铃的时候，用时一分三十九秒。

全场惊呆了。

这一个新纪录，让本来觉得他们这一组已经毫无希望的人突然开始期待，在剩下的一分三十六秒里，是不是有可能真的出现一个奇迹？

所有人都希望奇迹出现，包括黄明。

少年热血努力至此，无人不动容。

柏淮出发。

修长挺拔的身影如苍竹，随着一阵风，掠过了这片黄土。

跨桩，壕沟，低网，独木桥，共三百五十米。

还剩十四秒。

拽住了高墙的绳子，蹬墙，上墙。

还剩六秒。

跑到跳台。

还剩三秒。

跳下。

铃响。

黄明摁下计时器，高声道："柏淮、简松意、徐嘉行、杨岳，考核完毕，考核成绩，用时共十四分五十九秒，优！"

所有A班的人，无论自己组的考核成绩如何，无论平时和这几个人交情好不好，全都鼓起了掌。

为这莽撞不讲道理的友情，也为少年意气不言败。

黄明看着这群热血沸腾的少年，突然觉得自己心里那些不平衡实在没必要。

这世界上就是有人天生命好，有人天生命苦，并不公平，可是公平的是，他们都有过十七岁。

十七岁，那个在部队里被骂到哭的年纪，他也觉得是最好的年纪。

而训练场那一头，柏淮一只手推开要扑上来熊抱他的杨岳，一条腿从徐嘉行胳膊里抽出来。

他缓缓走到一旁叼着根狗尾巴草、懒洋洋地倚着树的简松意跟前，站定："怎么样，教练，对我的表现还满意吗？"

简松意勉勉强强点了两下头，以示还行。

柏淮见状，又往前走了一步，两人之间只有不到两拳的距离，他低下头，问道："满意的话，教练能给个奖励吗？"

简松意挑了下眉，以示询问。

柏淮伸出手，摘下他含在双唇间的狗尾巴草，夹在两根手指里，转了一圈："我看这个就挺好。"

简松意觉得柏淮脑子有问题，白了他一眼，指了指旁边的野草地："你要想要，半夜我带人来把这地薅秃噜皮儿都行。"

柏淮轻笑："不用，这根就够了。"

够做一个小礼物了。

军训结束的时候，基本上 A 班所有的人每个项目都拿到了优。

老白对这个结果很满意，在返校的大巴上着重表扬了简松意他们四个人，不抛弃不放弃，团结友爱，自强不息。

一顿乱夸，夸了几十公里路，到了学校大门口的时候还意犹未尽。

他略感遗憾地说道："今天就先说到这儿，下周一升旗仪式上我再具体表扬。明天周四，大家还是要按时来上课，只是考虑到这几天大家也很辛苦，所以学校决定今天下午的课和晚自习都不上了。你们住校的回宿舍休息，走读的回家休息，多吃点肉，多睡会儿觉，我不想明天看见一班烂茄子，听到没？"

终于从地狱中出来的学子们，有气无力："听——到——了——"

下了大巴，杨岳拽着徐嘉行到简松意和柏淮前，一脸喜气洋洋："两位哥哥，小的今天想尽点孝心，不知道二位能不能赏个面子？"

简松意没好气："说人话。"

"我为了感谢你们，想请你们去吃烤肉撸串再来十斤小龙虾，行不行？"

"我没什么问题，你问问柏淮，他这个人贼讲究，从来不去路边摊。"

柏淮闻言偏过头看向简松意，眼神有点儿意外："你难道去路边摊？"

他记得吃的方面，简松意可比他挑剔多了。

简松意挑挑眉："我当然吃啊，我挑食是只挑味道，不挑贵贱，和你这种高贵、讲究的大少爷不一样。"

柏淮不知道这人怎么有脸说别人讲究，没搭理他，只是朝杨岳点点头，算是同意了。

杨岳顿时喜笑颜开："行，那我再去问问周洛和俞子国他们，要去大家一起去，人多，热闹。"

大家都秉承着"不管我想不想吃，只要能宰别人一顿就很开心"的心理，全部答应了。

七个人浩浩荡荡地向烤肉店出发。

军训结束，大家都换回了自己的衣服，恰好七个人还都是不同颜色，周洛和俞子国一时兴起，给这个组合命名为"欢天喜地七仙女"。其他人大怒，于是两人分别被扣掉了一盘五花肉，备感委屈。

就这样一路打打闹闹地到了烤肉店。

杨岳找的这家烤肉店离南外不算近，是在老城区的一条巷子里。

出租车司机在杨岳的指挥下七弯八绕，其他人压根儿就认不出来是到了哪儿。

等车终于停了，下了车，再拐过一个巷子口，才看见一个往下走的楼梯，楼梯的缺口处露出一个有些陈旧的招牌。

——瞎子烤肉店 供自助烤肉 烧烤龙 虾夜宵 酒水 饮料

楼梯旁边有铁栏杆，生了锈，绕着不知名的藤蔓，下了楼梯是一片空旷的水泥地，不算平整，却很干净，架着烧烤架，摆着桌椅，撑着几把大伞。

水泥地那头有两间低平的矮屋，算是厨房。

杨岳带头往下走："别看这边环境简陋，但是很干净，味道好，肉也不是奇奇怪怪的肉，性价比特别高，在这一片出了名的好，你们几个别嫌弃。"

然后他又想起什么，顿住，回头压低声音说道："这是老两口开的，老板是个盲人，但是真的会烤肉，老板娘也特别能干，都是老实人，就是命不好，你们待会儿注意点，别说些不该说的话。"

众人了然地点点头，跟着往下走去。

简松意走了几步，突然觉得不对，回头一看，果然柏淮站在原地没动。

垂着眼帘，像是有什么心事。

他转身往回走到柏淮面前："有事儿？"

"没事儿。"柏淮钩了钩肩上的背包带子，语气自然，"就是不习惯来这种地方，怕吃了拉肚子，所以有点儿犹豫要不要下去。"

"那犹豫的结果呢？"

"你都下去了，我能不下去？走吧，不然杨岳不知道又要脑补些什么。"

柏淮笑了一下，伸手勾过简松意的肩，两人并排着，踩着台阶一步一步往下走。

有风吹过，绕着铁栏的一株已经泛黄干枯许久的藤蔓，终于"啪"的一声，断了。

27

两人下去的时候，其他五个人已经围着离楼梯最远的一张大圆桌坐了下来。

杨岳挥手高呼："老板娘！"

然后他转过身，对正掏出纸巾仔仔细细擦着桌椅的柏淮说道："柏哥，拜托你们俩能不能识点人间疾苦？这椅子就算有点儿灰，坐了也不能烂屁股，你们磨磨蹭蹭地，是不是不给我杨某人面子？"

柏淮没抬头，简松意却抬起眼皮，瞟了杨岳一眼。

杨岳面不改色，淡定如常："我杨某人就不配有面子！柏哥擦得好！"

陆淇风忍不住轻笑:"出息。"

"我这叫大丈夫能屈能伸。"杨岳嘿嘿一笑,又转过头催了一声,"老板娘,来了没?"

"来了来了。"

一个面容和善,但瘦得有些过分的女人拿着菜单匆匆跑了出来,面上皱纹繁细,看上去分不出到底是四十多岁还是五十多岁。

她赔着笑嗔道:"这才五点半,我们还没正经开门呢,你们来得也太早了。"

杨岳接过菜单,打趣道:"可不得来早点嘛,不然要么没位置,要么人多,等菜就要等一个小时。不过说实话,你们生意这么好,真的可以再多请几个帮工。"

老板娘双手在围裙上擦了擦:"嗐,我们这小本生意,人请多了还赚得到什么钱?都不够发工资的。有两个洗菜切肉的就够了,再说了,我儿子每天放学回来还能帮忙呢。"

"你儿子好像也高三了,你还不让他安心学习?"

杨岳这个人真的是比老板娘这个真中年妇女还爱操心。

老板娘无奈一笑:"就我儿子那成绩,就是学破脑袋也考不上大学,随便读个专科,回来接手馆子,比什么都强。"

杨岳还想再叨叨几句,柏淮突然开口:"你是来吃饭的还是居委会过来做工作的?"

老板娘也不太想继续聊自己儿子:"对对对,你们快点菜,我让小丁和我家老头先给你们做,拣最好的那批肉,不然待会儿人多,又没了。"

说着,她视线不经意间掠过柏淮,像是想起什么似的,偏着头,轻轻"咦"了一下:"这位帅哥感觉有点儿面熟,杨岳以前是不是带你来过啊?"

杨岳一边埋头点菜,一边说道:"怎么可能,我才认识他,老板娘你别看见一个帅哥就搭讪好吧?你要不要看看他旁边那位帅哥是不是也面熟?"

老板娘看了一眼,微微蹙眉,好像还真在回忆似的。

柏淮怎么回事，简松意不确定，但是自己从没来过，也没见过这老板娘，这是肯定的。

他挑唇笑了一下："眼熟也正常，别人都说我长得像莱昂纳多，旁边这位长得像天蓬元帅，都是大众情人，谁不眼熟呢？"

这下可把老板娘逗乐了："瞎说，这位帅哥最少也要像个二郎神。好了，我不跟你们贫了，我去忙了，需要什么就叫我或者小丁。"

说完，她接过杨岳递过来的菜单，转身回了小平房。

柏淮偏过头，半眯着眸子："嗯？"

"怎么？都是俩眼睛一鼻子一嘴巴，哪儿不像了？"

军训期间，没少受柏淮照顾，简松意不好意思开口说他，现在脱离了那个环境，疯狂想挤对柏淮的欲望就按捺不住了。

柏淮也不生气，就是笑了一下："《荒野猎人》我刚看过，你要说自己像莱昂纳多，那我觉得天蓬元帅也挺可爱。"

简松意："……"

还以为这人改邪归正了，结果那张嘴还是那么毒的。

然后这人就用桌上的茶水，帮自己把所有的餐具都烫了一遍。

柏淮另一边的杨岳，相当眼红："柏哥，人家也要烫餐具嘛……"

柏淮慢条斯理地晃着杯子，语气十分温柔："想死吗？"

杨岳："……"

垃圾柏狗，在线双标。

这家烤肉店是自助的，桌子中间被挖空，下面烧着炉子，上面架着铁网。

刷上一层油，等油吱吱地响了后，再铺上肥瘦相宜的五花肉，五花肉很快就卷起了一层金黄的边儿，渗出晶莹的油珠来，肉就变得香而不腻。

再细致均匀地撒上一层秘制的孜然和辣椒粉，稍微抖一下，把多余的调料抖落，也不包生菜叶，就直直一大片塞入嘴里，纯正的肉香瞬间浸润舌尖，溢满整个口腔，回味无穷。

大口吃肉的爽点就在这里了。

风卷残云般吃了好几块后，杨岳犹不知足："不行，单是大口吃肉怎么能过瘾，老板娘，来一箱饮料，罐装的，冰过的！"

"好嘞！小丁快抬过去！"

一人面前发了一罐，杨岳、徐嘉行、陆淇风三个人，直接拉开拉环，吸溜了一口，发出爽极的叹息。

简松意刚准备打开自己的那罐，柏淮就先他一步把易拉罐推远了，睨了他一眼："你能跟他们仨一样喝冰的吗？不怕胃疼了？"

简松意："嗯？"

柏淮不理他，转头对正在给他们上菜的小丁说道："麻烦来听可乐，要常温的，谢谢。"

周洛一边吃着肉一边举爪子："我也要可乐，我们易感者都不能冰的热的一起吃！"

柏淮忍住笑，又睨了简松意一眼："听到没？"

简松意好气，但又怕他继续提自己易感者的身份，只能愤愤不平地接过一听可乐，趁柏淮帮他烤肉的时候，背在身后，狠狠摇了几下。

然后若无其事地推到柏淮跟前，一副大少爷十指不沾阳春水的骄矜模样："手疼，打不开。"

在座其他五"仙女"："……"

信了你的邪。

俞子国小心翼翼地说道："或许，你们有没有听过一句话？平时可以单手举哑铃的暴躁老哥，到了某些人面前，就会娇弱得连瓶盖都拧不开。"

"……"

热腾腾的烤肉桌陷入了死亡般的宁静。

半晌，剩下的四个人不约而同地朝俞子国竖起了大拇指："勇士。"

简松意的脸瞬间黑了，刚想把可乐收回来，柏淮就已经接了过去。

只不过没有在自己跟前打开，而是伸直胳膊，一直推到了杨岳跟前，并且把开口方向对准了杨岳。

拇指和中指捏住罐身，食指钩住拉环，修长白皙的指尖，衬着红色的瓶身，温润如玉，轻轻一拉。

"扑哧——"冒着气泡的肥宅快乐水喷涌而出。

距离易拉罐最近的杨岳，被洗礼了。

杨岳呆愣片刻，泪汹涌而出："柏哥！为什么？你为什么要这样对我？你是不是不爱我了？明明军训的时候我还是你的小心肝啊！"

"啊，抱歉，我不是故意的，我也不知道这可乐在交给我之前居然被摇过。"

柏淮当然不会告诉他，自己是因为还记着那个充气软枕的仇。他淡定地抽出纸巾，把罐身和罐口擦干净，放回到简松意面前，唇角挂着点儿蔫坏儿的笑意："是吧，松哥？"

简松意接过易拉罐，更加淡定地抿了一口："嗯，我也不知道，可能是小丁摇的吧。"

杨岳："……"

这两个狗，无论他们是耍帅、吵架，还是狼狈为奸，受伤的只有自己，自己到底做错了什么？

他生气又委屈，拿起一罐饮料，狂摇，对准徐嘉行，猛地拉开。

正在吃肉的徐嘉行："嗯？"

我又做错了什么？

他放下肉，一只手一个易拉罐，向杨岳和陆淇风同时宣战。

战火蔓延开来，几个人闹成一团，又骂又笑又躲，最后干脆在空旷的水泥地上追逐起来。

好好一个聚餐，莫名其妙地变成了打水仗。

一旁围观的小丁伙计："老板娘，他们真的是南外高三重点实验班的学生吗？我为祖国的未来感到担忧。"

老板娘："……"

没人敢闹柏淮和简松意，他们两个也不想把身上弄得黏糊糊的，就坐在位置上，慢条斯理地享受着烤肉，再也不用担心其他五个饿死鬼投胎的人和他们抢。

简松意一边享受着柏淮略显生疏的烤肉服务，一边问道："你老欺负杨岳干吗？"

"我没欺负，就是想搞点事儿，不然你觉得你抢肉能抢得过他们？还是你想听俞子国继续讲述我们之间'甜蜜而动人'的故事？"

简松意："……"

刚才的确得亏柏淮打岔，不然自己确实很尴尬。

他扒拉着柏淮刚夹给他的肉，嘟囔道："你说俞子国是不是发现我是个易感者了？不然怎么整天神神道道的。"

柏淮淡淡笑道："放心吧，以他的智商，如果发现你是个易感者了，第一时间就会露出马脚。"

俞子国应该是相信简松意是个支配者的。

他之所以会这么八卦，或许是因为看出了什么。

有的事，往往是"当局者迷，旁观者清"，而俞子国于他们这群人来说，来得最晚，知道得最少，也就看得最清。

等几个人闹完，素菜、羊肉串、掌中宝、生蚝这些也已经烤好了。

来了新的客人，老板娘和小丁忙着去招呼，端着烧烤盘子过来的是烤肉店的老板。

很瘦很瘦的一个中年男人，行动自如，绕过桌椅板凳，稳稳当当地把盘子放在了该放的架子上，如果不是双眼灰白混浊，应该没人会相信这是一个视力有障碍的人。

他放好烧烤，有些拘谨地笑道："你们尝尝今天味道好不好？"

"那肯定好啊，叔，你的手艺绝对没话说。你快去忙吧，不用管我们。你们也快尝尝。"杨岳往每个人盘子里分着烧烤。

众人尝了尝，味道确实很好。

不生不煳，火候刚刚好，调料也都恰到好处。

众人不免好奇："这真是盲人烤出来的？怎么做到的？"

杨岳吸溜了一个生蚝，抹了抹嘴，才压低声音解释道："他们这家烧烤店，开了十几二十年了，最开始就是个小推车，后来就一个小板房，再后来他们儿子出事了，被赔了一笔钱，才做成现在这个样子的。

"老板本来不是盲人，是因为常年烟熏，得了白内障，本来也不严重，结果因为要供两个儿子上学，经济压力大，舍不得花钱，一直没去看病，还天天持续烟熏火燎，后面就越来越严重了。

"好不容易决定去做手术，结果突然又遇上其中一个儿子出事。从六楼跳下来了，你们敢信？人虽然没死，腿却废了，你说这两口子伤不伤心？只能每天以泪洗面，这眼睛就彻底治不好了。现在虽然不是真瞎，但是也比真瞎好不到哪里去。"

杨岳叹了口气："不过我也是道听途说，具体怎么回事儿，也不太清楚，就是觉得人这个命啊，唉……能照顾点生意就照顾点吧，反正也还挺好吃的，对不对？"

周洛和俞子国两个人都快听哭了，红着眼拼命点头。

陆淇风和简松意却都不由自主地把目光放到了柏淮身上。

柏淮的神情看上去没有丝毫异样，一如往常地平静淡然。

他慢条斯理地吃完自己餐盘里的东西后，擦了擦手，站起身："我去个洗手间。"

说完，就向平房处走去。

杨岳见状，十分费力地囫囵吞下嘴里几块大肉，然后扯着嗓门喊道："洗手间得上楼梯，去公厕，你别找不到地方就随地大小便！"

他说完的时候，柏淮已经从平房出来，径直走向了楼梯，可能是刚才向老板娘问了路，也可能是想去其他地方。

简松意盯着他的背影，看了三秒，心里突然生起了一种熟悉的感觉。

每次柏淮心情不好的时候，他就会这样，好像什么事都没有发生，却会自己一个人离开，直到调整好了，才会再次出现。

简松意想到这里，就有点儿烦躁，站起身："我也去个洗手间。"

步幅很大，频率很快，他几步就跟上了柏淮，叫住他："你是不是准备上了洗手间就不回来了？然后晚上告诉我你拉肚子要休息，不方便见人，直到你觉得没事儿了为止？"

柏淮顿住。

简松意深呼吸了一下："柏淮，我现在很认真地告诉你，我生气了。"

179

柏淮缓缓转过身，低头看向简松意。

他本来就比简松意高五公分，现在又多踩了两个台阶，简松意看他的时候，就需要抬着头，下颌骨的线条绷得越发地紧了，眼尾也上挑着，整个人显得很有攻击性。

和被欺负的时候判若两人。

就连他的声音也变得很冷："柏淮，我真的生气了。"

柏淮垂眸："我的错，我不该骗你说没事儿。"

"我气的不是你骗我。"简松意冷淡的声音中多了几分躁意，"我气的是每次我遇到事儿了，你都在，但是你遇到事儿了，却每次都只想自己一个人扛。

"上次你去一中考试的时候，明明遇到王海了，陆淇风都看到王海和你吵架了，你却一个字都不跟我说，还两天不见人影。行，那时候我们关系不好，你不愿意说，我理解。

"但是这次呢？我明明都主动问你了，你还是什么都不说，还打算一个人买了单先走，对不对？你到底有没有拿我当朋友？

"柏淮，那件事从头到尾你都没做错什么，你也是受害者，你到底为什么非要怪自己呢，还去北城三年？

"整整三年，一次见面、一个电话、一条微信都没有，就连我群发的拜年短信你都不回，突然回来也不告诉我，你说我要怎么想？我怎么能不生气、不讨厌你？

"现在好不容易我不生你气了，又来这么一出，我一想到你以前被那破事儿闹得把自己关在房间几天几夜，两三个星期没开口跟我说一句话，最后再见都没说一声就走了，我就觉得烦得不行。

"所以，你以后遇到事儿能不能别老是想着一声不吭地躲起来，就给我说一声你今天不高兴了，不开心了，不痛快了，让我哄哄你行不行？！"

简松意说完，深深呼了一口气，转过身，一眼瞥见铁栏上乱糟糟的枯败藤蔓，觉得更加糟心。

柏淮低头看着简松意。

他漂亮的眼尾因为情绪激动有些泛红，双手叉着腰，胸膛不住地起伏，脚下不耐烦地踢着石子儿。

他真的生气了。

柏淮突然觉得心里疼得不行，绵绵不断的，一层比一层更加钻心地疼。他一直以为，简松意针对他，讨厌他，只是因为性子骄傲，又被压了风头。

他没有想到，原来简松意一直生气的是自己当年的不辞而别。

自己可真不是个东西。

只知道自己那孤独漫长不可言说的时光苦，只知道自己的迷茫挣扎苦，却没想过，小朋友一个人在南城的时候，其实是不是也在想念自己。

他总觉得简松意什么都有，有可爱又恩爱的父母，有关系很好的发小，有许多许多热闹善良的朋友，有数不清的喜欢他的人，所以少自己一个，也没什么。

很多事，他不和简松意说，不是因为不在意他，而是太过珍惜和不舍。这么这么好的小朋友，他一点儿也舍不得让他看见那些阳光之外的阴暗角落。他以为，简松意也不会在意这些。

可原来不是这样。

他从来没有一刻，像现在这样，如此后悔离开南城。

他不敢想象在他离开以后，小朋友会不会难受得一个人躲进被子里，想打个电话，问问自己到底为什么走，什么时候才会回来，斟酌许久，最后却又取消拨号，如此反复，直到天明。

他也不敢想象，在简松意发出每一条群发的节日问候后，会不会守着微信，等一个白色头像亮起红点，然后自然而然地叙一下旧。

他也不敢告诉简松意，当年躲着他的那几天，是因为自己分化成了支配者。而选择离开，也并不仅仅是因为那起事故。

柏淮知道，这一切对于简松意来说，可能无关其他。他说出的这些话，大抵只是站在一个从小长大的最好的朋友的立场上，又或许比朋友会多上那么一些东西。

但无论是什么立场，简松意没有骗他，他们终究是和别人不一样的，而他亏欠简松意的这三年，不知道该怎么给他一个交代，又如何让他原谅，大抵只有往后余生才能补偿。

半晌，柏淮缓缓开口，声音低沉温柔。

"对不起，都怪我，以后我再也不会走了，也不躲着你了，我陪着你，所以如果你真的愿意原谅我，给我一个拥抱，行不行？"

夕阳的余晖洒在枯萎的藤蔓上，据说只有断了陈旧枯败的残枝，到了来年春天，才会生长出新的绿意。

一年一年，越来越好。

28

柏淮的声音很温柔，他身后缓缓坠下的落日也很温柔，傍晚清浅吹过的凉风依然很温柔。

温柔到刚刚还一身爹毛的简松意，莫名地就蔫儿了下去。

一边没了脾气，一边又要立住自己暴躁的人设，只能丢过去一个自认为酷毙了的白眼："谁要抱你，两个大老爷们儿这么煽情，你也不怕把刚吃的肉给吐出来。"

说完，转身就往下走。

柏淮在他身后，忍不住轻笑："你说你这人怎么翻脸不认人呢？我就去上个厕所，你突然冲上来把我骂一顿，说哄哄我，我让你哄，结果你又不哄了，怎么这么难伺候？"

简松意没忍住，回过头，一脸凶巴巴："你要真是去上个厕所，我能跑过来凶你一顿？"

"我不是真去上厕所，我还能怎么样？我书包还在座位上呢。"

简松意愣住了。

对啊。

柏淮书包还在座位上呢。

想到自己刚才那一顿没头没脑、自我感动的输出，简松意恨不得现在就挖个地缝把自己埋进去。

自己最近真的越来越冲动，越来越不理智了，都是被柏淮给气的，果然，还是不应该轻易原谅他。

对，不和他做朋友了，他不配。说好了这辈子都不和柏淮好的，就因为一支抑制剂，几次小帮忙，几个小细节，自己居然就原谅了他？

简松意"呵"了一声，准备出言嘲讽。

柏淮却又温声道："但是你说的都是对的，我确实心里有点儿不舒服，但也就一点儿，没你想的那么严重。当时去北城，是我的不对，但其实也不是因为这事儿，至于到底是因为什么，以后我会告诉你的。至于以后是多久的以后，要看你的表现。"

简松意心情这才缓过来一些，轻嗤一声："谁稀罕知道似的。"

这么说着，往下走的脚步却不由自主地放慢了。

柏淮不紧不慢地在后面跟着："你放心，这事在我心里真的早就过去了，那天和王海也算不上吵架，就是他情绪有点儿激动。我如果心里真的有什么过不去的坎儿，就不会回来了。我回来了，就说明真的什么事儿都没有了，你也不用担心我。"

"谁担心你了，可别自作多情。"

"行，刚才急赤白脸的人反正不是我。"

"我这叫够兄弟，讲义气，今天换成陆淇风、周洛、徐嘉行、杨岳，我都会这样，您可千万别抬举自己。"

简松意说着说着，突然停住脚步，转过了身。

柏淮差点儿被撞个满怀，挑眉："干吗，还真打算拥抱我一下？"

简松意冷酷："滚。我们俩是出来上厕所的，在楼梯上站半天就回去，是想让杨岳觉得我们随地大小便吗？"

"行吧，就是手牵手上厕所，有种让我梦回幼儿园的感觉。"

"滚。"

"你才滚，你滚到隔壁厕所去。"

"反正都有隔板，怕什么？你是不是怕被我比下去？"

柏淮觉得这人真有本事，前一秒能把自己搞得心软，后一秒就能把自己气得心肌梗死，恨不得把他脑袋挖出来看看。

他忍无可忍，把简松意拎出来，塞进了隔壁厕所。

然后长叹一口气。

以后真得好好教教这个不知天高地厚的小朋友做个人。

坐在空地那头的大圆桌上的另外五个人，一边吃吃喝喝，一边津津有味地看着楼梯上那两个人推推搡搡。

直到他们消失在厕所尽头，俞子国才意犹未尽道："我仿佛在看什么八点档狗血剧情，你们觉不觉得？"

徐嘉行拍了一下俞子国的后脑壳："你一天到晚想些什么呢？你别整天瞎琢磨些有的没的，不然哪天怎么死的都不知道。"

杨岳附和道："就是就是，你再这么脑补下去，你哥哥我也保不住你。"

陆淇风抿了一口饮料，冷哼一声："俞子国保不保得住我不知道，但是我觉得杨岳你很危险。"

杨岳："不是，又关我什么事儿？你们是不是都看我脾气好，好欺负？"

陆淇风把手里空了的易拉罐捏瘪，淡淡地问道："我就问你，这家两个儿子，是不是一个叫王山，一个叫王海，双胞胎？王山在一中出事后，学校为了息事宁人，才破格录取了王海？"

"这你都知道？"

陆淇风的爸爸是公安局局长，所以关于这起案子，他大概了解一些："那你知不知道王山当时跳楼的原因是什么？

"你又知不知道当时整个一中，柏淮是唯一照顾王山的人。结果出事那天，柏淮请假外出，回来的时候晚了，刚好看见王山从六楼跳下来，还正好摔到了他面前。

"那时候柏淮还没满十四岁，眼睁睁地看着自己的同学在自己面前摔得血肉模糊。

"而且我听我一中的朋友说，当时王山抢救回来后，柏淮和其他同学去看他，王山跟柏淮说，他恨柏淮。"

"为什么呀？柏淮有什么错？柏淮不是对他很好吗？"

"对啊，柏淮对他很好，但王山觉得如果柏淮那天不请假外出，他就不会出事，而且王山这个人……嗯，怎么说呢，很偏激，这儿有点儿不太正常。"

陆淇风说着，手指敲了敲自己的脑袋。

"不过中间肯定还有其他隐情，具体是什么，我也不清楚，反正这事儿很快就压下去了，柏淮也转学了，一中的人都闭口不提，你们不知道很正常。"

陆淇风把手里的易拉罐转了个圈："说实话，我要是柏淮，对一个精培生挺好的，结果那人从我跟前跳楼摔残了，完了还恨我怪我，我能当场自闭。所以柏淮回来的时候我特别惊讶，他还能这么正常，我就更惊讶了。"

他还没说完，周洛就狠狠戳了他腰窝一下，他才惊觉俞子国还在，一时间抱歉至极，想解释又有点儿不知道该怎么开口。

俞子国却大度地一挥手："世界上不是所有精培生都一样，我就属于特别招人喜欢的那种，你说对不，班长？"

杨岳立马一顿彩虹屁把俞子国吹得直傻笑。

为了缓和气氛，周洛故弄玄虚地说道："我给你们说个秘密，当时柏哥走后，松哥应该挺有感触的。"

徐嘉行不信："当时你认识柏哥吗你，你就又知道了？"

周洛悄悄咪咪地："虽然我当时不认识柏哥，但是我和松哥是一个班啊，我们那时候每周要写周记，我记得很清楚，松哥唯一一次周记得A＋，就是那次。你们猜周记题目是什么？"

其他四人果断摇头："不想知道。"

"你们怎么这么没有求知欲呢？"周洛恨铁不成钢，"那篇周记题目叫《缅怀我的朋友——柏淮》，我的妈呀，你们不知道，'缅怀'那个词儿用的，真的是鬼才，全文看下来我泪洒当场，差点儿就想去买个花圈送给这位叫柏淮的烈士了。"

"……"

"你们什么表情？你们别不信啊，真的，我当时真的以为松哥有个叫柏淮的朋友壮烈牺牲了，我还替他难过了好久。结果，嘿，这人突然转咱们学校来了，你们说好笑不好笑？不是……你们这到底都是什么表情？"

周洛突然有种不祥的预感，一回头，呆住了。

陆淇风顶着简松意"你死定了"的眼神，把自己的椅子往前挪了挪，挡住瑟瑟发抖的周洛同学。

柏淮则饶有兴味地偏过头看向简松意："《缅怀我的朋友——柏淮》？"

简松意很淡定："艺术创作。"

"有机会拜读一下吗？"

"没有。不过百年以后，我定为你再作一篇。"

"借您吉言。"

……

你一句，我一句，革命友谊全忘记。

众人确定，这两人在军训时候一致对外的团结友爱都是假象，你死我活才是他们的本来面目。

简松意回嘴了柏淮几句后，低头看了一下时间，六点半，一中该放学了，拎起包，往肩上一搭："你们慢慢吃，我困了，先回家睡觉。"

柏淮也背上自己的包："我跟他一起。"

两个人慢悠悠地朝着夕阳的方向晃去，距离不近不远，谁也没说话，步伐轻松，没有其他人想象中该有的沉重，看上去还挺和谐。

杨岳挠了挠头："这事儿我一个外人听上去都有点儿惨烈，怎么他们两个看上去还跟没事人似的，还能一起回家睡觉？"

陆淇风打了个哈欠："不然呢？这事儿早过去了八百年，明眼人都知道柏淮没有一点儿责任，唯一的错可能就是对别人太好，让别人得寸进尺，所以他现在才这么个生人勿近的样子。你看除了简松意，他还和谁关系好？和我们关系不错也只是因为简松意跟我们铁，所以啊，只要简松意在，柏淮就不会有什么事儿。"

其他几个人听得晕晕乎乎，一知半解。

陆淇风懒得和这几个人解释，懒洋洋地掏出手机。

"叮咚"一声，简松意的微信响了。

陆淇风："军训时候我就想问了，你和柏淮现在怎么回事？"

简松意不知道陆淇风在说什么："什么怎么回事？"

陆淇风："你不是看他不顺眼吗？不是要把他赶出南外吗？怎么最近关系这么融洽？冤家变死党了？"

简松意飞快地回复道："死党个屁，你可别被俞子国传染了。不过……我和柏淮好歹也算是兄弟。"

完了又觉得还不够妥帖，他补充道："打归打，闹归闹，但还是要讲义气的那种兄弟。"

陆淇风笑了，把聊天记录截图，保存到"打脸"分类。

他发送给柏淮："恭喜柏总，喜提兄弟。"又转过头对俞子国说道："你写一个心机狗和一个二傻子的故事，保证火，信我的。"

正站在路边和简松意等着出租车的柏淮，收到这张截图，放大，指尖在"兄弟"两个字上敲了两下。

然后他偏过头，凑到简松意面前，眯着眸子笑道："我记得我们松哥从小到大都说话算数。"

简松意钩了钩书包带子："我当然说话算数啊。"

"那你刚说的要哄哄我，可还没哄。"

"……两个大男人煽情个屁啊！"

"但我现在挺不开心的，特别不开心，怎么办呢？"

柏淮本来只是想逗逗简松意，可是他没有想到，这么近的距离，让他心里那抹淡淡的失落和酸涩无处遁形，一不小心，就偷偷从琥珀色的眸子里溜了出来，被简松意一下子抓住了。

简松意不知道这份失落的由头，但他也看得出来，在这份看似调侃的促狭笑意下，柏淮是真的不开心了。

说出去的话，泼出去的水。自己跟柏淮说的，让他不开心就说出来，给自己哄哄，不能食言。

于是，简松意钩着背包带子的手紧了紧，咬咬牙，挺直腰，梗着脖子："虽然我不能理解你这个人奇怪的癖好，但是我决定还是给予你人

187

文主义的关怀，所以……我这是为了安慰你，听到没？而且这是最后一次，以后再提这种矫情分分的要求，别怪我翻脸不认人！"

说完，他硬邦邦地圈住了柏淮。

第六章

我陪着你

SONG YI

29

这一抱，怔住的却是柏淮。

简松意不是第一次抱他。

小时候不懂事的时候，简松意就天天往他身上黏，后来遇上分化和不适期，也都抱过。

但是都和这一次的感觉不一样，小时候是软软的，有点儿小赖皮。

这个抱虽然僵硬，却是清醒主动的，带着点儿别别扭扭的安慰。

柏淮没有想过，简松意真的会答应他。

本来只是有些气简松意，想逗一逗他，结果却突然给了自己这么大一个惊喜。

向来淡定从容游刃有余的柏淮，一时间竟然也会手足无措，只是僵硬地站在原地，被同样僵硬的简松意抱着。

本来设想的反应全都忘了，钩着书包带子的那只手，掌心还沁出了一层薄汗。

柏淮嘲笑自己，可真没出息。

拥抱的动作，让简松意的余光瞥见了柏淮后脖颈处一道伤痕。

很淡很淡，没有凸出，和肌肤一个平面，只是颜色比本身冷白的肤色略微暗淡了一点儿，在头发茬儿的掩映下不仔细看，根本看不出来。

"留疤了？"

柏淮轻笑："观察这么仔细，是不是舍不得撒手？"

简松意这才突然反应过来自己在干吗，连忙收回手，脸一下子又烧了起来。

出租车及时赶到，他直接拉开副驾驶座的门坐了上去，抱着书包，倚着车窗，闭眼装睡。

柏淮坐在后座上，透过反光镜，看着简松意微红的脸颊，手指有一下没一下地敲着车窗玻璃，若有所思。

之后学着简松意把脑袋抵上车窗，缓缓合上双眼，听南城秋天的梧桐叶，落在玻璃窗上。

出租车停在两栋欧式小楼中间，一人一边下了车，各回各家，再见都懒得说一声。

简松意一打开家门，就看见自家沙发上坐着一个身穿套装的女人。

裁剪得恰到好处的高级定制套装，梳得一丝不苟的盘发，优雅而笔直的坐姿。

从头到尾，都透露着柏家家族遗传一般的理智自持，和旁边娇艳天真的唐女士形成鲜明的对比。

但偏偏又是唐女士最好的朋友。

简松意没关门："韵姨，你什么时候回来的？要我去叫柏淮吗？"

柏韵朝他温柔地笑道："不用了，你快过来坐，韵姨有话和你说。"

简松意依言坐了过去。

柏韵是个女支配者，至今未婚，小时候两家老爷子管不住他们，简家父母又支持放养，柏淮父亲忙得不着家，严厉管教两个小孩儿的事，就落在了柏韵头上。

所以简松意和柏淮都很尊敬她。

不说两个小孩儿了，就是柏淮的父亲，有时候都得让着他这个妹妹三分。

一个能撑起南城商界小半边天的女支配者，必然不容小觑，温柔却强势，优雅却倔强，只要她认定的事，就没人能动摇。从小柏淮就是在她身边长大的，没少受她影响，叫着小姑，其实也和母亲差不了多少。

简松意几乎可以确定，柏韵跟自己要说的事和柏淮有关。

果然，柏韵伸手轻柔地替他把因为抵着车窗睡觉而变得凌乱的额发拨好："刚才是和小淮一起回来的吧？"

"嗯，军训完，几个朋友去聚了个餐。"

柏韵满意地点点头："本来还担心他回来会不适应，没朋友，又是文转理，会影响成绩，结果听说他考了两次年级最高分，现在还有朋友一起聚餐，我就放心了。不然到时候他爸问起来，我还不知道怎么交代。"

简松意很快抓住了重点："到时候？"

"对呀，到时候。因为现在他爸还在大西北，不知道这事儿。"柏韵笑着抿了口茶，仿佛说的是再轻巧不过的事。

简家一家三口却愣住了。

本来还奇怪老柏那个精明又古板的性子，怎么可能同意柏淮这种操作，原来人家压根儿就被蒙在鼓里，什么都不知道。

那这到时候知道了，对门不得翻了天？

唐女士想到对门两兄妹一人一张死人脸互相争吵的样子，握着茶杯的手都在抖："你们姑侄俩怎么想一出是一出？"

柏韵很淡定："也不是想一出是一出，最开始小淮就想学理，是我哥想让他从政，就非给他填了文，但是小淮又想当医生，就求到我这儿来了。你们也知道小淮这个臭脾气，认定的事情就拉不回来，他高二下学期就开始自学理科，还偷偷报了补习班，又集训了一整个暑假，除了学理综，什么都不干。我也知道他是想继承他温爸爸的遗愿，所以就答应了。"

简松意心里被拨了一下："那文转理就文转理，干吗非得转回南城来呢？虽然现在都是全国统一考卷，但是北城保送资源还是好得多。"

柏韵垂眸，淡淡笑了一下："谁知道呢！他就说他在南城有牵挂，想回来看看，正好他爷爷这两年身体不好，也想他，我就和他爷爷背着我哥，把他弄回来了。到时候就算我哥知道了，一家四个人，就他一个在敌对面，还能翻了天？"

有柏老爷子和柏韵在，那肯定是翻不了的，但是柏淮在南城的牵挂又是什么？

简松意觉得自己最近脑子有点儿不好用，总是想不明白事情。

不等他静下心来捋一捋，柏韵又继续温声说道："入秋了，马上之眠的忌日就要到了，小淮十八岁成人礼也快到了，但是他爷爷在乡下，他爸爸在西北，我马上也要去北城，家里就剩他一个。所以我这次来，是想拜托你们，能不能照顾一下小淮，陪陪他，让他这个十八岁，也不至于太难过。"

唐女士没忍住，嗔怪了一句："我就想不明白，有什么天大的事儿，能让孩子成年礼没一个家人陪着？你们家的人也太狠心了，这要换作小意成年，我能去天上把星星给他摘下来。"

柏韵也没生气，声音平静温柔："没办法，不是所有孩子都和小意一样有福气的，而且小淮未必就想和我们一起过。我觉得从小到大，小淮也就和小意在一起的时候高兴些，所以我想拜托小意多陪陪小淮，就是不知道小意愿不愿意？"

也不知道怎么回事，明明一个有权又有钱的人家的大少爷，突然在她们口中，就变成了凄凄惨惨一可怜孩子。

说得这么可怜，简松意就算再不愿意，再铁石心肠，也只能答应了，况且他也没有不愿意。

早在军训的时候，他就想到了，秋天来了，又到了该买一束洋桔梗的时候了。

不过不等他开口，唐女士就已经帮他答应下来了："那陪，必须陪，你都不知道，我们小意和小淮现在关系多好，那简直是形影不离，寸步不分，如胶似漆！"

简松意："……"

至于吗？

他想提醒他妈，成语不是这么乱用的，然而在两个四十岁的女人中间，他就不配拥有发言权，于是他一句话没说，这事儿就被这么定了下来。

唐女士喜气洋洋地送走柏韵后，就从自己的钱包里拿出一张亮晶晶的黑卡塞给简松意："儿子，拿去花，随便花，想买什么买什么，想吃什么吃什么，千万不能委屈了小淮！"

八百万月额度的黑卡，唐女士这是想让他买辆法拉利给柏淮当成年礼物让他直上高速吗？

没必要，实在没必要。

简松意没接："妈，你这也太夸张了，你随便往我卡上打一两万元就够了。"

唐女士不依："一两万元哪够啊？现在买双绝版球鞋都不止一两万元了，你这人怎么这么没有心呢？万一到时候小淮觉得咱们家亏待他怎么办？"

简松意："嗯？"

"拿去！必须拿去！这不是你一个人的事儿，这是我们全家人的心意，你懂不懂？"

简先生的人生宗旨就是，唐女士说什么就是什么。

于是他也帮忙劝道："给你你就拿着，又没有非逼你要用完。小淮这孩子，也就看着光鲜，虽然什么都好，但从小到大都过得冷冷清清的，我们家再不对他好点儿，对得起当年他为了你后脑勺儿挨的那一下子吗？你心里过意得去吗？"

简松意无话可说，只能收下。

不知道为什么，他总觉得唐女士和简先生的态度很奇怪，很像电视剧里那种有钱人家替自家傻儿子操碎了心的老两口。

大概，可能，人傻钱多的人都这样吧。

简松意吐槽着自己的爹妈，回了房间。

把背包一扔，扑到床上，掏出手机，对着日历上被标注出来的两个日期陷入沉思。

9月13日，温叔叔的忌日。

9月15日，柏淮生日。

他还记得十二年前的那个秋天，他陪着柏淮给他远在国外的温爸爸打电话。

明明还奶声奶气的柏淮，非要假装小大人，一本正经地告诉他，如

194

果温爸爸忙，不回来也没关系的，小淮可以一个人吃蛋糕。

当电话那头温柔地说明天就会坐飞机回来的时候，小大人柏小淮到底还是没有忍住小孩子的天性，开心地抱住简小松蹦蹦跳跳，转圈圈。

然而却还是没有等到他的温爸爸回来。

他的温爸爸，为了保护别的小孩子，离开柏小淮了。

从此，再也没有人可以温柔地陪着他度过春夏秋冬、年年岁岁了。

那时候的简松意对柏淮说："不要难过，既然你没有爸爸了，那从今以后我就是你爸爸，随便叫，别客气。"

虽然现在听来，他是在占便宜，可是那时候五岁多的简小松同学，只是在笨拙地告诉柏小淮，以后我陪着你。

以后的春夏秋冬、年年岁岁，换我来陪着你。

十八岁了。

十二年了。

简松意起身，翻出储物柜角落里那个大大的收纳箱，坐在床边，盯着收纳箱里那些零零散散的东西发呆。

不知道为什么，他突然觉得心里有点儿酸，他觉得柏淮这个人运气可真背。

背到自己想做点什么，给他转转运，让他十八岁以后的人生，能幸运点儿，高兴点儿。

他挠了挠脑袋。

掏出手机，选了几个关系最好的人，群发消息。

"你们十八岁生日的时候，收到什么会最开心？不计人力，不计时间，不计成本。"

30

他本来是想群发，结果一不小心拉成了群聊。

消息一下密密麻麻。

我是一朵胖蘑菇："超好用的减肥药！"

算命6折起："我嗑的CP①的结婚证！"

徐大帅："女神的一夜春宵！"

周小洛："女神的一夜春宵！"

徐大帅："等等，松哥你是不是拉漏了一个人？"

陆淇风："别假如我们生日了，你就直说，你是不是想给柏淮送？如果是给柏淮送的话就很好办，你送的就行。"

陆淇风："可以参考一下周洛的意见。"

简松意："怎么参考？给柏淮找个对象？能行吗？"

B。："理论上来讲，不太行。"

周小洛："……"

杨岳："……"

俞子国："……"

陆淇风："……"

大家盯着那个"徐大帅邀请B。加入群聊"看了三秒，纷纷退出群聊。

徐嘉行："咋回事？咋都退群了？你们是排挤我还是排挤柏哥？"

徐嘉行："你们要给柏哥找对象？！这么刺激？！"

简松意退出群聊，并扔掉手机，用枕头捂住自己的脑袋，想就地自尽。

一群二傻子。

他终于理解柏淮为什么不愿意交朋友了，因为你不知道这群朋友是不是一路走一路挖坑，还顺手把你给埋了。

手机滚落在地，"叮咚""叮咚"地响，简松意假装听不见。

本来想给柏淮准备生日惊喜，结果被他亲自抓包自己和陆淇风讨论给他找对象。

简直想捂死自己。

不过这个年纪的男生开开这种玩笑好像也还正常，好像也没到要羞

---

① couple 的简称，本义为恋人、情侣；嗑 CP，指粉丝自行将喜欢的人物或角色配对为情侣，或对已经存在的 CP 表示喜欢或支持。

愤自尽的地步？好像也不是不可以释怀？

一直不停"叮咚""叮咚"的手机终于不响了。

门响了。

还伴随着柏淮低低的声音："怎么？敢给我找对象不敢回我消息？是不是现在连门都不敢给我开？"

简松意："……"

还是别释了，直接重新怀吧。

他捂着脑袋，不说话，装死。

外面传来门把手被扭动的声音："不说话我就直接进来了啊。"

"别！我没穿衣服！"简松意把自己的脑袋从枕头里拔出来，口不择言。

柏淮轻笑："原来你在家还有这癖好？我更想进来了怎么办？"

简松意一口气堵住了，柏淮这个人原来脸皮这么厚吗？

"非礼勿视懂不懂？你这人怎么这么流氓？"

"有你流氓？"

简松意每次一害臊就心虚，一心虚就说不出话，憋了半天憋出一句："我睡着了。"

柏淮忍住没笑："行，你睡着了。那请你帮我转告一下某人，就说我不需要什么生日礼物，也不需要什么仪式，我这个人不太喜欢麻烦别人，也不太喜欢热闹。"

"哦，知道了，我会转告的，你走吧。"

不知道怎么回事，柏淮从简松意声音里听出了一丝闷闷不乐，还有点儿委屈。

他犹豫了一下，最终还是松开拧着门把手的手，转身走了。

魔鬼高三始终是魔鬼高三，拓展训练一回来，所有人就无缝衔接到做卷子、讲题、抠知识点的模式，平时吊儿郎当，嘻嘻哈哈，没个正形的人，也都变成了冷酷无情的刷题机器。

短暂的热闹和喧嚣沉寂下来，好像那只是一段时日已久不痛不痒的

197

记忆，只有简松意和柏淮明白，在过去那五天里，这三年堆积的冰墙，在日出之时，已彻底融化于长街。

取而代之的是另一种微妙的尴尬。

简松意一整天一句话也不说，捧着一本高考语文阅读真题，埋头苦刷，在一众被理综和数学折磨得欲仙欲死的学生中间，显得十分清新脱俗。

老白感动得眼泪都要出来了，他摘掉眼镜，单手抚脸，肩膀颤抖，激动得半天没说出话来。

最后他抹了抹眼角，重新戴回眼镜，拍了拍简松意的肩膀："我就知道，我总能等到你回心转意的那一天，世界上所有的一厢情愿，都是值得的。"

然后步履蹒跚地离开，背影沧桑又欣慰。

简松意："至于吗，我之前有这么蔑视语文？"

"你有。"徐嘉行一边推开杨岳，一边嘴欠，说完就从桌子缝儿之间挤出去，"咻"地跑远了。

挤得简松意笔都掉地上了。

他不满地蹙了蹙眉："这是赶着去投胎？"

杨岳幸灾乐祸："他这是昨天吃太多肉，拉肚子了，你说是不是他缺德事儿干多了，怎么这么多人就他一个人拉肚子呢？"

"我其实也有点儿不舒服。"简松意捡起笔，不经意间随口说道，"胃疼了一晚上，现在还难受呢。"

杨岳日常双标："你那是少爷身子，金贵，徐嘉行那就是作孽，不一样。"

正在修改错题的柏淮，公式写到一半，突然不写了，站起身："我出去一趟。"

简松意挑眉："晚饭时间都要结束了，你出去干吗，想翘晚自习？"

柏淮轻笑："我翘晚自习不得带上你狼狈为奸？不然你回头给我小姑告状怎么办？"说完，拿着手机就走。

简松意撇撇嘴，埋头继续做阅读理解，做了半天，一道题都没写出来。

他就不明白，这些出题人是不是有病，老问他作者在想什么，他看上去是那种能猜出来作者在想什么的人吗？

柏淮就在他身边戳着喘气儿呢，他都猜不出来柏淮的心思，这些已故好几十年，连面儿都没见过的人，他拿什么猜？

烦躁。

"还是数学和物理可爱，多简单啊，随便写写就满分了。"

简松意一不小心嘟囔出来，惹得周围所有人齐刷刷地回头用一种看变态的眼神看着他。

俞子国更是当场昏厥："如果不是算出了所有选择题的答案，我物理和数学加起来估计都没你语文高。"

"能算出选择题答案？！俞子国，你快教教我，我包你一个学期的鸡肉卷儿！"

智商赶不上大佬的群众，只能寄希望于玄学。

俞子国臭屁地摇着扇子："那当然能算出来，你们小俞同志我，这方面从来没失误过，只不过独家秘籍，概不外传。"

杨岳打脸："你不是还算松哥是易感者吗？就这还准呢？脸疼不？"

俞子国："……"

简松意："……"

俞子国有点儿尴尬，简松意更尴尬。

好在徐嘉行捂着肚子，虚弱地回来了，气若游丝："多年宿便终于得偿所愿，我死而无憾了。"

简松意愣了愣，这话是怎么说的？欺负他语文不好？

徐嘉行跟跟跄跄，一边撑住简松意的桌子，一边说道："我刚才去厕所，遇到校门口值日的了，他说，有外校的人找柏哥。"

简松意警觉地抬起头："前门后门？"

"当然是前门啊，外校的哪儿找得到后门。"

简松意略微松了一口气。

南外后门是一条小商业街，逃课出校或者买东西，都是去后门，所以柏淮应该没和那个外校的碰上。

理性判断和直觉都告诉简松意，那个外校的人，是王海。

他站起身，抄起椅背上的校服外套就往外走，走了两步，又停下来转身对徐嘉行他们说道："别告诉柏淮有人找他，他回来了如果问的话，就说我去办公室问问题了。"

南城一入了秋，就凉得快，吹了风，胃更难受了。

简松意随意把外套一罩，就往校门口快步走去。

王山的事儿，简松意知道。

乡镇插班过来的贫困生，家境不好，最开始只是沉默寡言，过于内向，所以大家都不爱和他说话，后来每次班级交费用的时候，他都各种推迟不交，次数一多，其他人就有些烦他。

柏淮作为班长，每次都帮他垫交，也没别的意思，但王山看在眼里，就把柏淮当作了他的朋友。

柏淮那时候还没有现在这么冷，虽然也不是热络性子，但每次王山找他帮忙的时候，他能帮就帮一把。

结果后来有人说王山偷东西，王山不承认，让柏淮帮他作证，柏淮没办法作证，只说他不确定的事情，不发表意见，他主张说王山盗窃的人需要自己举证。

王山觉得柏淮背叛了他。

然而就在当天晚上，柏淮丢了东西，那东西在王山的抽屉里被发现了。

他让王山还给他，他可以不追究，但希望王山不要再偷东西，王山却把那东西直接从六楼扔了下去。而从来不会情绪激动的柏淮，那次居然发了火，两个人在教室里吵了一架，不欢而散。

恰好就在第二天，之前丢了东西的人一起找到王山，打算出口气，而柏淮请假外出了。

悲剧发生了。

简松意觉得柏淮真的挺冤的，那时候也就十三岁，面冷心热一小孩儿，结果成了东郭先生。

但有件事简松意一直没想明白，柏淮对大多数事情都不在意，还有点儿洁癖，如果什么东西被偷了，估计也就不想要了，结果那一次不但非得要回来，甚至还吵了一架。

所以，王山到底偷了什么，他一直很好奇，可是柏淮不说。

如果说王山恨柏淮还有渊源，那王海找柏淮麻烦，就只是泼皮无赖想要钱而已了。

简松意冷笑一声，发现自己已经走到了校门口。

他一出门，就看见了正倚着学校外墙站着的王海。

其貌不扬的男生，普普通通的一中校服，但是莫名地就是让人看着不舒服。

王海也看见了他，眯着眼睛打量了一会儿，扯出一个古怪的笑："是你啊，柏淮不敢来，让你来了吗？"

"柏淮贵人多事，我比较闲，抽空帮他出来看看。"简松意松松垮垮地罩着校服外套，语气懒洋洋的，"你有什么话就快说，我虽然闲，但没什么耐心。"

王海也没心思叙旧，直入主题："你们昨天去过我家店里了？"

"凑巧而已，犯不着让你大老远跑一趟。"

王海吐了一口唾沫，在地上踮了两下，一脸无赖样："我这次来，就是想问柏淮要点钱。精神损失费，懂不懂？"

"精神损失费？"简松意笑了，他是真没见过这么厚颜无耻的人，往前逼近一步，低头俯视着王海，"我不太明白，你凭什么来要精神损失费？就凭柏淮是个傻子，没跟着别人一起欺负你哥？"

王海理不直气也壮："我就问你，柏淮如果没拿我哥当朋友，当时干吗要帮他？如果拿我哥当朋友，又凭什么每次都要考最高分，让我哥拿不到奖学金？他缺那点钱吗？而且还诬陷我哥偷东西。出事那天，我哥明明跟他说了觉得有人要找麻烦，他还是非要请假外出，这摆明了就是他指示那群人这么干的！所以，我哥出事了他能不负责？我要点精神损失费怎么了？"

说完了他还大发慈悲一般地挥挥手："我也不贪，要得不多，给我两千元，充点网费，这事儿就算过去了。不然我就要把这事明明白白全

201

部写出来，往你们学校贴吧发，往一中贴吧发，往所有社交平台发，让别人好好议论议论，看柏淮怎么做人。"

这是彻底耍上无赖了，说白了，就是想要钱。

简松意不差那点钱。

可是他就是宁愿打发叫花子，也一分钱都不想给面前这个垃圾。

简松意一把拽住王海的衣领，拎着他往上一提，抵到墙上，扯着嘴角笑道："你哥自己心理有疾病，偷盗癖加偏执，不好好去看医生，赖别人？"

"你胡说！"

"我有没有胡说不是你说了算，反正刚才我们的对话，从头到尾我都录下来了，告你一个讹诈未成年人，不过分。不过我估计你没那个胆子学你哥，所以到时候是进去关几天，还是让你爸妈花钱和解，你自己看着办吧。"

王海从小不学好，平时没少勒索学生的钱，本来以为这种富家少爷钱多好拿捏，都愿意花钱买个清净，没想到遇到了硬茬儿。

王海只能尿了，梗着脖子："不给就不给，不给拉倒。但我今天来，还有一件事儿，就是我哥想让柏淮去见他一面，说是之前的心结想解开……你干吗……你……你疯了……"

简松意没疯，很冷静地抬起胳膊，狠狠抵上王海的脖子，手指攥紧他的领口，反方向拧了一圈，勒得他喘不过气。

简松意眉眼冷厉："那你就转告你哥，柏淮现在每天开心得跟个傻子似的，没什么心结好解。他不是想知道柏淮那天为什么非要请假外出吗？我告诉你，因为那天我急性肠胃炎，去医院了。所以，你们兄弟俩一定要找个人赖上的话，就算我头上，别找柏淮麻烦。"

王海想说话，简松意不给他机会："你也别问我'如果非要找柏淮麻烦又能怎么样'这种没脑子的话。我不会怎么样，顶多就是柏淮有多不痛快，你和你哥就有多不痛快。我不喜欢威胁人，但如果你们想让你们爸妈多过几年安生日子，就好自为之。

"还有，如果柏淮有一天自己想骂你哥一顿了，我会陪他去，但不

202

是现在。明白了吗？"

王海已经完全喘不上气来了，脸涨得紫红，只能拼命点头。

简松意松开手，懒洋洋地转了一下手腕，回身往校门口走去，一个眼神都不想多给。

王海俯着身子，喘了几口气，突然嘲讽地笑了一声："你这双鞋子，现在市面上最少得七八千元了吧？"

简松意顿住脚步。

王海继续笑道："我倒腾过这款的假货，可是我连假货都买不起。你知不知道我哥其实在没出事前就讨厌柏淮了？你们这种人，有钱，成绩好，长得好，所有人都喜欢，什么都有了，然后再假惺惺地对别人好，满足你们心里那点儿优越感。等你们一不开心了，就把施舍的那点好收回去，有没有想过我们这种人是什么感受？你们凭什么瞧不起我们啊？你们也就是投了个好胎而已。"

简松意不觉得自己是圣人，不想和他讲太多道理，只是淡淡地说了句："投胎是我的本事，你羡慕不来。没有投到好胎，能把生活过好，是别人的本事，你也羡慕不来。"

可是走了两步，他想起昨天烤肉店干瘦枯槁却和善爱笑的两口子，又实在忍不住，多说了一句："你们家现在的生计，是用你哥的两条腿换来的，全家现在就你一个全须全尾的，你能不能活得有点儿人样？"

说完，才真的头也不回地走了。

简松意觉得自己一点儿都不酷。

他是真的很讨厌王山这个人。

柏淮看着冷，但心思细腻敏感，所有情绪都会敛在心里自己消化，付出善意，却被伤害，伤害之余，还被指责怨恨，明明是受害者，却又因为善良，而陷入自责。

所以也难怪柏淮会把生活过得越来越冷清，如果不是自己还陪着他，他和一个孤家寡人有什么区别？

简松意突然一点儿都不气柏淮抢了他的校草名号和年级第一了。

这人运气这么背，自己让让他，也应该。

203

简松意一边揉着胃，一边回了教室。

柏淮已经坐在位置上开始刷题，而自己的桌子上放着一杯冒着热气的冲剂。

简松意皱起眉，转身想走。

柏淮头也没抬，淡淡地开口："回来，喝药。"

简松意觉得在教室里被哄着喝药的话，有点儿丢人，只能不情不愿地蹭过去，看着那杯药，苦大仇深。

自己刚刚帮柏淮出了头，这个人转眼就恩将仇报。

没良心。

柏淮停笔，偏过头看着他："不是胃不舒服？"

"我不爱喝这个。"简松意语气里已经开始闹脾气了。

柏淮哄小孩儿一样："这是甜的。"

"黑色的液体，但是味道甜的，我迄今为止，只知道可乐。"

"真是甜的，我骗你干吗？"柏淮看着简松意一脸严肃的样子，实在是想笑。

简松意还是不信，他一点儿带苦味的东西都不能吃，吃了就想发脾气。

柏淮无奈地摘下细边眼镜，捏了捏眉心："之前在医院，你说我帮你忙，你就答应我一个要求。"

"是有这么回事儿。"

"你自己说的，说话算数？"

"是……但是……"

"我的要求就是，你一日三餐，按时喝这个胃炎颗粒，喝完一个疗程。"

"不是。"简松意终于忍不住了，"这么好一个机会，你就浪费在这上面？这种损人不利己的事，对你有什么好处？你好歹提点有价值的要求啊？"

柏淮四两拨千斤，轻描淡写："不答应也没关系，正常。"

心机狗！居然用激将法！

简松意板着脸，屏住呼吸，喝完了。

嗯？

居然真的是甜的。

简松意舔了舔唇角，不好意思道："那什么，这个要求，我觉得不算要求，你要换一个也行。"

柏淮右手写着字，左手把自己桌上的一杯温水递过去："不用了。喝点水，润下口，不然待会儿嘴巴苦。"

左手掌心悄悄滑落了一颗奶糖，落下的位置被杯子挡住，其他人的视角看不见。

简松意飞快地把糖拿到桌子底下，剥开，扔进嘴里，抿着糖，舌尖渗出丝丝甜意。

没人发现，没有影响到他的光辉形象。

简松意突然觉得柏淮这人，其实好像还是有点儿好的，也就嘴巴坏，但心里没什么算计，还很体贴，是自己之前错怪他了。

又想到这人从小到大运气都不好，总是遇上倒霉事儿，还能这么心地善良，居然有些心疼，下定决心以后要对柏淮再好一些。

他的朋友，就是柏淮的朋友；他的爸妈，就是柏淮的爸妈；他的运气，也可以分给柏淮。

总归，会让柏淮过得再好一些的。

而"心里没什么算计"的柏淮同学，淡然地翻过一页题册。

简松意挺好哄的，以后估摸着还能哄到好多次提要求的机会，这一次也就不可惜，反正他对简松意最大的要求，就是健康快乐地活到一百二十岁。

不过这么想想的话，倒也不是不可以过一过生日。

哄简松意欠自己几个成人礼的愿望，有利于以后生活调剂，也是个不错的主意。

柏淮转了一下笔，若有所思。

31

简松意如果知道柏淮在想什么，估计又不想跟他好了。

只可惜他不知道，所以心里只想着对柏淮好。

第二天凌晨五点，简松意一分钟也没拖沓地起了床，仔仔细细洗漱，把一头偶尔会岔开的黑毛梳得规矩服帖，换上黑色银扣的衬衣和修身的黑色西裤，球鞋也换成了正式的黑色皮鞋。

看上去像是大人的模样。

五点半，他就已经在楼下的黑色私家车旁等着，手里握着一束开得正好的白色洋桔梗。

初秋的早雾缱绻地氤氲在他的周遭，落在桔梗花瓣和漆黑的睫毛上，沾染成温柔的露水。

柏淮一打开门，就看见了这样的简松意，而天幕还是极深的蓝。

他穿着同样的黑色衬衣和西裤，只是手里握着的是一束白色雏菊。

柏淮缓缓走到简松意跟前，声音低而柔："困就回去再睡会儿，不然你又闹起床气。"

简松意没回答，只是打量了他一眼，伸手帮他理了一下领子："你穿黑色也还挺帅的嘛，差点儿就赶上我了。"

柏淮皮肤是异于普通东方人的冷白，五官精致立体得有些单薄，眉眼也就生出冷意，衬上极致的黑色，视觉上强烈的反差，让这种冷变得浓烈起来。

一个微微垂首的弧度，一声温柔低沉的嗓音，就生出了一种与平时的淡漠截然不同的冷艳。

简松意打开车门："早点出发吧，别让温叔叔等我们。"

黑色的车辆，从市区缓缓驶向城郊的公墓，薄雾始终未散，微凉的空气撞上冰冷的玻璃窗，镀上浅浅的磨砂，试图把狭窄的车厢和这个伤感的初秋隔离开来。

可是当车停了的时候，少年们始终还是要走进那个清冷又孤独的秋晨。

两束白色的花，两个身穿黑衣的少年，就是对那个温柔又勇敢的易感者身故十二年后，全部的悼念。

而他生前羁绊最深的柏寒，甚至连回来看他一眼的时间也没有。

一束白色雏菊，是柏淮对他刻骨的想念。

一束白色洋桔梗，是对他无瑕一生的赞美。

墓碑上简简单单地写着一行字：当我生来，我愿爱这个世界；当我死去，我愿世界不再爱我——温之眠。

那张黑白片上的容颜，柔美俊秀，笑容恬淡。

柏淮很像他的父亲柏寒，从容貌到气质，还有那份属于天才的高傲，全都如出一辙，这大概也就是为什么明明这个男人冷漠至此，之眠叔叔却始终将其引为知己。

简松意有点儿伤感，觉得自己应该避一避，给柏淮和之眠叔叔一点独处的时间，柏淮却拽住了他的手腕："陪我一会儿吧，我不想一个人。"

这是第一次，柏淮告诉简松意，他不想一个人，他需要他。

上次吵架，总算还是有点儿用。

简松意有点儿欣慰："行。"

两人沉默地站立着，过了很久，天际泛出微茫的白光，简松意突然开口："柏淮，你知道吗？你其实不像柏叔叔，你更像温叔叔。"

柏淮偏头看向他。

这是十八年来，第一次有人这么说。

简松意看着墓碑上的照片，带着笃定的笑容："真的，你其实更像温叔叔。我觉得你学医还挺好的，而且你穿白大褂应该也特别帅，所以你要不要让温叔叔保佑你，考上华清大学的医学院？"

柏淮轻笑："我考个华清大学还要我温爸保佑的话，那我温爸估计也就不稀罕我这儿子了。"

"你这话出去说会被打的，你知道吗？"

"难道你觉得不是这样？"

"那倒也确实是。不过你真的没让之眠叔叔保佑过什么吗？"

"有啊。"

"什么？"

"不告诉你。"

"不说拉倒。"

那种沉痛的伤感，随着太阳的升起，和薄雾一起散去。

柏淮看着墓碑上的照片，心底柔软平静，眸子里渗出无奈的笑意。

温爸爸，你看，他总是能哄我开心，我没办法不在意他，珍视他。所以，能不能麻烦你，保佑我一下？保佑我能够得偿所愿。

风轻轻吹过，花束晃了两下，算是答应了下来。

两人离开公墓的时候，已经八点，等回了学校，早迟到八百年了。

反正都已经迟到了，那就不急。

简松意正好不想穿成这样去学校招摇，更不想让柏淮穿成这样去学校招摇，懒洋洋地打了个哈欠："想不想逃学？"

柏淮瞥了他一眼。

然后他走过去，对在墓园外等待的司机低声说道："张叔，不好意思啊，麻烦您久等了。我们俩暂时不回去，你帮忙跟唐姨说一声，我和简松意今天打算逃个学。"

张叔："……"

孤陋寡闻如张叔，一时不知道是该惊叹有人能把逃学说得如此理直气壮，还是表扬柏淮就连逃学也如此有礼貌。

但是他也清楚简家的教育方式，于是嘱咐了几句，就应下来，回去向老板汇报工作了。

剩下两个人就那样漫无目的地沿着马路晃，晃着晃着竟然晃到了墓园旁边的灵安山上。

灵安山顶的大觉寺是南城最有名的寺庙，放在整个南方，也是说得出名号的。

尤其是那棵许愿树，出了名的灵。

简松意不太信这个，不过唐女士信。

唐女士说世间无神佛，但是人如果内心坚定地相信什么东西，那愿望就一定会实现。

自己的内心坚定不坚定，简松意不知道，但是他知道卖许愿树红布的小姑娘内心很坚定。

小姑娘缠着他们从山腰一路到了山顶，缠得简松意实在受不了了，花五十块钱买了两根红布条。

柏淮拿着他塞给自己的那根，忍不住轻哂："我都不知道原来极乐世界的科技已经发展到可以使用二维码了？你是不是早衰，到了需要缴智商税的年纪？”

简松意一脸冷漠：“没办法，我太希望你变成一个哑巴了，以至于‘饥不择食’。”

两人不欢而散，一东一西，隔了十万八千里。

柏淮拿着那根丑不拉几的红布条，看了一会儿，突然觉得自己也不是不可以“饥不择食”一下，找了一支笔，在红布条上仔仔细细写了起来。

写完了，走到许愿树边上，找来找去，却发现没有一根树枝配得上他的愿望。

回头，发现许愿台另外一头的简松意压根儿就没写，只是蹲在一个摊位上，和一个老和尚说着什么。

背对着，看不见表情，也看不见摊位上卖的什么东西，只是那根破红布条被他遗落在了脚边，不闻不问。

柏淮突然笑了一下，他刚才居然还指望着简松意买这两根破红布条是因为想在这个特殊的日子帮自己许个愿什么的。

是他想太多了。

柏淮把红布条细细卷好，放进裤兜里，朝简松意走去。

只不过柏淮到的时候，简松意似乎已经和老和尚完成了某种交易，看见他过来，从容地把东西收进了裤兜。

柏淮眯了眯眼。

简松意站起来，拍拍裤子，面不改色：“给俞子国买的，他喜欢这些小玩意儿，上次陆淇风说了得罪他的话，问我怎么赔礼道歉。”

他顺便转移了话题：“你那许愿布写了没？”

“你看我像是会做这种事情的人？”柏淮一边说着，一边用手指把裤兜里的红布条往里压了压，生怕露出来。

简松意撇撇嘴：“你这人就是活得太理性太刻薄了，能不能浪漫一点儿，感性一点儿？”

柏淮脚尖拨了拨泥土地上那根身价二十五元的红布条，朝简松意挑了挑眉："说我？"

简松意："其实做人，还是不能太迷信。"

然而他放进裤兜的手，却轻轻握住了那个迷信的小玩意儿。

也不知道唐女士说的心诚则灵，到底是不是真的。

两个人对这里都没有太大兴趣，心里又都装着事儿，随便逛了几圈，就揣着各自裤兜里的小秘密下了山。也做得没太过分，回家吃了个午饭，睡了个午觉，换了身衣服，还是老老实实去学校了。

下午一到教室，杨岳他们几个就朝简松意挤眉弄眼，奈何简松意还在犯困，半天没接收到暗号，一到座位上，就开始趴着补觉。

倒是柏淮实在受不了，把笔往桌上一拍："你们有什么想背着我跟简松意说的，可以直接微信私聊，没必要虐待你们那几张本来就有些可怜的脸。"

"……"

俞子国："哇！柏哥！你居然会对我们说这么长的句子！你知不知道这是我们认识以来，你第一次主动对我说超过十个字的话！我简直享受到了松哥级别的待遇！"

柏淮："……"

简松意听到这话，也不睡觉了，支起脑袋，看着柏淮，懒洋洋地嘲讽道："所以拜托你以后能不能别只针对我一个人，把气我的本事也往他们身上撒撒，雨露均沾，不然别人还以为你面瘫加哑巴呢。"

刚嘲讽完，桌肚里的手机屏幕就亮了。

徐嘉行拉了个群聊，边拉还边喊："除了柏哥以外的我都拉进来了啊，你们快看看。"

柏淮："……"

背着别人说坏话的事，实在不必如此大张旗鼓。

简松意看着柏淮一脸冷漠的表情，觉得有趣，忍不住嘚瑟地把手机屏幕往柏淮跟前晃了几下，翘着唇角，十分欠揍："都跟你说了，平时好好做人，不然哪儿会沦落到如今被孤立的下场？"

说完就收回手机，想看看这群猪队友又要搞什么玩意儿。

我是一朵胖蘑菇："根据本班长一手资料，星期天是柏哥十八岁生日，哥儿几个要不要……帮助柏哥从少男蜕变成一个真正的男人？"

徐大帅："集资找对象的话，我可以出一百块钱。"

可爱小洛洛："我可以当那个对象，免费。"

陆淇风："嗯？"

算命找我打 6 折："我也不是不可以。"

简松意："你们图什么？"

可爱小洛洛："开个玩笑嘛。性感小洛，在线包邮。"

可爱小洛洛被移出群聊。

陆淇风："好了，继续，说正经的，我个人觉得柏淮不会喜欢这种闹哄哄的生日聚会，你们也别瞎操心了，让简松意看着办就行。"

我是一朵胖蘑菇："那哪儿行啊？过生日请吃饭，是我们几个这么多年的传统好不好？柏哥既然是我们的一分子，就必须遵守这个传统！而且我礼物都准备好了。"

徐大帅："对啊！就算生日当天有其他安排，不方便跟我们过，那提前一天，大家吃个饭，嗨一嗨总行吧？"

俞子国："我也准备了礼物……虽然不值钱，但是我做了好久。"

陆淇风："小意，你问问柏淮，周六愿不愿意出来聚一聚，愿意，我们几个就准备准备；不愿意的话，就把礼物给你，你帮我们转交一下。"

简松意敲了敲屏幕，想了一下，退出群聊界面，点开"倒霉蛋"，飞快发送——

"明天杨岳他们几个想一起吃个饭，你来吗？没安排在后天，就明天，你就当普通地和朋友们聚一聚。"

"我知道你不喜欢人多，但不是所有人都是白眼狼，这几个傻子虽然脑子都有点儿不太行，但人都凑合，也拿你当自己人，所以，我就想你能不能别老是那么臭屁，下凡沾点人气儿行不行？"

"你自己看着办吧，我也不劝你，反正不关我的事儿。"

然后是几张截图。

"你看，都在操心你的事，就连俞子国都给你准备礼物了，你好意思伤人家心吗？"

微信一条接一条，不带停的。

语气暴躁，措辞生硬，不耐烦中还很嫌弃。

柏淮却抿着点儿笑意，毫不犹豫地回复了一个字："好。"

柏淮知道，简松意其实也不是很喜欢这种社交聚会，他攒这么一个局，无非想把他的朋友分享给自己。

就像小时候一样，简小松每次都会把自己最喜欢的玩具偷偷藏进一个大箱子里，然后哼哧哼哧地拖着大箱子，塞进柏小淮的房间。

就是自己觉得好的，就想一股脑儿地分享给你。

草履虫的思维方式，就是这么笨拙又直白。

却那么可爱。

柏淮翘起唇角，压着笑意，推了推鼻梁上装模作样用的金丝眼镜。

周六的聚会定在了晚上八点，吃过晚饭后，一群人直接去同学家唱歌。

主角柏淮从头到尾一脸淡定，坐在角落里，低头玩着手机，简松意也兴致缺缺，坐在柏淮旁边，时不时往他手机屏幕瞄两眼。

场面有些冷。

陆淇风平时出来玩得最多，他觉得既然出来玩了，就要玩个尽兴，不然不如别出来，于是自觉地承担起了暖场义务。

他找到一个骰盅："骰子都会玩吧？咱也不玩复杂的，就最简单的，比大小，谁最小，谁就罚喝整杯饮料，比倒数第二少几个点，就喝几杯。然后点数最大的，可以选问点数最小的一个问题，无论什么问题，都必须如实回答。敢玩不敢玩？"

柏淮不喜欢闹腾，但是他知道这几个人后面肯定还给他准备了惊喜，现在的这些游戏只是欲盖弥彰的前戏。

他不愿意扫大家的兴，也不想辜负这份心思，放下手机，笑道："没什么不敢玩的，就是简松意有胃病，出门前他妈特意叮嘱了的。"

简松意：……我怎么不知道我妈这么说过？

算了，天大地大，寿星最大，我忍。

陆淇风作为组织者，心里明镜似的："那行，那如果松哥输了，就柏哥帮忙喝。"

简松意刚想反驳，柏淮就已经拿起骰盅，淡淡地道："好。"

算了，天大地大，寿星最大，我继续忍。

不过好在简松意运气不错，第一个开盅，五个骰子，二十八点，无论如何也不会输了。

他往沙发上一靠，懒洋洋地伸直两条大长腿："你松哥我纵横江湖这么多年，什么时候输过？"

然后就傲慢地看着陆淇风摇了二十四点，周洛摇了二十二点，杨岳摇了十八点。

倒是俞子国很厉害，拿出了摇签筒的本事，摇了个二十九点。

之后就是徐嘉行，四个二，一个一。

看到这里所有人都忍不住笑了。

杨岳甚至已经开始帮徐嘉行倒饮料："你说你这是什么破手气？上来四个二带个尖儿，斗地主也没你这么玩的啊。"

徐嘉行负隅顽抗："一切还未成定局！我还有柏哥！万一他比这个还小呢！"

"你用用你的脑子算算，这是个什么概率？这要比你还小，我就倒立拉……稀……"

柏淮开盅了。

五个一。

场面沉寂。

柏淮一点儿也不意外，淡然地笑了一下。

简松意看着那五个一，真的不知道该说什么好，只能找了个很牵强的理由："是不是骰子有问题啊？"

他不信柏淮真的就这么背。

简松意坐直身体，手伸到柏淮面前，握住他的骰盅，顺着桌面下滑，空中一晃，扣了上去。

213

开盅。

五个六。

杨岳痛心疾首："松哥，我知道你不喜欢柏哥，但是好歹人家生日，你何苦往伤口上再撒一层盐呢？"

这一次简松意是真的无话可说，站起身往门口走去："我去个卫生间。你要不要跟过来，我还没见过人倒立拉稀。"

杨岳："……谢邀，不了。"

陆淇风自然是乐意看见柏淮输的，幸灾乐祸地趁热打铁："俞子国，你点数最大，想问什么就快问，错过这村儿可就没这店了啊。"

说着打了个暗示性的眼神。

俞子国可是机灵得不要不要的人，八卦之魂熊熊燃烧，激动地搓着手，毫不犹豫地问出了他心中憋了很久很久的那个问题："柏哥，我想问的就是，你有喜欢的人吗？或者无关爱情，但珍视的人，很重要很重要的那种。"

"这个问题……"柏淮轻笑了一声，欲言又止。

居然没有直接否认。

刚走到门口的简松意不由得顿住脚步，抑制不住好奇心，推门的手悬在半空，忍不住回头看了柏淮一眼。

柏淮倚着沙发靠背，伸手解开两颗衬衣扣子，松了松，露出修长的脖颈和锁骨，全然没了平素清冷禁欲的自觉。

狭长的眉眼微微眯着，唇角噙起一抹似有似无的笑。

轻描淡写的一个字。

"有。"

32

俞子国则步步紧逼："那你喜欢的人是谁啊？"

所有人都默契地忽略了后面那句"无关爱情，但珍视的人，很重要很重要的那种"，屏住呼吸，等待回答。

柏淮却往后一躺，半匿在阴影中，语气漫不经心："这就是下一个问题了。"

一直到上完厕所出来洗手的时候，简松意心里都还在惦记着，柏淮居然真的有喜欢的人了？

自己每天和他在一块儿，怎么一点儿都没察觉到？

到底是谁呢？

应该不是南城的，如果是南城的，柏淮瞒不了自己，所以只能是在北城的时候认识的。

想想也还合理。

在南城受了伤，一个人孤孤单单地去北城，没有朋友，没有亲人，这个时候如果出现了一个温柔甜美、懂事贴心的女孩子，柏淮沦陷了也很正常。

可是想到他居然都不告诉自己，简松意心里有点不是滋味儿。

又想象了一下，如果明年两人一起考到北城去了，结果柏淮突然带了一个女朋友到他跟前，让他叫嫂子，还在他面前疯狂秀恩爱，撒狗粮，嘲笑他还是单身狗……

就更不是滋味儿了。

不过如果真的是这样，到时候自己该包多少红包？或者要不再拐两个人一起去北城？毕竟柏淮孤家寡人一个，如果有个女朋友陪着，也算是好事，自己总不能当电灯泡。

可是无论怎么想，心里都始终有点儿不高兴。

柏淮有小秘密不告诉自己。

简松意关上水龙头，扯了两张纸巾，心不在焉地擦着手。

"别擦了，再擦该擦秃噜皮儿了。"

简松意听见声音，抬头，发现陆淇风不知道什么时候站到了他身后。

陆淇风拍拍他肩膀，笑得有些意味深长："你走了后，我们玩了四五把，柏淮可一把没输啊。"

简松意不乐意了："你的意思是说，我把柏淮带倒霉的，我是扫把星？"

陆淇风看了他三秒，嫌弃地转身进了厕所。

215

谁跟简松意较真，算谁倒了八辈子血霉。

简松意回到包间的时候，刚好结束了一把，周洛输了，赢的人又是俞子国。

气氛比之前热络了不少，问题的尺度也更大，俞子国的脚都已经盘上了沙发："周小洛，听好了，我就问你，你的初吻还在吗？"

简松意刚想说，废话。

结果周洛居然脸红得磕磕绊绊："那个……那个亲嘴……算初吻吗……"

不然呢，难道亲脚丫子算？

简松意面无表情地坐回自己之前的位置。

柏淮懒懒地倚在沙发上，养着神，看见他回来，问道："你这是什么表情？"

简松意持续冷漠："一晚上被背叛了两次的表情。"

柏淮闻言，偏过头，眸光从眼尾扫向简松意，想从他脸上看出点什么，缓缓开口："被背叛了两次？"

"我最好的兄弟和我最好的'姐妹'都有了奸情，而我却对此一无所知。"

"就这个？"

"就这个还不够？"简松意挑着眉，回睨了他一眼。

有点儿不高兴。

可是也只是有点儿不高兴而已，其他什么都没有。

柏淮收回视线，转过头，慢腾腾地坐直身体，手指搭上骰盅："下一把吧。"

轻轻一摇。

五个一重出江湖。

简松意跟着一摇。

五个六再现人世。

简松意开始怀疑自己是不是真的是吸走柏淮运气的妖精了。

偏偏这次大家手气都不错，点数倒数第二小的杨岳也有十三点。

又是八杯。

杯子大，一杯可以装大半罐。

简松意想都没想，给自己拿了一个杯子，单手拉开拉环，倒进去："我和柏淮一人一半。"

杨岳和徐嘉行两个憨憨可就不干了："松哥，刚才我们俩可是实打实地喝了有十几杯，不兴代喝的啊。"

简松意懒得搭理他们，拿起杯子，刚抿了一口，结果就被一只手夺走了。

柏淮凑到他耳边，声音低沉，压得只有他们两个可以听见："我说了，小朋友不能喝，怎么不听话呢。"

说完，两根骨节分明的手指握住杯口，轻飘飘地往回一收，送到唇边，一仰头，一杯就没了。

仰着头的时候，脖颈线条拉长，被包间晦暗迷离的灯光剪出了一个极致的轮廓，喉结上下滚动的弧度格外明显。

无声的、安静的，一种莫名的气氛就这样悄然散发出来。

简松意移开视线。

而他这一避，柏淮就已经把八杯喝完了。

慢条斯理，举止优雅，一杯接一杯，丝毫没有其他人被灌饮料时会打嗝儿的狼狈。

喝完了，柏淮也没失态，就是眼尾的绯色更明显了一些，他捏着眉心，淡淡地道："趁我还没晕，先把问题问了，不然待会儿问不出来，别怪我耍赖。"

俞子国连忙起哄："对对对，松哥，你快问！"

简松意这才想起来，自己摇了五个六，该自己问。

可是问什么呢？

问他喜欢的人是谁？这里这么多人，这么隐私的问题问出来，实在是不太好，简松意不想柏淮难堪，也不想勉强柏淮。

问他为什么不告诉自己有喜欢的人了？这样又显得太把自己当回事儿了，实在没必要。

再问些别的……有什么好问的？他连柏淮右边屁股有颗痣都知道，

还能问什么？

想了半天，他突然想到刚才柏淮喝酒的那个剪影，于是鬼使神差地问道："柏淮，你觉得我好看吗？"

他发现自己最近觉得柏淮越来越好看了，以前也知道柏淮好看，受欢迎，但只是一个概念而已，不像最近，会突然在某个瞬间发现这人是真的好看，很有魅力的那种好看。

所以为了公平，他必须知道柏淮觉得自己好不好看，如果柏淮觉得他不好看，他也不要觉得柏淮好看了。

这个问题一问出来，包间里其他人原地僵住，半天没回过神来，我们玩这个游戏不是为了问这种幼稚问题的啊喂！

柏淮忍不住"扑哧"一声笑了出来："你最好看，没人比你好看。"

"你别笑！有什么好笑的！严肃点儿！"

简松意也意识到自己问的问题可真傻，强行板着脸，想用自己的气势让这个问题显得不那么幼稚。

可是偏偏他是一害臊就会红耳朵的体质，从柏淮的角度，能清清楚楚地看见他白皙圆润的耳朵是怎么变得红扑扑的。

心里就觉得这人怎么能这么可爱。

问的问题怎么也这么可爱。

"好，我不笑，我也很严肃，你就是最好看的。"

虽然强忍住了笑，可是眸子里的笑意太明显。

再一看旁边几个人一脸"我知道你自恋但没想过会这么自恋"的表情，简松意就觉得自己丢人丢大发了。

自己怎么就脑袋短路了呢？

简松意耳朵发烫，板着脸站起身："我去卫生间。"

柏淮一出门就看见简松意正倚在走廊的墙上，手上把玩着什么。

见他出来了，简松意捵过他的左手手腕，不容分说地系了上去："你把这个戴上再回去，不然你运气这么差，又爱面子，喝吐了怎么办？我明天还有安排呢，可不想照顾你。"

明天还有安排。

柏淮翘起唇角，低头看向自己的手腕。

一根编得精巧的黑绳，串着几颗黑曜石，正中间则是一颗晶莹圆润的葡萄石，葡萄石的表层刻着一排字。

仔细一看，才发现不是一排字，而是半排，竖着从中间一分为二的半排。

而简松意的右手手腕上，有一串一模一样的。

柏淮抬起眼皮，看向简松意，等一个解释。

简松意似乎觉得有点儿不好意思，没看柏淮，低头摆弄着自己手腕上的珠串。

"这颗葡萄石是昨天在大觉寺买的，老和尚说葡萄石是运气石，如果有两颗一模一样的，把两个人的名字，一颗刻一半，就能把我的好运气分给你……

"你别笑！你不许笑！我知道迷信要不得。就是……我觉得你运气实在有些不好，然后我这个人又恰恰运气好得有点儿过分，好到我自己都觉得运气太好了，没挑战，所以我就分你一点儿，我们两个就都刚好。

"你也别嫌不好看，我昨天晚上求了我妈好久，她才帮我编的……这玩意儿比你想象的难，我学了好久都没学会，也算我妈的心意……所以，你如果觉得凑合，就戴戴。

"而且万一呢，万一这个东西真的能把我的好运气分给你呢，反正你戴戴又不吃亏，所以你要不要……就先试试？没用再说。

"柏淮，其实我也没别的意思，我就是希望你十八岁以后，能幸运一些，开心一些，你这么好的一个人，没道会一直苦。你别嘲笑我迷信，相信我一次，行不行？"

柏淮大概还没见过有人明明用着凶巴巴的语气，却能说出这么温柔的话。

简松意真的就是个傻子，如果不是傻子，谁会想把自己的好运气分给别人。

柏淮垂眸，指尖轻轻摩挲着那颗葡萄石："我不嘲笑你迷信。"

十几岁的年纪，什么都开始明白，却又什么都没有彻底明白。

好像世界上一切的事情都难不倒我们，只要我们愿意，就可以让世界为我们低头。

可是又好像都太过年轻，以至于一切都显得无能为力，不知所措，所以只能小心又笨拙地试尽所有的方法，哪怕明知道这个方法或许很可笑。

但那又怎么样呢？年少时，我们为了彼此拼尽全力努力过，那么终究有一日，我们都会得偿所愿。

柏淮抬起左手，看着葡萄石上刻着一半的字，笃定地笑道："我也觉得我十八岁应该会很幸运。"

第七章
十八岁

SONG YI

33

简松意这么看着，又觉得柏淮清醒得很，不像难受的样子。

可是如果不是难受，刚才为什么……

不等他细想，地面突然颤抖，然后呼啦啦地，五个"庞然大物"冲了过来。

"咦，柏哥你手上戴的啥玩意儿？"

柏淮没说话，只是抬起左手，用右手慢条斯理地把衬衣袖口挽起来，明晃晃地露出一截儿筋骨修长的手臂，以及那串缀着莹绿葡萄石的黑色手链。

衬着骨骼分明的瓷白手腕，很好看。

其余几人忍不住"啧"了两下："小东西长得怪别致的啊。"

柏淮一脸淡然："你们松哥送的。"

虽然表情很平淡，语气也很平淡，但是其他几个人就是莫名其妙地听出了一种自豪、炫耀和嘚瑟。

这种奇怪的泛柠檬味儿的不适感是怎么回事？

"我能插一句嘴吗？"只有俞子国躲在人群最后面，眼睛亮晶晶，"你们那个，是同款吗……"说话间手指在两个人中间比画了一下。

其他人这才发现，简松意右手上，戴了个一模一样的。

"嘶——"

伴随着众人的一口倒吸冷气，简松意才反应过来，两个大男人戴款式一样的手链，好像是有点儿古怪。

不合适。

刚准备摘下来，柏淮就又一脸淡然地说道："算命的说我运气不好，你们松哥这是给我转运呢。"

算是立场正当的解释，但实际上又什么都没否认，只不过"转运"两个字让简松意没法儿把那串手链摘下来了。

万一摘下来就不灵了怎么办？

简松意只能假装不经意地顺着手腕转了两下，学着柏淮淡定的面瘫脸，底气十足："想什么呢？这是我妈编的兄弟款。人家柏淮都有喜欢的人了，所以，俞子国你能不能消停消停？把你用来配对的脑子用来配平化学方程式，还至于周考三十八分？"

俞子国委屈了。

陆淇风看不下去这俩人欺负人，直接两只胳膊一手搭上一个，推着往前走："行了行了，谁管你们是不是兄弟款，反正先回包间，我们战斗到底，满满一桌子饮料可都摆那儿等着你们呢。"

然而包间门推开，满满一桌子饮料没有，满满一桌子礼物倒是有。

徐嘉行拿出一个鞋盒："柏哥，这是我和杨岳一起送的，我们俩都是俗人，也不知道送啥，就只能买了一双球鞋，特别特别特别难搞，还是杨岳他哥托人带回来的。反正就希望你以后的人生能步步高升！高考考他个全省最高分！"

杨岳求生欲上线："和松哥并列最高分！"

周洛的最简单直接，是一个一米八的超大薰衣草熊："陪聊陪睡最佳选择！又萌又安静又可靠！让你的每个夜晚，再不寂寞！"

柏淮额角跳了一下，简松意笑道："你收下吧，每个人生日他都送了一个，他就喜欢送熊。"

周洛抱住熊，哼哼唧唧："等你们晚上不敢一个人睡觉的时候，就知道小熊多好了。"

相比前面一个价格高达五位数、一个高度达一米八的礼物，俞子国觉得自己手里这个小玩意儿有点儿拿不出手，扭扭捏捏了半天，还是拿出一个小锦囊。

打开锦囊，里面是一朵木雕小桃花。

俞子国把木桃花竖着拿，两只手扣住桃花边缘，轻轻用力，掰开后里面竟然是镂空的，刚刚好够放一个小字条。

"我们老家那边有座桃花山，我爷爷跟我说，用桃花山上的桃花木，雕刻成桃花符，在里面放上自己和重要的人的名字，就可以被桃花娘娘保佑，一辈子在一起。虽然我不知道柏哥你最重要的人是谁，但我觉得像你们这种好人，喜欢的肯定也是好人。我没什么钱，就自己雕了个桃花符。他们祝你学业有成，那我就祝你生活美满，这样你一辈子就什么也不缺了。"

说完，他不好意思地搓了搓手，隐隐约约可以看见指尖几道细小的伤口，像木刺儿钩的。

柏淮知道俞子国为了赶上进度，学习很刻苦，抽时间做这个东西，应该熬了好几夜，双手接过，笑着道："这个礼物我挺喜欢的。"

这一笑，可把俞子国激动坏了："啊啊啊！柏哥对我笑了！我好激动！我要去贴吧炫耀！还有，柏哥，既然喜欢的话，那我能不能请求继续嗑你和松哥的组合，不被骂？"

柏淮觉得如果有机会的话，可以把林圆圆介绍给俞子国认识认识，两人估计能打一架。

他轻笑一声："这事儿你得问另一个当事人。"

简松意冷漠："不能。"

俞子国顿时整个人蔫儿了，失望得不行。

柏淮垂眸摆弄着礼物，状似漫不经心地问道："人家俞子国一点儿小爱好就这么被你抹杀了。就这么介意？"

"那废话，我当然介意啊，有什么好嗑的，别扭不别扭？难道你不介意？"

柏淮想说，我还真不介意，而且没想到你会这么介意。

陆淇风附到柏淮耳边，说了几句话，然后拍了拍柏淮的肩膀："我准备的礼物，还可？"

柏淮翘起嘴角："可。"

其他人一头雾水。

简松意有点不高兴。

他觉得柏淮和陆淇风有事情瞒着他。

可是不喜欢自己的好朋友和自己的另一个好朋友玩得好，这种心态也太小女孩儿了。于是，简松意把那点不高兴压了回去。

他懒洋洋地走到沙发边上，一屁股坐下去："我又穷又懒，没给你准备礼物。"

柏淮转了转自己的手链。

行吧，简松意说没送，那就是没送。

徐嘉行却逮着机会就劝酒："没准备礼物那可得自罚三杯啊，柏哥，你这次不许代喝，一会儿我们一人还要敬你一杯呢，这是规矩！"

"就是，不喝就是不拿我们当朋友！"

虽然不知道这几个人是不是《古惑仔》看多了，一大把年纪了还犯中二病，一边笑着，一边闹着。

等到站在路边等车的时候，后遗症才显露出来，一个个捧着肚子找厕所。

只有简松意和柏淮还站得笔直。

一个是因为被护着，没怎么喝，一个虽然的的确确喝了不少，但是十几年的家庭教养，不允许他失态。

车来了，简松意拽住柏淮的胳膊，带着他往马路对面走去。

刚走到车旁，身后就传来了一声响亮的叫喊："柏淮！"

两人在车旁驻足，回首看去。

马路对面的几个人，不知道什么时候已经乖乖站成了一排，笔直笔直，从高到低，像手机的信号格。

他们双手圈着嘴，高声呐喊："柏淮！十八岁生日快乐！"

一个、两个全都铆足了劲儿，声音嘹亮高亢，中气十足，整齐划一，震得路边的树叶都落了几片。

邻街的居民楼有大爷不满地推开窗户："那个叫柏什么淮的，十八岁了不起啊！十八岁的就可以不让八十岁的好好睡觉了吗？哎哟，你们小年轻，真的是不懂事。"

五个罪魁祸首扭在一起，笑作一团。

莫名其妙背了一锅的柏淮，也笑了："一群傻子。"

简松意惊讶地看了他一眼："柏淮，我好像第一次听你说傻子这种级别的粗口。"

挺好的。

生活不是电视剧，高冷不食人间烟火的仙人也不会有成千上万的观众爱，所以不如一起到这红尘，热热闹闹，痛痛快快，为自己走一遭。

简松意把柏淮连人带那只一米八的薰衣草熊一起塞进车里，然后抬头朝刚才那个窗户大声喊道："大爷！对不起！但我还是想说，十八岁就是了不起！我，柏淮，我的十八岁尤其了不起！"

喊完立马溜进车里。

结果一上车，就被柏淮死亡凝视。

司机听到刚才的宣言，从后视镜瞟了一眼，默默地把车开出去。

现在的小年轻哟。

张扬哟。

啧啧，真好。

作为一个专业的专车司机，这就是职业素养。

而简松意以为是自己刚才皮过头，要被揍了，抬了抬眉，挺起小胸脯，摆出校霸的气势："你要干吗？我先说清楚，你打架打不过我的啊。"

睫毛却心虚地抖了两下。

柏淮手上力气没松，眯着眸子，语气不善："你倒是说说，我的十八岁到底怎么个尤其了不起法儿？"

"可以光明正大去网吧，不用开黑机了。"

"出息。"

"那你说说十八岁还有什么了不起？"

"比如，可以谈个恋爱什么的。"

简松意眼前突然浮现出之前脑补的柏淮温柔地牵着一个女孩子的画面。

他蹙起眉："谈什么恋爱，高三有什么好谈的？你知不知道这叫早恋？不好好学习，成天想些有的没的。"

语气实在算不上好，很不耐烦，还有点儿不易察觉的说不出究竟算什么的抗拒。

柏淮的眸子暗了暗，却还是不甘心："十八岁都成年了，怎么算早恋？"

压抑在心中许久的那些酸涩忍不住翻涌起来，渗进血液和神经，柏淮一只手撑在简松意身侧，握住坐垫边缘，另一只手抵着简松意的肩膀。

简松意基本呈现出任人宰割的姿势，却毫无防备意识，依旧懒懒散散地靠着。

他还天真地眨着眼睛："你干吗？真要打我？这么多年交情，就因为我在外面报了一个你的名字，你就打我？还是不是兄弟了……"

最后一句，高高喊出，低低落下。

简松意刚想把柏淮推开，又听他没头没脑道："我爷爷昨天晚上回来了。"

"嗯？"

"他今天在家。"

"嗯？？"

"他睡眠特别不好，一有动静就醒。"

"嗯？？？"

"他还不准我晚归。"

"……"

"所以，我回不了家了，我没地方睡觉了。"

"……"

如果一个人没有听过柏淮撒娇，那么他就没有资格指责我没有原则。

简松意想了一下，自己的床，挺大的。

34

简松意觉得柏淮是他见过的教养最好的人。

并且居然能记住别人家大门密码，还能熟门熟路稳稳当当地上二楼，走进对的房间，甚至还能选出价格最贵、质地最柔软的那件睡衣，占为己有。

简松意洗完澡，回到房间，两人换下来的衣服已经被仔细地叠好，搁在衣物架上，床头放了一杯温水，而柏淮已睡着了。

他平躺着，被子盖及胸口，呼吸浅淡均匀，黑色绸缎睡衣微敞，面容和锁骨被衬得脆弱苍白，眉眼愈发冷清，唇也薄，颜色也淡。

明明这么矜贵冷淡的一个人，自己最近怎么总觉得他哪里不对劲。

简松意觉得自己一定是哪里出了问题。

柏淮虽然嘴欠，却是个真正的君子，无论是简松意分化还是不适期，或者是抑制剂不够，他都尽职尽责做到了一个朋友的本分。所以不对的一定是自己。

大概是分化后受到激素影响，他看支配者感觉不一样了。不过简松意觉得这不是问题，既然他和柏淮都没有那个心思，也就没必要太在意所谓的第二身份。毕竟这么多年，柏淮身边只有他，而他可以无条件信任和发脾气的人，也只有柏淮。

想到这儿，简松意随便擦了两下微湿的头发，掀开被子，躺上床，关了灯，准备睡觉。

他躺下去的时候，一不小心碰到了柏淮的手臂。

似乎吵醒了他，低低地呢喃了一句什么，发音含混，简松意没听清，只觉得像个人名，起了兴趣，侧过身，凑到柏淮跟前，低声问道："你刚说什么？"

本来是想趁柏淮意识不清，套点秘密出来，结果柏淮迟迟没有动静，简松意没耐心地撇撇嘴，转回身子准备继续睡觉，结果被褥窸窸窣窣之间，隐隐约约又听到模糊的几个字眼。

"我回来。

"别生我气。

"好不好？"

柏淮在想念一个人，想念到在梦里都在哄着她，还想回去找她。

大概是在北城喜欢的那个人吧。

看来是自己想太多，柏淮这么优秀完美的支配者，肯定会有很好的人陪他度过这一生，而自己则会作为所谓的曾经最好的朋友，渐渐地在他生活里淡去，甚至消失。

想到这里，简松意突然有点儿生气，他觉得柏淮可真是一个重色轻友的大垃圾。

居然为了娶老婆，不要朋友。

可能他老婆还会因为自己是个易感者，不准柏淮和自己玩，柏淮那么喜欢她，肯定会听她的话，就真的不和自己玩了，那十几年的情分就喂了狗。

简松意越想越气，恨不得把柏淮这个没良心的掐死算了。

可是这又怎么能怪他。

简松意现在还记得，温叔叔离开后，整个柏家忙得脚不沾地。到了晚上，偌大一栋欧式小楼，只剩一个六岁的、刚刚失去爸爸的孩子。

那时候简小松会趴在自己的窗户上，看着对面窗户的灯什么时候关，结果一直到他眼皮开始打架了，对面的灯都还亮着。

他猜柏小淮一定是害怕自己一个人睡觉，于是哭着闹着缠着让他和自己一起睡。

那时候的床也很大，边缘还围着包着软膜的栅栏，两个小小的孩子，就依偎在一块儿。

简小松想像妈妈安慰自己一样安慰柏小淮，想抱住他，可是小胳膊实在太短，努力伸到柏淮胸口，就再也伸不过去了。

明明该是睡觉最沉的年纪，柏淮却一碰就醒，抓住自己胸口那只小短手，眼神警惕又不安，等看见是简小松，才露出笑容，然后翻过身，抱住了他。

两个小孩子，睡得很好很好，谁也没闹。

时隔十二年，这一幕仿佛重演。

柏淮缓缓地抬起眼皮，看了一眼眼前人，唇角勾起淡淡的笑，然后又垂下眼帘，翻了个身，沉沉睡了过去。

他太困，太累，晕得难受。

简松意也慢慢放松，不知不觉地就沉沉睡着了。

和从前一样，两个小孩睡得很好很好。

这于柏淮来说很难得。

前几次和简松意待一个房间的时候，简松意的情况很特殊，他得随时绷着弦，一刻也不敢放松，生怕简松意出了什么问题。

而这一次，他终于可以放松下来，纵容自己，睡了一个好觉。

柏淮向来觉浅，每每做了噩梦，就会很快醒来，然后灌一杯凉水，再躺回去，至于能不能继续睡着，全看运气。

这是十四岁那年，去北城后养成的习惯。

那三年，他最常做的噩梦，就是自己一个人，站在白茫茫的雪地上，在无止无尽的孤独和绝望里醒来，守着漫漫长夜。

可是这一次，醒来后很快就再睡着，那片白茫茫的雪地，也有了路，路的尽头开出了玫瑰，在荒凉无人的贫瘠雪地，嚣张又繁盛，美得不可一世。

他一步一步走过去，伸出手，拥抱它，刺儿扎进肉里，也不觉得疼。

还好他的玫瑰很心软，扎了一下，就立马收起了所有的刺，然后把自己娇嫩的花瓣，放在他的掌心蹭了蹭，像是安抚。

予他满腔欢喜。

梦醒了。

一切都没了。

只有一个简松意，安静地睡着，像小时候一样。

柏淮失笑。

那些天天吼着"松哥牛、松哥最帅、松哥举世无双"的人，大概怎么也想不到，一只高贵冷艳又喜欢爹毛的猫，背地里却软乎乎的，哄一哄，就可以抱着揉一天小肚子，就算偶尔挠几下，也不疼。

得亏自己是真心在意他，心疼他。

柏淮想敲敲他的脑袋，看看里面装的都是什么，结果刚抬手，简松意就皱着眉头，蹭了两下，然后不耐烦地睁开眼。

一睁开眼，看见柏淮，条件反射地一把推开，反弹后退。

柏淮此时眉眼慵懒，看上去没有平时刻薄，但看见简松意这个动作，仍然不失嘲讽："你是不是还要尖叫一声，甩我一巴掌，然后质问我这是怎么回事？"

好熟悉的流程，好像在电视上看到过。

柏淮看着简松意还有点儿蒙的表情，轻哂："不过昨天晚上喝多的是我，又不是你，我还没慌呢，你慌什么？"

简松意觉得哪里不对，想反驳。

结果他抿着嘴，板着脸，憋了半分钟，只凶巴巴地憋出一句："你放心，我什么都没对你做。"

柏淮实在忍不住，轻笑出声。

他这一笑，简松意才反应过来，自己能对柏淮做什么？

明白过来柏淮是在调侃他，简松意顿时就生气了，操起枕头就朝柏淮的脸捂去。

捂死这个王八蛋。

柏淮轻轻一挡，枕头就被挡住了。

简松意不服气，直接翻身坐到柏淮身上，两手抓着枕头，用力下压，一心想"捂死"柏淮。

柏淮也有偶像包袱，觉得被捂着的画面实在有些难看，又怕挣扎起来，自己力气太大，索性顺势翻身，把简松意摁住，挑了挑眉："你是想让我生日变忌日，这么狠的心？"

简松意一皱眉："你快呸呸呸！"

"怎么了？"

"快呸！"

柏淮失笑："好，呸呸呸，行了吧？"

"过生日不准说不吉利的话。"简松意生气得都忘了自己的姿势多像一只被放在案板上的小猫咪。

柏淮觉得这是只许州官放火，不许百姓点灯，质问道："难道不是你先想在生日把我捂死的？"

简松意自知理亏，态度良好："我错了。"

柏淮挑眉。

这么好说话？这么快就认错了？简松意什么时候变这么乖了？

一个分神，下一秒简松意的手就挣脱出来，反击柏淮："打架居然还挠痒痒，你算什么男人？"

"简松意，你完了，你居然都学会使诈了。"

柏淮也怕痒，立马去逮简松意的手。

两个人又笑又骂互相攻击。

35

等简松意磨磨蹭蹭洗完澡出来，柏淮已经换好了衣服。

不知道为什么，没穿简松意找出来的干净衣服，而是凑合穿上了柏淮自己昨天的衣服。

白衬衣的银质纽扣又规规矩矩地系到了最上面一颗，金丝眼镜也被从包里拿出来，架在鼻梁上，衣冠楚楚。

坐在窗前的书桌旁，靠着椅背，翻看着一本书，目光顺着半垂的眼皮落下，没有别的表情，翻着书页的指尖，在阳光下呈现出几近透明的错觉。

疏离得简松意突然有点儿失落。

好像昨晚的喧嚣吵闹和方才那幕，都不过是一场闹剧。

闹剧结束了，落幕了，演员就又回到了原本的模样。

什么都没留下，什么都没影响。

所有情绪都戛然而止，那些不清不楚的情绪，都只是自己一个人的内心戏。

而柏淮自始至终都是个理中客。

简松意觉得这样的柏淮才是合理的。

他擦着头发走过去："看什么呢？"

"你这本物理题册挺有意思的，很多题型我以前都没见过。"

"哦，这都是竞赛题，超纲的，高中不学。"简松意说着用力甩了两下头，故意把水珠往柏淮身上飞。

柏淮往旁边一躲，伸出大长胳膊，两只手指抵住简松意的脑袋，忍不住笑道："小学生吗，还玩这套？说正经的，全国竞赛定在什么时候？"

"十二月。"

"能拿奖吗？"

"废话，不拿个全国一等奖保送华清，我都没脸见人。"

简松意的语气，理所当然地很欠揍。

柏淮觉得幸亏这人从小就被扔去部队练了一身好本事，不然能安然无恙活到十七岁，也算奇迹。

他随口问道："既然肯定能保送，你现在每天还做语文阅读题折磨自己干吗？"

简松意听到这句话，一把打掉柏淮抵着自己脑袋的手，神色严肃："保送是一回事，考年级最高分是另外一回事。有一说一，虽然我们关系好，但这年级最高分我势必要拿回来。"

"有点儿难，我理综进步挺快的。"

"呵，你也就仗着联考理综简单，等你见识到我们年级组长出题有多变态的时候，你就该叫我哥哥了。"

简松意没吹牛，年级组长出题向来变态，只是再变态，简松意也能考二百九十分以上，这差距轻轻松松就拉开了。

月考他考年级最高分的概率，比柏淮大得多。

而且以前因为没有竞争压力，他觉得语文凑合凑合就过了，反正第一和第二向来分数断层，总分不影响他拿第一就行。

但是自从柏淮来了后，压力变成动力，虽然他现在还是猜不出来作者在想什么，但已经学会像套公式一样套用模板推理答案了。

进步之神速，柏淮难以想象。

他要让月考光荣榜第一位，赫然写上他的大名，把柏淮死死压在下面，让那群人看看谁是南城第一。

柏淮对此倒也不否认，收回手，继续翻着题册："这书还能借我？"

"拿去吧，反正这上面的我都会了，不过你现在准备肯定来不及，毕竟你学理科的时间有限，而且没有竞赛经验，还是专心准备高考物理比较实际。"

"我自己心里有数。这些题我只能用来拓宽解题思路，难度暂时不是我现在可以轻松驾驭的。"

简松意听到这话就高兴了，拍拍柏淮的肩："别灰心，不是所有人都和你松哥我一样，是个天才。"

也对，上帝是公平的。

给了有的人草履虫一般的右脑，自然会补偿给他一个爱因斯坦般的左脑。

柏淮轻笑。

简松意警惕地问道："你笑什么？"

"没什么。"柏淮不想气他，转移话题，"你看一眼手机吧，刚一直叮咚叮咚的，应该有什么事儿。我手机没电了，你顺便找个充电器帮我充一下。"

"哦。"简松意扔下毛巾，把柏淮的手机放到床头充电，再拿起自己的手机，打开一看，消息是七仙女群里发的。

他很瞧不起这个群名，然而群主周洛坚持不改，俞子国十分支持，杨岳和徐嘉行也觉得挺美，陆淇风……

算了，不说他了。

简松意一脸嫌弃地打开群聊。

我是一只胖蘑菇："哈哈哈，松哥，你快去贴吧看看，居然有人说你和柏哥的双学霸组合，笑死我了。"

可爱小洛洛："这还好，最好笑的是居然有人深度分析你不是支配者，是个易感者，哈哈哈，这才笑死我了，我还等着松哥分化呢，松哥如果不是支配者，我生吃三吨卷子。"

陆淇风："就算是支配者也跟你没关系。"

可爱小洛洛："为啥？你瞧不起我？？我这么甜美可爱！"

简松意："什么玩意儿？"

徐大帅："松哥，我错了。我真的错了。我就是把昨天晚上我们几个的合照发朋友圈了，结果你俩的同款手链实在是太显眼了，然后就……"

徐嘉行的朋友圈，约等于南外的宣发部，外加半个南城的高中外联部。

场面之壮观，简松意已然能想象，不满地皱了皱眉，看向一旁的柏淮，见他低头看书，才想起来他手机还在充电，松了一口气。

他低头回复道："徐嘉行，你最好想办法解释清楚，不然就等死吧。"

徐大帅："呜呜呜，松哥，我解释了，我真解释了！可是他们不信啊！你不知道这群嗑双学霸组合的人有多疯狂，我真的吵不过他们。松哥你就放过我吧。"

我是一只胖蘑菇："反正松哥你快去贴吧看，双学霸粉和唯粉①都吵起来了，笑死我了。"

简松意一脸无语。

这群人是不是闲的？是作业太少，还是考试太简单？脑子里天天都在想些什么玩意儿。

最后，他的目光停留在那句"有人深度分析你不是支配者，是个易感者"上，抿唇，打开了贴吧。

大多数帖子都没有恶意，无非就是日常吹一波简松意，再日常吹一波柏淮，最后脑补一篇曲折离奇的唯美故事，再来一波土拨鼠尖叫。

这群人虽然闲得发慌，但是说话还挺有意思的，小段子一套一套的，还挺好玩儿，彩虹屁吹得简松意这个孔雀性子也舒服极了，就连"松柏"这个名字他也比较满意，起码自己是在柏淮前面。

---

① 指在某一团体中只喜欢某一个成员的粉丝。

简松意扫了一圈儿，嘴角挂了点儿笑意。

最后才点进热度最高的那篇帖子——《我嗑双学霸组合的那些年》。

主楼："主楼发我们双学霸甜图镇楼。"

图上是简松意和柏淮，两个人站在街边，昏黄的路灯透过梧桐枝叶落在两人身上，在夜色里圈出一个双人舞台，柏淮抱着一只熊，偏着头，看着简松意，简松意也抿着唇，挑着眉眼看着他，相视而笑。

这像素，一看就是俞子国那个价值几百块钱的小手机拍的，但是因为模糊，反而更惹人遐想，柏淮那张面瘫脸都因此变温柔了。

简松意内心不屑一顾，手指却不听使唤地继续下滑。

2楼："楼主作为当事人，细数一下最近吃到的糖。松哥胃不好，柏哥每天给他安排一日三餐，把他不喜欢吃的一样一样挑出来，他喜欢吃的柏哥一口都不碰。"

3楼："柏哥每节课下课第一件事就是给松哥接热水，还翻墙出去给他买胃药，松哥嫌药不好喝，还偷偷给他糖吃。（偷偷地，有一天被我不小心发现了，校霸居然喜欢吃奶糖！萌死我了！）"

4楼："每次柏哥刷题，别人找柏哥，柏哥都是面无表情，松哥找柏哥，柏哥就是有求必应，在线双标，不要太过分！"

5楼："而且每天一起上学、放学就算了，军训的时候，两个人本来不是一个房间，但是最后突然变成一个房间，你们说，这是为什么？不就是柏哥不愿意松哥和别人住一个房间吗？！（再脑补一下两个人穿制服的样子，啊，好帅！）"

6楼："打断一下楼主，不是说这两个人为了争年级最高分已经关系破裂了吗？好像还打了一架，都打去医院了！"

7楼："私以为，学霸之间，成绩定上下而已。"

8楼："啊啊啊！！五班的路过！膜拜两位学霸！学霸和学霸的默契就是谁考年级最高分谁在上面！我的个喵喵，太带感了！"

9楼："我本来以为他们俩关系不好，原来如此！强强太好嗑了！冲呀！！！支持月考松哥反攻成功！"

……

79 楼："那你们说下次考试成绩到底是柏淮在上面，还是简松意在上面？"

80 楼："不管他们谁在上面，总之是支配者和支配者，强强之争。"

82 楼："楼上的，太武断了啊，谁说是支配者和支配者？有的人可还没分化啊，说不定他就是个易感者。"

83 楼："楼上，不要说没有证据的话。"

84 楼："我们随便嗑个双学霸组合，你们怎么还质疑上松哥的第二身份了？乱造谣。"

85 楼："别急着骂人，听我给你们深度分析一下。简松意分化了吗？有支配者的外激素吗？为什么军训不敢和别人住一个房间？为什么突然就要去医院？难道不是怕身份暴露？而且之前和皇甫轶他们打架那次，他可是明显不适应支配者的外激素压迫啊，当时要不是柏淮帮忙，他估计被压得死死的，这能是一个支配者的反应？"

86 楼："哟，你家易感者这么牛？不适期的时候还可以每天跑五公里？可以打破障碍跑时间纪录？可以所有体能测试甩其他支配者一大截？打架还可以不用外激素就能把支配者打趴下？松哥要真是易感者，你们这群支配者也别做人了。"

87 楼："我们松哥就是最帅的！成绩好，长得好，人缘好，你们就是嫉妒！抱走我松崽独自美丽，哼。"

88 楼："行行行，你们说简松意最牛，那就只能是柏淮平时装高冷，实际上，啧啧啧。"

89 楼："楼上上升真人干吗？"

……

简松意皱起眉，强压住心头的怒火。

他"@"群里所有人："@所有人 俞子国，你自己申请把帖子删了。徐嘉行，你找到吧主，该删帖删帖，该封号封号，还有把那几个口吐芬芳的 IP 给我，我看看哪儿来的恶心玩意儿。"

简松意知道自己平时有点儿嚣张，不知收敛，脾气也不好，所以得罪的人不少，嫉妒他的也不少，找着机会就想往他身上泼点脏水寻找平衡感的人也不少。

可是这些关柏淮什么事了？

柏淮这么好一个人，凭什么被这群玩意儿骂？就他们也配？

再想到柏淮是被自己连累的，简松意心里就更不好受了。

他不停地刷新贴吧页面，一次一次往下滑，看着那个圈圈一次一次地转，等终于看见首页的那几个帖子消失后，才长舒了一口气。

自己被发现是易感者其实没什么，反正最开始隐瞒也只是嫌麻烦，而不是怕什么，他简松意有的是办法教那群人做人。

但扯上柏淮就不一样了，简松意不想让柏淮和这些污言秽语有什么关系，更不想让他因此而不高兴，尤其是在今天，他不想让柏淮有哪怕任何一丁点儿的不开心。

他说过的，要让柏淮的十八岁幸运起来，他得说到做到。

只是从小到大，只要简松意不高兴，就没有柏淮发现不了的。

柏淮抬眸看了他一眼，放下书，走到床头，拿起正在充电的手机，开机。

最先弹出来的消息来自"冰激凌小圆子"："姐妹！我气死了！居然有人嗑我崽崽和柏淮的组合！虽然我对柏淮这个人没有什么恶意，最近对他感觉也算良好，但是我崽崽才是最棒的，不能让他独自美丽吗？！"

冰激凌小圆子："我把链接发你，你快帮我一起回嘴，不用骂柏淮，遇见那几个说话难听的，就骂他们！虽然我不喜欢柏淮，但也轮不到他们乱喷粪！还有，记住控评，我们崽崽最牛，最乖，最可爱，一心只想学习！气呼呼。"

冰激凌小圆子："链接《我嗑双学霸组合的那些年》。"

柏淮点进去，显示帖子已被删除。

正好密密麻麻的群聊消息推送出来了。

松："@所有人 俞子国，你自己申请把帖子删了。徐嘉行，你找到吧主，该删帖删帖，该封号封号，还有把那几个口吐芬芳的 IP 给我，我看看哪儿来的恶心玩意儿。"

恶心。

柏淮念着这两个字，偏头看向简松意。

他正岔着腿坐在床边，手肘搁在膝盖上，上身微弓，手指不停地敲击屏幕，唇角不悦地抿成一条直线，凌厉又好看的眉眼，是掩饰不住的冷厉和暴躁。

简松意不是开不起玩笑的人，俞子国的帖子也不可能有太大恶意，他却非要动用人脉删帖，只能说明他的确很不喜欢这个话题。

柏淮关掉手机，什么也没说，重新坐回桌前，低头拨了一下手腕上的葡萄石。

青绿色的葡萄，终归还是没熟透，涩。

可是那点儿甜味，他又怎么都舍不得。

36

柏淮又翻了几页，却什么都没看进去，瞥了一眼旁边低头不停打字的简松意，语气漫不经心："很忙？"

"哦，没什么，还好。"简松意敷衍地应了一声，眼皮也没抬。

他正在让徐嘉行联系吧主，想查到那几个马甲的 IP，可是吧主说他的权限也仅限于定位到市。

定位到市有屁用，用徐嘉行的脚指头都猜得到是南城市。

简松意不喜欢没有证据乱定罪，没实锤，就不会乱来，可是不乱来，又出不了这口气，那些喜欢嚼舌根的人还是会嚼舌根，总有一天会传到柏淮耳朵里。

他想到这些有点儿烦，把手机一扔，抓了几下头发，骨节用力，手腕上的珠串碰撞出清脆的声响，在静谧的清晨格外突兀。

柏淮听着那声响，淡淡地道："不方便的话，就摘了吧。"

简松意立马抬头，眉眼不耐烦："摘什么摘？摘掉就不灵了。"

因为情绪不太好，这话说得又急，听上去就有点儿像发脾气。

可是就这么一句语气不好的发脾气的话，让刚刚心生酸涩的柏淮，又生出了点儿宽慰的欢喜。

无论怎么样，简松意都惦记着他，没有经过思考，凭借着本能地在惦记着他。

　　他觉得自己还是先缓一缓，合上书，放回桌上，站起身："我回家换件衣服。"

　　"哦。"简松意点头，"中午一起吃饭吗？"

　　"不了，我陪爷爷。"

　　"晚上呢？"

　　"也不了，估计家里会来客人。"

　　"但是……算了，没事，你先回去吧，我正好约了陆淇风开黑，没时间陪你。"

　　简松意迟钝，但不傻，柏淮明显疏离的态度，他感受得出来。

　　柏淮都这样了，十有八九是看到那些话了，那他能说什么呢？他是觉得什么流言蜚语都无所谓，但是柏淮这么清高的一个人，哪儿受得了那种混不吝的话。

　　于是没再留他，也没送他，就让他走了。

　　尽管自己还专门给他订了一个翻糖蛋糕，可是现在看来，已经不适合再送出去了。

　　简松意重新躺回床上，把自己埋进被窝，觉得胸口有点儿难受，闷闷的，酸酸的，不透气儿。

　　又突然想到柏淮刚才暗示自己把那条手链摘了，觉得有点儿生气。

　　这是自己专门给他准备的，葡萄石上的字也是自己辛辛苦苦刻的，都是为了他好，他怎么就能让自己摘了呢？

　　摘就摘，自己图什么呀？怕什么呀？

　　简松意想着就准备撸下手串儿，可是当手串儿滑到指尖的时候，却没有再往下用力，顿了顿，最后还是又送回到手腕上。

　　他想起了那个帖子。

　　那个帖子虽然后来走向莫名其妙，可是前面说得都对。

　　柏淮做的那些事，实实在在，只是平时自然而然地隐匿于细枝末节处，自己又太习惯，所以没觉得有什么特别。

可是旁观者看得明明白白。

从小到大就是这样，简松意任性、挑剔、娇气、金贵，有时候连爸妈都嫌他烦人，可每次都是柏淮想办法，把他安排得妥妥帖帖的。

比如上幼儿园的时候，每天中午送来的四盒草莓牛奶；比如换牙的时候，简松意非要吃的奶糖；比如初中住校弄坏胃后，柏淮包里随时放着的胃药。

而在旁观者看不到的地方，还有柏淮陪着他分化，陪着他度过不适期，为了搞一支抑制剂把自己弄到发烧，不厌其烦地一遍又一遍陪他练习对抗支配者的外激素。

简松意说过，他也不是傻子，谁对他好，不至于看不出来，那么多的好，不应该被这么一次疏离就抹杀掉。

可是想到那些好，简松意又觉得胸口更难受了。

憋闷。

都怪那几个混蛋。

等找出来是谁，非揍他们不可。

柏淮回到家，家里空空荡荡，只有刘姨在忙着打扫卫生，看见他回来了，一边擦着手，一边出来迎道："小淮你怎么回来了？我以为你要在对门吃饭，就没准备。你吃了没？没吃阿姨给你现做。"

"我吃过了，刘姨你去忙吧。"

"到底吃过没？没吃刘姨给你煮碗面，或者中午想吃什么好吃的，刘姨去给你买？"

"真吃过了，我先回房间了，刘姨你中午随便做点吧。"

说完就上楼了，表情淡得看不出心里在想什么。

刘姨无奈地叹了口气。

唉，有钱人家的孩子又怎么样，爷爷去乡下慰问别人，爹在大西北扶贫，姑姑去北城做慈善，只有自家小孩的十八岁生日在家里冷冷清清。

如果温先生还在就好了。

只可惜……算了算了，中午多做点好吃的吧。

柏淮回到房间，给手机充上电，换了件衣服，再拿起手机的时候，消息已经堆积了好多条。

算命找我打6折："对不起，柏哥，真的对不起。"

柏淮自己默许的俞子国的行为，所以事情发展成这样，也怪不着他："没事儿。这事不怪你，但你以后别说了，也别在简松意面前提。"

算命找我打6折："可能我没什么见识，没见过你们这么好的人，长得又帅，成绩又好，家境也好，最关键的是人也好，哪儿哪儿都好，我就羡慕你们，又觉得别人站在你们旁边都有点逊色。"

算命找我打6折："我不知道我有没有资格说这句话，如果我太冒昧了，你就骂我吧。我就是觉得，当局者迷，旁观者清。柏哥你如果有什么话想说，不如就直接说出来。"

俞子国看着傻，其实心思细，从小过得苦的孩子，对于人情冷暖、爱憎喜恶，比别人都敏感。

可他是个外人，什么都不敢说。

只能回了一条："对不起，还是怪我，不是我乱发帖子，那些人不会说那些恶心话，你和松哥也不会生气，都怪我，我对不起你们，你骂我吧。"

柏淮蹙眉："什么恶心话？"

算命找我打6折："柏哥你不知道？你没看见帖子？也对，帖子已经删了。没看见就好，看见了也是生闲气。"

柏淮垂眸，半响，发了条微信给徐嘉行："把吧主联系方式给我。"

徐嘉行很快就甩了个名片过来，并且打字："柏哥，你说这些人有没有意思，居然质疑松哥不是支配者。"

"还有俞子国真是疯魔了，你和松哥两个人当时剑拔弩张的，我们可都在现场啊，没互殴就不错了。"

"不过不管怎么样，反正先搞定这群嘴巴不干不净的人，不管你和松哥什么关系，轮得到他们胡说八道？这群混蛋，就是看不得别人好。"

柏淮屏蔽了他的消息。

他一边安装着插件和驱动，一边联系上吧主："已经删除的帖子，后台还能看到记录吗？"

吧主："能的，就是发帖 IP 地址只精确到市，我们也没办法。"

柏淮："没关系，方便把你的账号给我吗？我直接从后台登录。"

吧主："哦哦，可以的，我们以后再换密码就行。"

柏淮发了一个红包过去。

柏淮："麻烦你们了。"

吧主："不不不，我不能要，我可是你和松哥的迷妹①啊！而且我最讨厌这种搞事的人了，柏哥你加油给他们一个教训！我会为你保密哒！"

柏淮："谢谢。"

柏淮收到账号和密码，启动插件，打开原始网页，手指飞速移动，飞快地输入一串代码，很快，那几层楼的 IP 地址就详细而出，精确到了街道和门牌号。

柏淮把那几个地址记下来，发给徐嘉行："这几个地址有眼熟的吗？"

过了好一会儿，徐嘉行才回复道："其他的不清楚，得等明天回学校去翻登记表。但是嘉茂花园那个，我知道咱们年级有几个从一中考过来的住那儿，因为那边之前好像是学区房。"

过了会儿，他又补充道："其中有一个好像和铁牛关系还可以，之前在篮球队的时候，铁牛经常请他们吃饭。"

一中。

皇甫轶。

绕来绕去，还是绕不开这些人。

柏淮捏了捏眉心，想了一会儿，又继续回复道："行，明天我去翻登记表，这事儿我会解决，你们别和简松意说。"

徐嘉行："你们俩真有意思，怎么都喜欢把事情往自己身上揽呢。"

柏淮："什么意思？"

徐嘉行："松哥刚也跟我说，这事儿他来解决，不许我们再在你面前提。"

---

① 指女性忠实粉丝。

柏淮心悬了一下："他查到是谁了吗？"

徐嘉行："这倒没有，我们又不是黑客，哪儿有那本事啊。不过话说，柏哥你怎么查到的，你不会还当过黑客吧？"

柏淮没说，他是去年北城信息技术竞赛唯一获得特等奖的文科生，只要他愿意，可以直接保送，只是他偏偏回了南城。

不过只要简松意还没确定是谁就行，这人虽然暴躁，却不莽撞，不会不明不白惹事。

他倒不是怕简松意惹事，只是担心如果对方真的察觉到简松意是个易感者，到时候被逼得狗急跳墙，用些腌臜手段，简松意出个什么事儿，那自己可能得疯。

所幸这几个人估计也是屄包，只敢借着匿名网络的保护，拿着键盘乱说，不敢当面找事儿，所以柏淮就还有时间，一个一个，慢慢解决。

比如在此之前，给他们一些小小的警告。

柏淮启动驱动，顺着那几个地址查过去，并送出了一点儿小小的惊喜。

等他忙完这些，已经是傍晚，中间刘姨催了好几次吃饭，他都敷衍而过，等刘姨再来催的时候，已经是晚饭时间，他才终于慢腾腾下了楼。

柏淮确实没什么胃口。

一大桌子菜，一个人，吃着怎么都有些乏味。

刚拿起筷子，准备扒拉几口白饭应付过去，门铃响了。

一开门，简松意端着一个碗站在外面。

简松意板着脸，态度不算好，看见他，把碗往他手里一塞，语气不善地埋怨："你早上出门的时候也太不小心了，居然被我妈发现了，害得我被她逮着盘问了半天，还非让我给你送一碗长寿面来。"

柏淮低头一看，果真是热气腾腾一碗面。

"我妈又不会做，和面、擀面、做面用了一整天，没做好的全让我和我爸吃了，差点儿没噎死我。这碗估计也不怎么好吃，不过你别嫌弃，毕竟我生日的时候都还没吃到过。"

柏淮心中一暖："谢谢唐姨。"

简松意没理他，视线越过他的肩头，往他屋里一瞟："你爷爷呢？"

柏淮扣着碗沿的手指，泛出青白的颜色。

他爷爷压根儿就没回来，昨晚他就是鬼迷心窍，随口编了个瞎话，当时没什么，但如果现在被简松意发现了，不知道他会不会觉得自己居心叵测。

自己这些小心机，显得拙劣又龌龊。

然而简松意只是一挑眉，质问道："不是说要陪你爷爷？"

柏淮松了一口气，指尖也重新恢复红润，还好，单细胞生物的好处就是，隔夜的仇，记不住。

简松意见他不解释，确定柏淮是在撒谎找借口躲着自己了，顿时气不打一处来，忍不住爆发。

"柏淮，你空口说瞎话不就是为了躲着我吗？有意思吗？至于吗？这么多年情分，就为了几句闲话你就躲着我，你有没有良心？

"我知道你这个人事儿多，龟毛，敏感，爱瞎想，所以好不容易找人把帖子删了，就是不想让你看到后不高兴，胡思乱想，结果不知道为什么你还是看见了。

"最气的是，你居然还真的因为这事儿就不理我了，什么意思啊你？觉得和我凑一块儿委屈你了是不是？我都没嫌弃你，你凭什么嫌弃我啊？要绝交？行啊，绝交就绝交，谁稀罕你这个臭傻子！"

简松意越说越气，转身就走。

柏淮却一把抓住他的手腕："你说谁臭傻子？"

"还能是谁？某个昨天晚上吃我的、用我的，结果一觉起来就因为几个恶心玩意儿翻脸不认人的混蛋，不是臭傻子？"

"那你说谁恶心玩意儿？"

"你是不是喝多了，脑子坏了，失去基本判断能力了？别人都说你白天装高冷，晚上……你还问我谁是恶心玩意儿？你心理承受能力怎么这么好呢？你这么圣母我怎么不知道呢？不是……你笑什么啊？我还生着气呢，你能不能严肃点儿，不准笑了！"

柏淮努力克制，却仍然藏不住笑意："没笑什么，就是俞子国以为

245

你是因为他把我俩凑一块儿这件事生气，我现在知道是他想多了，就觉得挺好笑的。"

"他虽然想问题的角度清奇了一点，但说的基本都是事实，又没做错什么，怎么会觉得我说他恶心？这脑袋到底怎么长的？不行，我要找他解释清楚，我最讨厌这种误会了……不是，你怎么又笑了？！到底有什么好笑的？！"

柏淮眉眼微弯，笑意从唇角、眉梢溢出，带着点儿欢喜："也没什么，就是突然想吃葡萄了。"

简松意发现自己完全无法和柏淮交流，一口气憋住："柏淮你是不是有毛病！"

柏淮看着眼前因为不明所以而炸毛的坏脾气少年，忍不住伸出手，揉着他的脑袋，挠小猫似的挠了两下。

是有毛病。

无药可医。

甘之如饴。

37

柏淮手指浅浅地插入简松意的发梢，骨节过于分明，不够柔软，指尖还有些凉，但就那么挠了几下，简松意那股没头没脑的躁意，就缓缓地平息了下去。

简松意抿着唇，垂着眸，站在原地不动了。

他又冲动了。

本来在房间里闷了一天，觉得自己想明白了，也想好了，打算心平气和地和柏淮聊一聊，哄好他。

可是忍不住，还是发了脾气。

他脾气向来不好，但在旁人面前，往往显得冷厉不好惹，不会像个暴躁易怒的毛头小子，偏偏每次到了柏淮面前，就会显得无理取闹起来。

他也说不出为什么，就是觉得有点儿委屈，觉得他们之间的情分，不至于为了这么点儿事，就要躲起来。

他是生气的，但这份生气，不是因为怪柏淮，具体是因为什么，又说不上来。

所以，柏淮这么一笑，一挠，他就觉得有点儿不好意思，挥手打了一下柏淮手腕："别摸我头。"

柏淮顺势收回手，端住碗："晚饭要一起吃吗？刘姨做了一桌子菜，我一个人吃不完。"

简松意不屑："我看上去像是那种缺口饭吃的人？"

"但我缺个人陪。"

"……"

简松意扒拉开柏淮，径直进门换鞋，走向餐桌。

这人装什么可怜，害得自己都不好意思再生气了。

两个人面对面坐着，简简单单的家常菜，两碗白饭。

日暮将坠，努力地把自己最后的金光，透过落地窗，送给屋里的两个小孩儿，然后才换上静谧的秋夜，让餐厅亮起暖烘烘的蛋黄灯光。

一个挑挑拣拣，吃得磨磨蹭蹭；一个规规矩矩，恪守着礼仪，偶尔伸出筷子，把一两根误入某人碗里的芹菜和胡萝卜抓回来。

柏淮不贪口腹之欲，七分饱后就放下筷子，拿起一个瓷碗，打开紫砂罐的盖，一勺一勺盛着汤，盛完还剔了一大块鸡腿肉放进去，再把碗放到简松意跟前。

简松意挑眉："喂猪呢？"

柏淮从容作答："你这种重量的猪送去屠宰场都没人收。"

简松意无言以对。

"你说你一米八三的个子，连一百三十斤都没有，怎么长的？"

"我又不是不吃饭，我吃的明明不比你少，胃不好，我能怎么办？"简松意说着就打算把汤倒进碗里，泡饭吃。

"我不是帮你养着了吗？"柏淮拍了一下简松意跃跃欲试的手，"米饭吃完了再喝汤。"

"你真该当医生，儿科的一把好手。"

"也是，毕竟有十几年照顾智障儿童的履历，也算年少有为。"

简松意气饱了。

柏淮抬眼，看他敛着气的样子，轻笑："还生气呢？"

简松意不搭理他。

柏淮夹了块鱼肉，慢条斯理剔着刺儿："别气了，我今天躲着你，不是嫌弃你，是怕你觉得别扭，以为你觉得不舒服，想着避避嫌。"

"哦。"简松意拿筷子戳了两下饭。

"不介意？"

"我又不是开不起玩笑的人。而且你也知道的，我是易感者，没办法，所以别人如果真觉得……说不定还省事儿了。"

"你就这么不喜欢当易感者？"柏淮低头仔细挑着鱼刺，语气轻淡，仿佛再事不关己不过。

简松意漫不经心地戳着米饭："其实还是因为不能接受被标记，被标记了感觉就好像成了支配者的所有物一样，我这么牛，哪个支配者配？"

"还挺自恋。"

"这叫充分合理的自我认知。"

"那简松意，你有没有想过另一种可能？"柏淮把鱼肉放进简松意碗里，双手撑着桌子，看向他。

简松意嚼着鱼肉，抬起眼，不明所以，含混道："嗯？"

"就是我凑合收养一个大龄幼稚儿童，当日行一善。"

"喀喀喀——"

简松意一口噎住，呛得脸通红。

柏淮浅笑着递过去一杯水："吓成这样？"

简松意狠狠灌了一口，好半天才顺过气儿："你想什么呢？像我妈说的，我俩从小一起长大，我坑谁也不能坑你啊。而且你不是有喜欢的人了吗？你这牺牲未免太大。"

"不是你想的那种喜欢。不过确实是很重要的人。只不过，对方好像不怎么喜欢我。"

"嗯？"简松意不高兴了，"她是不是瞎？"

柏淮打量了简松意一眼："也不瞎，就是不太聪明，脾气也不好，难哄。"

"那你喜欢她什么呀？"

"鬼迷了心窍呗。"

"啧。"简松意咂嘴，"没想到我们柏哥这种顶级支配者居然也有吃瘪的时候啊，这易感者够有排面啊。是易感者吧？"

"是。"

"那还不简单，哄着她，对她好，给星星，给月亮，再拿出你顶级支配者的魅力，最后让她欲罢不能。虽然听上去土了一点儿，但现在易感者都吃这套路，只要你又帅又苏①，对方早晚会被你拿下的。"

柏淮眯了眯眸子："你确定？"

"确定啊！小柏你放心大胆地去做，要是失败了，小简拼了这张帅脸也帮你搞定，行不？"

简松意心里清楚，柏淮不会做这种事，他这么说是因为想不出来一个易感者会有什么理由不喜欢柏淮。

天仙吗，连柏淮都看不上？钥匙十元三把，她配吗？

不存在，肯定是傲娇而已。

柏淮这人就是太君子，别人害个羞，就能当成是拒绝，所以必须得让他主动一点儿。

简松意想到这儿，觉得自己特别够哥们儿，分外自豪。

而柏淮默默地把简松意这段话一字不落地记下来了。

只可惜没录音，不然以后有人翻脸不认账，还有证据。

柏淮想着，忍不住轻笑："我一直认为我们松哥是个纯爷们儿。"

"那必须。"

"纯爷们儿肯定会为自己说过的每一句话负责。"

"那肯定。"

---

① 指人的举止或外貌非常完美，极有魅力，像玛丽苏小说中的主角。

"行，我记住了，我回头琢磨琢磨你说的套路。"

简松意喝了一口汤，满意地点点头："孺子可教也。正好我还给你订了一个翻糖蛋糕。"

"我不爱吃。"

"我知道你不爱吃，我也不爱吃，就是买来许愿的，用生日蜡烛做见证，我们柏哥一定会早日得偿所愿。"

"行，借你吉言。"

灯光熄灭，屋外黑夜沉沉，袭入房间。

烛火亮起，映照出少年好看的眉眼，连有些冷淡的那粒泪痣，也温暖起来。

闭上眼，许愿。

暖黄色的烛火熄灭的那一刻，迎来了柏淮真正的十八岁。

即使很多年后，柏淮也依然觉得，十八岁那年，是他人生里最好的一年。

虽然往后的日子越来越好，身边的人也越来越好，却始终都不如记忆里的那一年来得惊艳。

陪伴，友情，梦想，人生温暖而富有希望的一切，都随着那个带着光亮走进黑夜的人，来到了他的身边，救他于漫漫孤冷的荒原。

然而绝大部分人的十八岁，都没有想象中和记忆中那么温柔又惊艳，从容又跌宕。

大部分人都过得兵荒马乱，因为这个年纪，代表着高考。

而高考，代表着没完没了的题册和考试。

以及开始早秃的头顶和后退的发际线。

周一一大早，老白就站上讲台，捋着自己地方支援中央的发型，端出每次宣布噩耗前的那种憨笑："嘿嘿，同学们啊，老规矩，一个好消息，一个坏消息，你们先听哪个？"

"坏消息。"众人异口同声，无精打采。

"坏消息就是，我们28、29号两天，要进行月考，这次月考和上次联考一样，还是模拟高考，我们五个班也要拉通，随机打乱，重新排考场。月考成绩也和联考一样，会记入平时成绩，作为自招和校推的重要参考指标，所以希望同学们重视起来。"

"哦……"

习惯了，不算坏。

"那么接下来，我们就说好消息。好消息就是 30 号，将要举行全校运动会。考虑到大家的高三生活十分枯燥，为了让你们劳逸结合，有利于身心健康，学校决定，考完试第二天，全体高三学生也可以参加运动会，大家去体育委员处，踊跃报名！"

"啊……"

这分明是一个不算坏的坏消息和一个很坏的坏消息。

老白连忙补充："运动会结束后，就是万众瞩目的国庆假期，足足三天！"

"呼……"

居然有三天，不错。

老白痛心疾首："你们年纪轻轻的，怎么这么死气沉沉？朝气呢？阳光呢？活力呢？"

众人一脸呆滞，低头刷起物理、化学、生物、数学试卷，并无人回应。

老白捂着心脏走了。

老白一走，教室里就热闹起来，传来低低的窃窃私语。

虽然低，但吐字清晰，摆明了就是巴不得八卦群众一个不落。

连角落里的简松意他们几个都听到了。

"听说了吗，五班有个人，昨天大半夜的，电脑突然自动开机，然后滚屏播放一排大字——'你被看见了'，鲜红鲜红的，贼吓人。"

"真的假的？吹的吧。"

"真的啊，他说尿都给吓出来了，刚反应过来，准备叫人，结果电脑又好了，他妈以为他是大半夜偷偷起来打游戏，把他给揍了一顿。"

"为什么明明是个恐怖故事开头，我却如此想笑。"

"好像还不止一个，三班也有一个。"

251

"对对对，高二体育部部长，就我之前那小学弟，也在说，我本来以为他说着玩儿的，没想到是真的，这还是个集体灵异事件啊？"

"这也太吓人了吧。"

"有什么吓人的，肯定是电脑被黑了。"

"当事人和你看法一致，但是他自己也是搞信息竞赛的，翻了半天，没发现有病毒，也没发现信息被窃取，连硬盘浏览痕迹都没有，你说这是黑客，公安局都不认啊。毕竟这黑客图什么啊，就图吓人好玩儿？"

"得罪谁了呗。"

"能得罪谁啊？"

"谁知道呢。"

简松意被迫吃了个瓜，兴味索然，拿出一本《诗词鉴赏大全》，轻哂道："谁这么无聊，还吓唬人？违反网络安全法了知不知道？"

徐嘉行刚准备开口，就被柏淮一个淡淡的眼神堵了回去。

柏淮神色自然，看了一眼简松意拿出来的书，抽过来，翻了几页："这个不好用，答案不规范，按阅卷标准是给不了分的，你别看了。"

简松意果然被转移了注意力："不好用吗？我花了好几十元呢，我就看这本封面最漂亮。"

你家买教辅书是看封面漂亮不漂亮吗？

"下次买语文类的教辅书，我陪你一起去，你先看我这儿的资料，我自己整理的。"柏淮说着掏出一沓装订好的 A4 纸，一看就饱含学霸的气息。

简松意勉为其难收下，顺便在柏淮的卷子上画了几笔："喏，看明白没？"

柏淮点头："可以，你这辅助线画得灵性，和佛祖背后的金光有一拼。"

"画得丑怎么了？丑归丑，实用啊。我这辅助线起码值十五分。"

"行吧。"

俞子国在一旁抠着小手："那个，两位大哥，这个资料你们不用的时候，可不可以借给我呀？就借一个晚上，很快就还。"

高中复印学霸整理好的笔记和资料是常有的事。

柏淮觉得之前俞子国莫名其妙替自己背了一锅，也不容易，于是点头："没事儿，你拿去吧，其他科有需要的也可以问我，我这儿还有几份理综的基础知识点梳理。"

俞子国受宠若惊："谢谢柏哥！"

然后又埋头开始认认真真地修订错题。

虽然这次没谁怪他，但俞子国自己心里还是特别愧疚，所以暗自下定决心，要从双学霸的粉丝转成双学霸的忠实粉丝，以后谁说他们坏话，他就骂谁，而第一步，就是把成绩提起来，不丢学霸哥哥的脸。

所以就先定个年级倒数第二的激进目标吧！

而简松意看着柏淮整理的笔记，不得不承认，这个人比自己更有学霸的气质。

简松意学习好，更多靠的是灵气和天赋，很多东西他一看就懂，有时候还会觉得这种一看就知道答案的题，怎么有人不会做？

感觉大于分析，所以他不是一个好老师。

然而柏淮不是。

简松意相信柏淮不可能不如自己聪明，不然也不会只用两三个月就能把理综学到全市前列的水平。

但是柏淮比他细致，比他较真，很多问题，柏淮一看也可以知道答案，但会思考为什么是这个答案。

一步一步，要全都严丝合缝地扣上，才算罢休。

哪怕是语文主观题，也是这样。

简松意之前以为柏淮语文比自己好，是因为他比自己感性，直到看到了他的笔记，才明白这个人是真的理性到了骨子里。

每一个字，每一个推断，都务必追求最完美的结论，容不下一点儿差错，哪怕是一点儿随机可能带来的误差。

这么小心翼翼，慎重缜密，如果面对其他事情也这样，不累吗？

而且生活里很多事，正确的过程未必就会有正确的结论。

简松意觉得柏淮迟早会因为这个性格，走一段儿弯路。

虽然这么腹诽着柏淮，但是一天的笔记看下来，简松意觉得自己的诗词鉴赏水平得到了"原地飞升"，忍不住想奖励一下小柏同学，赏他和自己共进奶茶。

结果柏淮先背着书包起身了："我今天晚上约了人，你自己先回去吧。"

简松意："你背着我在外面有人了？"

柏淮轻哂："你再多说几句，明天谣言就能传我扯结婚证了，你信不信？"

简松意闭嘴。

柏渣男笑了笑，扔下可怜的小简一个人，出了教室，往学校后门走去。

学校后门的爬山虎已经枯萎，几株老树也都开始落着残叶，路灯失修，只有后门外老街的灯光透进来，模模糊糊地勾出一个匿于枝叶里的人影。

那人见柏淮来了，低声道："你要怎样？"

柏淮缓缓踱步过去，站定，慢条斯理地摘下自己的金丝眼镜，叠好，低着头，唇角勾出一抹冷嘲。

"我记得我说过，简松意是个好人，而我不是。"

38

皇甫轶怕简松意，是因为这人刺儿，倔，狠，嚣张得不留情面。

皇甫轶怕柏淮，则是单纯源于支配者和支配者之间外激素的碾压。

这是写进基因里的弱肉强食，凭皇甫轶的韧性和骨气，他克服不了。

皇甫轶咽了下口水，语气无奈又急于解释："你是说过，可是我最近也没找事儿啊。监控还在你手里，我有毛病才没事找事。就算我真的要找事儿，也得等我拿到录取通知离校了再说，你说是不是这个道理？"

柏淮垂首，摆弄着眼镜，缓缓点头："你说的有点儿道理。只是不太巧……"

他抬头，看了皇甫轶一眼，笑得很礼貌："只是不太巧，有那么几个人，似乎和你关系都还不错。"

"哪几个人？"皇甫轶蒙了一下，然后突然想起什么，有些惊诧地睁大眼睛，"那黑客是你？"

柏淮挑起唇角，语气散漫："没证据的话，可别乱说，祸从口出这个道理，我以为你懂了。"

皇甫轶哑然，他知道柏淮在说什么，但也真的有点儿委屈。

"这事儿真和我没关系，那几个人，有两个是那天一起打篮球的，有两个是学校篮球队的。之前随口聊过几句，说打架的时候简松意对支配者外激素的反应怎么和易感者有点儿像，该不会其实是个易感者……"

皇甫轶说着，也觉得十分荒唐。

当时他们的确是觉得简松意对支配者的外激素的反应不太对劲，也的确是隐隐约约闻到了一点儿模糊的花香，所以才开始释放外激素，想看看能不能把简松意压下去，把面子挣回来。

结果还是被简松意撂翻了。

但最后是柏淮出现，用外激素强制碾压，才结束了混战，所以简松意到底是个什么情况，他们有点儿存疑。

加上简松意迟迟没分化，那之后又突然请假一天，军训还换了房间，脑补一下，又觉得这个推论好像真的还挺符合逻辑。

唯一不符合的就是简松意太强了。

不可能有哪个易感者会这么强，能顶着一群支配者的外激素撂翻支配者，还能在军训各项考核成绩里，不是第一就是第二，所以大家也只是怀疑，没谁敢问，顶多就是匿名在贴吧瞎说几句。

但是柏淮这个反应……怎么好像是来封口的？该不会……

皇甫轶正想着，柏淮就轻嗤一声，极尽嘲讽："谁和你说这个了？你们说简松意是易感者，说出去也得有人信才行。这种明摆着的事儿，我觉得我还没有管的必要，毕竟大家都不瞎不傻。"

他这话通篇没有直接明确地否认简松意是个易感者，但给皇甫轶的感觉却是，在柏淮心里，简松意确确实实不是个易感者，所以对这种说

255

法嗤之以鼻，好笑得都懒得搭理。

皇甫轶心里那点儿荒唐的猜测彻底没了，也略微侥幸地松了口气，毕竟被支配者撂翻还说得过去，如果真的是被易感者撂翻，可就太丢人了。

他揉了揉鼻子："那你找我是为了什么事？"

柏淮抬起眼皮，他眼皮薄，眸色浅，每次缓缓抬起来直视人的时候，就有种漫不经心的威慑力，皇甫轶打了个寒战。

柏淮轻飘飘地道："是要我把那几个帖子一字一句读出来？比如我们狼狈为奸，又比如我平时装高冷，恶心不恶心……都读出来，你才明白？"

他声音清冷，语调平缓，说出这种词汇的时候就格外讽刺，让人不安。

皇甫轶不玩贴吧，但是大概也听说了都有些什么污言秽语，想到那几个人确实是自己的狐朋狗友，源头也是自己，忙说道："这事确实是他们嘴巴不干净，柏哥你说怎么处理就怎么处理。"

"这事儿呢，说大也不大，但是说小……简松意的脾气你也是知道的，你什么时候见他眼里容下过沙子？而且更不巧的是，只要他容不下的沙子，我就更容不下，你说这该怎么办呢？"

柏淮说完拍了拍皇甫轶的肩，笑容温和浅淡。

而下一秒，皇甫轶就跪了下去。

雪后松林的味道，一瞬间仿佛隆冬铺天盖地席卷而来的暴风雪，直接把威士忌的味道冲击得狼狈不堪，微不可闻。

皇甫轶匍匐在地上，大口大口喘着气，整个人被强大的外激素摁在地上，连头都抬不起来，剧痛难忍。

这是柏淮第三次压制他，而每一次，都是因为简松意。

皇甫轶知道自己惹不起这两座煞神，只能忍着难受，断断续续说道："其他……其他的我不敢保证，但是我只能说，我和我的朋友，以后绝对不会说半句不利于你和简松意的话。我处分还背在身上呢，监控还在你手里，你完全可以信我，把这事交给我。"

风雪终于敛了回去。

柏淮重新戴上金丝眼镜，理了理袖口："行。还有……"

"今天的事儿，我也一个字都不会说出去。"

柏淮点点头，转身走了。

他相信皇甫轶会说到做到，这个人马上就能去国外顶尖的商科学院，前途不错，和简松意顶多也就是互相看不顺眼，意气之争，犯不着搭上自己的前程。

而且这人人脉不错，高中部最爱惹事的那群人，和他都算得上热络，柏淮就是看中这一点，所以才找到他，想利用他把那些怀疑简松意是易感者的猜测扼杀在摇篮里。

毕竟如果柏淮一个一个找上门，太麻烦，而且欲盖弥彰。

尤其五班那个从一中升上来的篮球队的，初中时就因为一些事和柏淮关系不太好，如果是他出面，反倒徒惹麻烦。

所以，吓一吓铁牛同学，可以事半功倍。

还好，铁牛同学，人如其名。

柏淮思忖着，不知不觉已经走到学校前门，拿出手机，刚准备叫车，却突然被远光灯闪了两下。

他眯着眼睛，抬起头，看见街对面简松意正搭着书包，站在车边，一脸不耐烦："看什么看，就等你呢，还不快点儿，磨蹭死了。"

这脾气，怎么就这么臭。

柏淮无奈地笑了一下，走过去，和简松意一起坐上后座。

简松意也没有问他去了哪儿，去见了谁，说了些什么，做了些什么，好像对于这一切都漠不关心。

只是下车的时候，他跟着柏淮一起走进了柏家的门。

柏淮挑眉看他。

他懒洋洋地打了个呵欠："好几天没有对抗训练了，今天练练吧，加到百分之八十行不行？"

柏淮一直以为过于骄傲的人，都会过刚易折。

但简松意不是。

257

简松意的骄傲，化为了他骨子里的一股韧性，怎么压也压不断，怎么压都还会再直起来，然后扬着下巴，睨着眉眼，笑得痞气嚣张，不可一世。

短短半个月，就能从对抗百分之四十外激素的强度，提升到了百分之八十。

因为他从来不给自己适应的过程，往往是刚突破一个关卡，就立马顶着压力往前攻克。

哪怕疼得面色惨白，哪怕疼得汗水浸湿衣物，哪怕训练完后，浑身酸软，几乎无法直立，连说话都打战。

却没有缓一秒。

只有前进，没有停歇。

骨子里的那股劲儿，是对命运无止无尽的挑衅。

每天晚上都训练到十二点，体力已然透支，却因为不适应和疼痛，到凌晨三点多才能勉勉强强睡去。

然而一到白天，又恢复懒散矜贵的少爷模样，看上去懒洋洋又漫不经心，但该学的东西、该做的题，认认真真，一样没落下。

他聪明，但也不是举世无双的天降奇才，他为人艳羡的那些品质，都是他努力得来的，并不是真的天天睡觉就成了年级最高分。

有时候柏淮看着心疼，找借口想让他休息休息，暂停训练，却每次都被简松意不动声色地驳回。

他理解简松意，但总觉得简松意好像有些急，甚至比刚刚分化的时候还要急，好像突然发生了什么事，让他急不可耐地想要蜕变成一个可以不被支配者外激素压制的易感者。

柏淮沉着眉眼，收起外激素，想伸手扶住刚完成训练还有些摇摇晃晃的简松意，但扶的那一下，居然落空了。

太瘦了，比他想象中的还要瘦，以至于校服太空，他没有找准简松意胳膊的位置。

简松意却没注意到，只是大大咧咧地把他推开，轻轻"嘶"了一声："百分之八十有点儿强啊，我这虽然站起来了，但半条命都没了，

258

和没站起来有什么区别？我觉得这一截儿，我起码还要练两三个月。"

"够了。"柏淮不动声色地收回手，拨了拨他被汗水浸湿的额发，"打一般的支配者够了，吃不了太多亏。"

简松意撇了一下嘴："连你都打不过，算什么男人？"

说完转身下楼。

正好吹过一阵穿堂风，校服兜了起来。

柏淮从后面看着，觉得小竹竿儿人都要被吹飞了，便跟上去扯了扯他空荡荡的校服："再瘦下去，校服里面都能藏人了。"

简松意拍掉他的手："你就是嫉妒我身材好。"

柏淮眯了眯眼睛："是吗？我还以为你嫉妒我的腹肌来着。"

简松意也有腹肌，精瘦干练，就是太瘦了，看着不如柏淮的那么结实和有安全感。

不得不说，从一个想当支配者的易感者的角度来说，他的确有些嫉妒柏淮的身材。

穿衣显瘦，脱衣有肉，看上去就很有安全感。

自己堂堂一校霸，被放到他跟前，竟然显得像根小竹竿儿。

简松意不满地嘟囔道："不就是比我高五公分，比我重十几斤嘛，有什么了不起的。我妈说男孩子到了二十岁都还能窜一窜，我还没成年呢，过两年我肯定就比你高了。"

柏淮轻笑："你觉不觉得这话有些耳熟？"

简松意："嗯？"

两人刚好走到门口，柏淮先出门，走了几步，往右一拐，停在被一棵古槐树掩映住的外墙前，敲了敲："喏，自己过来看。"

简松意凑过去一看，顿时不好意思起来。

墙面上歪歪扭扭画满了杠子，从小豆丁的高度，一直到了一米七几。

大致分成两排，右边的那排，每一道都比左边的高上一些，然后这个差距在十二三岁的时候被突然拉大了十公分，好在现在又缩回来了点儿。

柏淮指了指最下面那两道："你这话，从你这么丁点儿高的时候就开始说了，这么多年过去，你脸疼不疼？"

简松意震怒，一拳过去想要柏狗老命，却被柏狗接住拳头，往回一带，带到自己跟前："所以，你能不能好好吃饭？多吃点儿，不然你可能就要比我矮一辈子了。"

"你……"

不等简松意说完，柏淮就不知从哪里掏出一盒牛奶，塞进他校服兜里："你妈说得对，男孩子二十岁之前还能长，所以多喝牛奶多睡觉，才能比我高。"

哄小孩儿呢？

"今天没事儿了就快回去休息，不然明天月考考不过我，到时候又生气要我哄，羞不羞？"

简松意不屑地冷笑一声："呵，你就等着看我怎么碾压全场吧。"

他收回手，放回校服兜里，指尖一下就触碰到了牛奶的纸质包装。

还是温热的。

不是一直在一起训练吗，什么时候热的牛奶，怎么自己都没发现？

柏淮真该去当儿科医生。

简松意这么想着，酷酷地转过身，往家里走去。

刚走几步，身后突然传来一道低沉温柔的声音，说的话有点没头没脑："如果太累的话，其实可以歇歇，不用着急，我还在呢。"

"哦。"

简松意听明白了，敷衍地应了一声，心跳也跟着漏了一拍。

没有多的言语，也没有停下脚步，背影肩膀的线条却自然而然地松弛地沉了下去。

是着急了些，简松意知道。

但他也知道，柏淮这么冷淡的人，会为了几个帖子就去找皇甫轶，背着他偷偷摸摸地不那么君子了一次，就是怕他易感者的身份猝不及防地被戳穿，会让那些和他有过节的支配者动歪主意。

当然，也是为了守护他的骄傲和自尊。

所以，简松意莫名地就想早一点儿变得更强一些。

他知道某人厉害，可就是因为某人厉害，所以才更想要早一点儿变得和他一样厉害，这样，才能像他对自己好一样，对他好，最起码，真遇到什么事，总不至于拖了某人后腿。

然而尽管如此，听到那句"我还在呢"的时候，心里还是被戳了一下，柔软得忘了跳动，活生生漏了一拍。

柏淮有时候是真的温柔。

如果不是见过柏淮对待别人有多冷，他甚至要怀疑柏淮一直都是这么温柔的一个人了。

好像……俞子国说得没错，柏淮只有对着自己的时候，才不那么面瘫脸。

简松意想到这儿，突然停住，转过身，看着站在老槐树下目送着他回家的柏淮，开口道："明天月考，要不要再打一次赌？"

柏淮挑眉："又赌谁叫哥哥？"

"滚。"简松意恼羞成怒，"有完没完了，你想打架是不是？"

柏淮轻笑。

简松意懒得搭理他，白了他一眼，继续说道："如果这次我考了年级最高分，你就得老老实实回答我一个问题。"

"什么问题？"

"到时候再问。你就先说你答应不答应吧？"

"好。"

第八章

愿赌服输

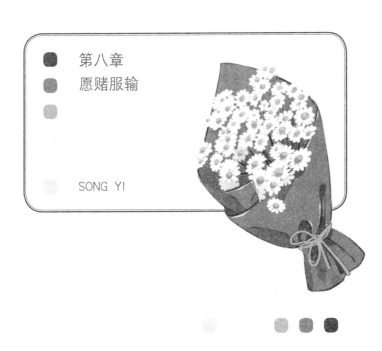

SONG YI

39

月考座位是一到五班所有名单拉通，随机排列。

柏淮留守一班，简松意被分去了五班。

考试的时候抽屉要被清空，身上不能带任何电子产品，手机装进书包里，书包放在教室后排的铁皮柜上。

然后才拿着文具袋，去各自的考场。

简松意晃到五班，按照准考证号找到位置，第二组最后一排。

他到得比较晚，到的时候，他的前排正拉着旁边那个人低声絮叨着什么，一个压着急色，一个唯唯诺诺。

前排的那个人，简松意觉得面熟，好像以前一起打过几次篮球，但他不爱记人名，到现在都以为皇甫轶真的叫皇甫铁牛，就更别说这种没什么存在感的路人甲了。

他懒得管闲事，打了个呵欠，趴在桌子上补觉，等着发卷子。

卷子一发下来，简松意就乐了。

这次诗词鉴赏和阅读理解都出得中规中矩，很好套模板，尤其是诗词鉴赏，简直像是长在了柏淮给的那份资料上一样，简松意第一次做语文做出了数理化一般的流畅感。

只要语文拿下，江山回归。

简松意心情愉悦，连带着下午考数学的时候，手感也很好。

除了前排那个憨憨总是时不时弄出点儿动静，经常把东西弄到地上，还会碰到他的桌子以外，总体来说考试体验还不错。

一般情况下，简松意觉得自己考得很好的时候，都会在柏淮面前开个屏，顺便挤对几句，搞一下柏淮的心态，但是这次不知道为什么，考完试回到教室后，有点儿没精神。

懒恹恹，软绵绵，不想说话。

晚自习趴在桌子上睡了整整两个小时，放学的时候还是觉得困倦无力，一路上一句话也没和柏淮说。

柏淮伸手碰了碰他额头。

温度正常。

柏淮问道："考试考瘫了？"

简松意白了他一眼："你才考瘫了。你看见我背后的翅膀没？那是我考飞起来的象征。"

柏淮煞有介事地点点头："看见了，俩小短翅膀，胖嘟嘟的，就是蔫不拉几，看着要坠机。"

"谁蔫了，我就是困。"简松意说着又打了个呵欠，然后蹙了蹙眉，"你昨天给我的牛奶是不是下毒了？我怎么觉得哪儿哪儿都不舒服呢。你这种恶意竞争的手段，要不得。"

柏淮想到什么，算了一下，又觉得时间不对，也就没说，只是提了一句："你就是没休息好，今天不训练了，你回去早点睡。"

"哦。"

反正不差这一天，简松意也没逞能。

只是，睡了一觉后，症状依然没得到缓解，但是为了不让柏淮担心，简松意还是强打起精神，装出没事的样子，直接去了考场。

看到理综卷子的时候，才勉强精神起来。

数理化组长不知道同时抽了什么风，题出得极度变态，尤其是物理，每一个题型的最后一道题都是竞赛范畴的。

简松意随便扫了一眼，就知道这次年级最高分稳了。

柏淮这个小垃圾，是时候让他见识哥哥真正的实力了。

可能因为题实在变态，考场氛围有些焦躁，在草稿纸上"唰唰唰"的声音、唉声叹气的声音、咬牙切齿的声音、转笔的摔笔的声音、桌椅碰撞的声音……

各种声音杂糅在一起，无限放大，吵得简松意头疼。

他眉眼不高兴地耷着，捏着2B铅笔的手指有些轻飘飘。

终于，当前排那个憨憨第四次把笔摔在地上，捡起来，椅背碰到简松意的桌子，发出咣啷咣啷的声音，并且让简松意的机读卡被迫涂歪了一笔的时候，简松意把笔往桌上一拍，往后一靠，懒洋洋地问道："同学，能低调点吗？"

声音不大，监考老师却立马警觉地抬起头："简松意，怎么回事？"

"问他。"简松意不耐烦掺和这些破事儿，扔出两个字，便继续写卷子，懒得搭理。

前排的憨憨却紧张得忘记呼吸，攥着纸团不知道该往哪儿藏。

监考老师走过来，在他们几个身上来回扫了一圈，多年的职业素养让他立马做出了判断，屈指在简松意前排那个人桌子上叩了两下："李停，跟我出来。"

那个叫李停的男生知道自己被人赃俱获了，只能站起身，跟着监考老师出去了。

临出门的时候，他回头恶狠狠地瞪了简松意的背影一眼。

他的处罚结果是取消此次月考成绩。

自主招生会参考平时成绩，而这个成绩的依据，一共就是两次月考、一次期中考、一次期末考。

直接取消一次月考成绩，意味着他的自招全然没了指望。

本来是想作个弊，争取一个本省的985自招名额，但现在别说985，连省内最差的211都不会收他的自荐表。

李停又怨又气，偏偏理亏，无话可说，加上皇甫轶的前车之鉴，知道自己惹不起简松意，只能把怨气憋回去，索性下午的英语也直接弃考。

没了前排咣咣咣的动静，简松意考英语的时候没那么烦躁了，只是还是没力气，好几次涂机读卡的时候，差点儿涂歪。

简松意放下笔，捏了捏眉心，想缓一缓。

却在一瞬间绷紧了身子。

捏眉心的那一刻，手腕靠近鼻尖，他闻到了一缕微不可察的玫瑰花香。

他平时能很好地控制自己外激素的味道，如果外激素在他无意识的情况下泄漏出来了，那就只能是一个原因。

——不适期来了。

简松意警觉地打量了一下四周，发现没人有反应，想起来自己今天早上习惯性地喷过阻隔剂，现在刚开始发作，外激素浓度很低，应该还没被人发现。

只是他懒，每次喷就是随手喷花露水儿一样地喷一下，能阻隔多久，可就不知道了。

简松意刚想抱有侥幸心理，一股热流突然就席卷了全身，他战栗了一下。

又来了，这该死的熟悉的感觉又来了。

而他的第一反应竟然是想要柏淮的外激素。

他晃了晃脑袋，把那个可怕的没出息的想法晃了出去，然后握着笔，用前所未有的速度写着题。

还好英语基本都是选择题，写起来不费时间。

简松意不分析，也不看语法，甚至不仔细看题，草草地一目十行，然后靠语感选一个答案，到了作文的时候更是直接凭着感觉，龙飞凤舞写满一百二十个单词，然后"啪"的一声放下笔，提前交卷，冲出教室，转身进了厕所。

五班教室没有其他优点，就是离厕所近。

而一班教室则在走廊最那头。

简松意把自己关在隔间里，背抵着浅蓝色的隔板，俯着身子，喘着气。

他后面几乎都是随缘答题法，只拼速度，这会儿距离真正的交卷时间还有将近一个小时。

而抑制剂和阻隔剂还有手机都在书包里，考试结束之前，他不能回去拿。

感觉越来越明显，热流浑身上下乱窜，骨子里透出酸软酥麻，身体干渴焦躁，他努力克制，收敛外激素的味道，然而潜意识里却越来越想念那份清冷温柔的雪意的安抚。

他渴望柏淮的外激素，在某一瞬间，甚至超过了理性上对抑制剂的需求。

不过很快，还是理性重新占了上风。

可是真的难受。

简松意总算明白了为什么易感者很难成为高位者，因为不适期这个体质，实在是太拖后腿了。

基因，真的是最公平又最不公平的东西。

简松意双手搁上膝盖，俯身撑着腿，浅蓝色的校服裤子被抓出深深的褶皱，指节泛着青白，牙齿咬着唇，唇角隐约渗出了血珠。

疼痛和意志力让他强撑着保持清醒，不至于被激素和欲望左右，也避免外激素散发出去，引起骚乱。

其他的他什么都做不了，只能祈祷时间过快一点儿，祈祷自己运气好一点儿，能撑过考试时间，不被人发现。

这次柏淮大概是帮不了他了。

也好，自己不能太依赖柏淮。

柏淮总会有他自己的人生，无论他这次回南城是不是因为自己以为的那个理由，他迟早还会再走，所以自己不能真把他的好当作理所当然，也不能真的把他当成抑制剂用。

不然就全都乱套了。

简松意胡思乱想着，时间缓慢地流淌。

他热得发躁，源于身体深处的渴望随着温度的上升，被催化得越来越强烈，他几乎快站不稳了，靠着隔板，才没有滑落在地。

简松意拉开校服，扯着 T 恤领口，即使看不见，他也知道自己现在脸肯定红透了。

他想出去用冷水洗洗脸，却突然听见了脚步声。

这是支配者的卫生间，进来的只能是支配者。

简松意瞬间屏住呼吸，尽全力收敛外激素，并寄希望于早上草草喷了几下的市面上效果最好的阻隔剂，以及自己还算不错的运气。

然而隔间的门被叩响了："里面有人吗？"

不算熟悉的声音，带着狐疑。

简松意觉得自己这次可能运气不太好。

整个走廊，所有的教室，安静又沉闷，走廊那头的一班更是静谧得只有笔尖划过纸张沙沙的声音。

什么都没发生。

柏淮却突然停笔，眉头微蹙。

他刚才似乎是闻到了一缕很淡很淡，淡到有些像错觉的野玫瑰的香味。

是简松意外激素的味道。

可是简松意明明在五班考试，如果一班都能闻到，那在四班和三班的支配者早应该闹起来了，可是整个楼层却很安静，四周的支配者也毫无反应。

一瞬间，柏淮就确定简松意的不适期来了。

大概因为柏淮和简松意外激素的契合度远远高于常人，再加上作为一个顶级支配者，他的捕捉能力远高于普通支配者，而简松意的外激素是最能刺激自己本能反应的味道，所以即使很淡很淡，淡到几乎没有，还隔着不算近的距离，也能捕捉到。

应该是阻隔剂的作用，再加上简松意的自控力，所以其他人暂时没有察觉。

但这只是目前的情况，如果再推迟下去……

柏淮连笔帽也没盖，拿起卷子快步走向讲台："交卷。"

监考老师翻了一下，忙冲着柏淮背影喊道："交什么卷，时间还没到，你还有一面卷子没写呢。"

"太难了，不会。"

柏淮冷冷地留下一句，拎起简松意的包，就往走廊那头赶去。

40

李停觉得有点奇怪。

他似乎在支配者的卫生间里闻到了一点易感者的味道。

不算很甜，却能让支配者一瞬间就升起一种特殊的感应。

不过也真的只是一瞬间，夹杂在消毒水刺鼻的味道里，转瞬即逝，恍惚得像错觉，再仔细一闻，又闻不到了，仿佛压根儿没存在过。

李停觉得自己闻错了，毕竟这是支配者的厕所，怎么会有易感者进来，但他还是奇怪，扫了一眼，忍不住叩响唯一紧闭的隔板："里面有人吗？"

里面有简松意。

但如果不回答，反而此地无银三百两。

简松意只能稳住心神，用惯有的懒洋洋又有些不耐烦的语调说道："废话。没有人的话是有鬼？"

简松意？

李停顿时心里转过千百个念头，刚想开口说什么，突然觉得光线变暗，偏头一看，一道颀长的身影缓缓走进来，挡住了门口的自然光。

不等李停看清楚，那人就站到了他跟前，语气冷淡："麻烦让一下。"

李停眯了眯眼睛。

柏淮？

还背着个包，这是考完了？但离考试结束还有一个小时吧，怎么回事儿？

李停觉得更不对了，转着脑筋，站在原地没动。

柏淮略微不耐烦地抬了一下眉："还有七个隔间空着，你非要在这儿排队，我没意见，但是麻烦不要挡别人。"

说着，伸手把李停往旁边挡了一下，径直走进简松意旁边的隔间，带上了门。

听到柏淮声音的那一瞬间，简松意有些意外，却又没有太意外，只是突然安下心来，扯了一下唇角。

吃了定心丸，简松意语气掩饰得更加平常，有些痞气地戏谑道："可能这位同学想瞻仰一下我蹲过的坑，你理解一下，毕竟是王者的气息。"

柏淮："理解。"

两个人你一言我一语，显得李停像是一个跟踪到厕所觊觎学霸拉粑粑的变态。

他有些尴尬，但还是不甘心："你们刚才有没有闻到易感者的味道？"

简松意正在想怎么回答，柏淮先轻哂一声："哪家易感者的味道是消毒水或者厕所的味道，那也挺惨的。"

他一边说话，一边背靠着隔板，蹲下身，反手将一支阻隔剂从隔板下方递了过去。

隔板那一侧的简松意也以同样的姿势，反手接了过来，借着柏淮说话声的掩护，拧开瓶盖，把液体倒在手上，涂抹在腺体和动脉处，避免发出按压喷雾的声音，被李停听见。

他嘴上还顺便镇定自若地嘲讽道："你别问我，我没分化，我只能闻到氨气的味道。"

李停却总觉得不对。

如果真的是他闻错了倒没什么，但如果不是，那就只能说明……

心念一转之间，他释放出了诱导性的外激素。

诱导性的外激素并不会挑衅支配者，但是会诱导易感者释放出外激素回应，尤其是处于不适期的易感者，十个有九个会上钩。

严格来说，法律法规禁止支配者未经易感者同意就对其进行诱导。

然而既然没人承认这里有易感者，那李停这个行为就不算故意诱导，也不能真把他怎么样。

投机取巧，心思真没用在正道上。

柏淮察觉的第一刻就想反压回去，垂在隔板下方的手却突然被握住了。

简松意的手从缝隙里探过来，抓住他的指尖，轻轻捏了两下。

这是在告诉他，没关系，不要闹大了。

而门外，李停释放了半分钟诱导性的外激素后，见无事发生，又不甘心地使劲嗅了几下，又深又狠。

——然后，有点儿被臭到。

除此之外，什么都没有。

他狐疑地皱起眉，却又无可奈何。

只能当刚才是他自己闻岔了，再加上被厕所和消毒水的味道刺激得有点儿吃不消，火速解决完生理问题后，径直离开。

他一离开，柏淮立马拎着包从自己的隔间出来，敲了两下简松意的门。

"吧嗒"一声，锁开了，柏淮闪身进去，从里面再次锁上。

简松意刚刚抵抗住一个支配者的诱导，现在整个人都支撑不住，蹲在了地上。

柏淮移开视线，准备从包里拿出抑制剂。

简松意想想站起来，却突然腿软，眼看就要滑到地上了，柏淮连忙把包一扔，一伸手拽住他的胳膊，把他捞起来。

下一秒，门外响起了脚步声和对话声。

"现在的学生真是越来越猖狂了，居然卷子都不写完就交卷，还说太难了，不会。英语有什么不会的？以为我们体育老师就没学过英语？瞎蒙几个单词几个选项也行啊。而且那个学生听说还蝉联两次年级最高分，他不会？你说气人不气人？"

"哎呀，可能人家年级最高分拿腻了，不想要了。"

"这就是不尊重考试！谴责！"

简松意看向柏淮。

柏淮垂眸，没有看他。

听两个人的声音，应该是一考场的副监考老师和二考场的副监考老师。

柏淮觉得这两个二十几岁的支配者，居然还像女孩子手拉手一样一起上厕所，有意思没意思？

这就算了，居然还这么八卦。

其中一个"啧"了两声："这你就不懂了吧，我跟你说，我觉得肯定有情况。"

两个人说着，又聊起了其他的，摆明着不是为了上厕所而上厕所，就是觉得监考无聊，出来躲一躲，聊个天。

这样一来，两个人什么时候走，全随缘。

柏淮头疼。

而简松意虽然身体不听使唤，意识还算清醒，一边生气柏淮怎么能卷子都不写完就跑出来，一边又因为外面两位老师聊个不停而焦急。

简松意心里无声地催促着，身体却很老实地倚靠着柏淮，想要外激素。

然而外面就有两个支配者，还是老师，如果被他们发现一个厕所隔间里藏着一个提前交卷的支配者和一个不适期的易感者，那还得了。

所以，柏淮根本不敢释放外激素，又担心简松意发出动静，只能扶稳他。

简松意有点儿不好意思，想推开。

柏淮低头看着他，无声地做出口形："听话，别动。"

简松意蔫下去，不动了。

他太难受了，这次没有像上次一样及时打抑制剂，还和一个支配者待在一起，而他还没办法对这个人提起一丝防备，他那引以为豪的意志力也只能一点儿一点儿松懈下去，有些迷离。

他盯着那滴汗珠，盯久了，觉得实在碍眼，于是鬼使神差地凑上去，伸手擦掉，似乎尤嫌不够，还挠了两下。

等门外那两个一无所知的话痨终于离开，狭小的隔间里仿佛已经过了一个世纪那么漫长。

柏淮第一时间松开简松意，深深呼出一口气，退后一步，拎起包，翻找起抑制剂。

简松意被放开后，离柏淮的气息远了，身上的难受并没有得到想要的安抚，不知道柏淮在磨蹭什么，他不耐烦道："你找什么呢？"

"找你的抑制剂。"

"哦。"

273

简松意这才回神过来，恢复了点理智，想起这时候的确是应该打抑制剂才对，是自己刚才忘了，忘了还有抑制剂这回事儿，本能地在等待另一种解决方法。

他可是最有骨气的易感者，永远不接受被标记。

明明简松意已经自个儿把自个儿安排得明明白白，自己却非要当这个君子，图什么呢？

柏淮垂眸思忖，不动声色地替简松意注射完抑制剂，然后理了理他被扯得狼狈的衣衫，低声道："最后一次了。"

没头没脑的一句。

堪堪恢复理智的简松意茫然地抬起头："什么最后一次？"

柏淮帮他把拉链拉到最顶端，立起来的校服领子挡住他小半个下巴，显得他茫然的眼神呆得可爱。

仿佛刚才那个磨人精不是他一样。

但是柏淮心里可把这账给他记得清清楚楚，拍了拍他的脑袋："事不过三。"

41

"什么事不过三？"

简松意蒙了，然后反应过来，肯定是每次自己不适期柏淮都要帮自己擦屁股，他烦了。

他声音低了下去，苍白地辩解道："我第一次当易感者，没经验……"

"等于我是第二次当支配者？"

柏淮把瓶瓶罐罐还有针管那些东西收好，放进背包最底层内侧，拉好拉链，调侃似的瞟了简松意一眼。

简松意继续苍白地辩解："我以为自己是支配者，所以生理卫生课就没好好上……"

说到这个，柏淮对易感者的了解确实比简松意多，毕竟在初一的时候，他还在很认真地听着易感者的生理卫生课。

想到这一点，简松意突然贱兮兮地问了一句："小柏同学，当年你以为自己是一个易感者的时候，有没有过一些做'贤夫'的幻想？"

柏淮睨着他："莫非你现在得知自己是个易感者后，想做一个'贤夫'了？"

简松意："你这是性别歧视，我瞧不起你。"

不讲道理。

柏淮并不打算和简松意讲道理，看他状态恢复得差不多了，背起包就往外走。

出门的时候，学校广播正好响起"离考试结束还有 15 分钟"。

简松意突然快走几步，挡在柏淮跟前："差点忘了，还有账没跟你算呢。你说说你为什么要交白卷？"

看上去有点生气。

柏淮勾了勾背包带子："没交白卷，就是最后的单词填空和作文没来得及做。你做完了？"

"从阅读理解开始就随便瞎写的。"

柏淮点点头："那我们半斤八两。这次大概会让杨岳捡个便宜。"

"那倒也不至于。"简松意十分自信，"这次理综难，我估计我分数能领先一个大断层，不差英语那点儿，不过你就不好说了。"

柏淮谦虚："我理综也还考得马马虎虎，凑合。"

"不会掉出前三吧？一次不进年级前三，华清的校推名额可就没希望了。"

"应该不至于掉出前三。不过就算我每次考试都是年级最高分，也拿不到华清的校推名额，所以不影响。"

简松意警觉地问道："你是不是有什么瞒着我？"

柏淮笑了一下："没什么，以后你会知道的。我就是想告诉你，这次月考对我不重要，所以你不要有心理负担。"

"怎么会不重要？怎么可能没有心理负担？"

"也对，我们还打着赌呢，那还是挺重要。"柏淮明显不打算就这个话题说下去。

简松意却不想和他打哈哈，罕有地认真又冷静："你别打岔，我说正经的，无论这次有没有影响，你都得答应我以后不能再这样。不要为了我的事，影响你自己的事。"

顿了顿，他又道："柏淮，你知不知道，你总这样做，我真的有点儿吃不消。"

说完简松意就把下巴埋进校服领子里，转身走了，也不等柏淮的回答。

柏淮看着他的背影，缓缓垂下眼帘："行，我知道了。"

语气里听不出情绪。

秋风吹过。

简松意脸上的燥热褪去。

北楼外的银杏树，枯叶簌簌落下，像蝴蝶一样。

有一片贪恋美色的、一个劲儿地摆着自己的小翅膀，往柏淮这里飘，柏淮伸手想抓住，它却突然打了个转，换了个方向。

就绕着柏淮，兜兜转转，也不知道到底是想落下，还是不想。

柏淮有些猜不透这小叶子的心思，干脆直接稳准狠地伸出两根手指，把它夹住，揣进了兜里，然后慢吞吞地跟着简松意，并肩站在了一班外的台阶上。

两个人沉默着，一言不发，各自想着各自的心事，关于彼此。

考试结束的铃声响起，所有人一窝蜂地从教室涌出的时候，两个人才一前一后转身，逆着人流，往教室走去。

很奇怪，大家看向柏淮的眼神有些暧昧。

徐嘉行迎面走来的时候，甚至直接倒吸了一口冷气。

柏淮冷冷地看着他，示意他有话快说。

他颤颤巍巍地举起手，指向柏淮的胸口："柏……柏哥……我本来还在想，你提前交卷是为哪般，原……原来如此，嘤。"

"嘤"你个大头鬼。

简松意一阵恶寒，顺着众人视线回头一看，然后呆住了。

柏淮今天穿的是一件圆领的白色 T 恤，露出了锁骨，锁骨上正好有个红印。

颜色不算深，偏淡粉，但是柏淮皮肤白，有一点儿印子就明显得不行。

想起那个印子是被自己挠的，简松意"唰"的一下又原地变身，变成简"红"意了。

真的是……

简松意立马板着脸走过去，"唰"的一下把柏淮的校服拉链拉到最上面，还不甘心地帮他把领子立起来。

徐嘉行来来回回打量了他们两眼，神色困惑："今年流行这么穿校服？你们帅哥的时尚我有点儿看不懂。不对，这不重要，重要的是柏哥你从实招来！这个红印怎么回事！"

柏淮面不改色心不跳："上厕所，被蚊子咬的。"

徐嘉行觉得自己的智商受到了侮辱："得多大的蚊子能咬出这么大个印子？这蚊子嘴够大啊。"

"还行吧，也就这么大。"说着他伸手比画出一个和简松意手指差不多大小的长度。

徐嘉行信以为真，倒吸一口冷气："那这蚊子是真的够大的，不愧是在厕所吃屎长大的。"

简松意听不下去了，踹了他屁股一脚："滚。"

徐嘉行捂着屁股"嘤嘤嘤"滚去食堂。

人群渐散，教室里只剩下他俩。

柏淮慢条斯理拉下校服拉链，拿出手机，对着自己的锁骨自拍了一张。

简松意被他这个举动气得骂脏话："你是不是有病？"

柏淮懒洋洋地靠着椅背，拿着手机，屏幕朝简松意晃了两下："我这个人小气，一般被占了便宜，都喜欢讨回来，所以得先留下证据。"

简松意自知理亏，恼羞成怒："所以你想怎样？"

柏淮微眯着眼睛，挑唇朝他笑了一下："也不怎样，就是以牙还牙，你让我咬一口，这事儿我们就算两清了。"

简松意觉得这人就是故意找茬,很生气:"你这人怎么这么小气?难道狗咬了你,你也要咬回去?"

"汪几声听听?"

"……"

"不汪就是要做人了,做人就得知道,出来混迟早要还的。"

简松意真是恨得牙痒痒:"柏淮,我以前怎么没发现你这个人这么过分呢?"

柏淮从容淡定,指尖点了两下自己的锁骨:"说清楚,谁过分?"

简松意一口气憋住,气呼呼地埋头刷题,决定今天都不理柏淮了。

两耳不闻柏淮事,一心只读圣贤书。

然而不知道为什么,这圣贤书读着读着,耳朵尖儿就又红了。

柏淮坐在旁边,看在眼里,假装不知,低头抿唇轻笑,有的人的心思,是写在耳朵上的,藏不住秘密。

在十几岁的人扎堆的校园里,也确实没有秘密。

柏淮锁骨上的那个红印,看见的人不少,还有八卦的小姑娘第一时间就偷拍一张,上传了贴吧。

李停看见帖子的时候,一直在他脑海里转来转去的那个念头突然就定住了。

他点开那张图,放大,盯着那个红印仔仔细细看了半天,确定柏淮刚进卫生间的时候,他锁骨上是没有这个印子的。

那个大胆的念头仿佛得到了佐证,一下就刺激起来。

李停初中就和柏淮一个班,那时候基本全班都知道,柏淮有个要好的外校朋友,是南外的简松意。柏淮好像还为了他和王山吵过一架,但是柏淮转学回来后,两个人的关系却似乎变得很恶劣。

然而现在看着,关系未必恶劣。

厕所里不知是真是假的易感者的味道,唯一在场的简松意、没做完题就交卷的柏淮,还有从初中开始就为人津津乐道的两个人的关系,仿佛散碎的珠子,被这一个红印穿成了线。

这年头,大家自己脑补是一回事,事实又是另外一回事。

而如果简松意不是支配者，那就更刺激了。

什么最 A 的支配者，不过就是一个骗子，一个软弱可欺的易感者。

自己反正已经没了自招资格，还背着处分，光脚的不怕穿鞋的，大家都别好过。

李停想到这儿，翻出通讯录，找到自己以前在一中的同学："你还能联系到王山或者王海吗？"

而那个帖子在争论猜测了好几页后，终于得到制止。

350 楼："我是柏淮本人，真的是蚊子咬的，提前交卷是因为我和简松意中午吃了不干净的东西，拉肚子。谣言止于智者，望好自为之。"

351 楼："男神也逛贴吧？！"

352 楼："前排和男神合影！"

353 楼："本尊下场辟谣！粉丝原地复活！"

……

而柏淮本人在小圆子截图并发了一条"还算柏淮有点儿良心，没有玷污我崽的名声"的消息过来之前，对此一无所知。

他拿着手机，对着简松意晃了晃："我本人？"

简松意坦然："你我兄弟二人，自是不分彼此。"

说完，他却要去抢手机，手机没抢到，但指尖碰到屏幕，图片缩小，出现了一个聊天界面。

他眼尖地发现不对："你什么时候还用 QQ 了？还有，这是谁发给你的？什么后援会？你还追星？"

柏淮收回手机："没有。"

"肯定有！什么后援会？快给我看看，我要看看是谁能让我们柏哥应援？"简松意说着就又要去抢。

柏淮怕他抢来抢去，又磕着碰着，直接把手机锁屏，放到桌子上。

简松意不甘心，一把抢过来，开始试密码。

把柏淮生日、柏淮爸妈生日、柏淮爷爷生日，翻来覆去倒腾了几遍，直到手机提示被锁 30 分钟，也没试出来。

柏淮没拦他，就是好笑："我就问问你，我这手机锁了 30 分钟你打

279

算怎么办？"

"我这是为了让你专心复习，你懂不懂？"简松意说完还很赖皮地把柏淮的手机放进了自己的桌肚，"手机没收，做完一套卷子我再还给你，听小简老师的话。"

说完，他心虚地自己先开始做起卷子。

柏淮看简松意跟自己要赖的样子，惯着他，笑了一下，也拿出一套卷子开始做。

做了一会儿，他想起什么，开口道："你看看手机，阿姨发微信来没？饭应该快送到了。"

"哦。"简松意右手刷着题，左手从桌肚里摸出一个手机，习惯性地输入了自己平时常用的密码。

成功解锁。

却有点儿不对。

屏保不是他常用的艾弗森。

而是那幅著名油画——《冥想的玫瑰》。

可密码，又的的确确是他自己的密码。

0101，他的生日。

42

简松意愣了一会儿，反应过来，又从桌肚里掏出一个同款手机，按下"0101"，解锁。

屏幕上出现了艾弗森英俊的容颜。

简松意一手拿着一个，左瞧瞧，右看看。

"柏淮。"

"嗯？"柏淮偏头，看见简松意手里两个被解锁的手机，若无其事，"怎么，密码试出来了？"

"试出来了，0101。"

"哦，不错。"

语气淡然，笔尖却在干净整洁的卷子上划出了一道突兀的痕迹。

"为什么？"

"什么为什么？"

"0101啊，密码啊，我生日啊，你密码怎么会是我生日？"

"嗯，对啊。"

轻飘飘一句话落下，空气陷入死寂。

简松意把柏淮的手机往他桌上一扔，发出沉闷的一声"哐啷"。

"逗我好玩儿是吧？你觉得有意思吗？耍我是吧？再这样下去我们兄弟可就没得做了啊。"

简松意心里突然感到一丝慌乱，为从前必然会被当作玩笑的一句话而感到慌乱。

这份没来由的慌乱让他不知所措，却又不想表露，只能用嚣张跋扈来虚张声势，用直接的否认来粉饰太平。

语气急厉，显得有些生气。

柏淮神色不改，语气如常，轻哂道："知道我是逗你的就行。0101和0000、1111等密码，为国际惯例常用密码，你要怪就怪自己生日太简单。"

说完，他拿着手机，起身往门外走去。

简松意看他走，更慌了，忙叫住他："你去哪儿？"

"去校门口拿饭。"

"哦。"

简松意反应过来。

只能看着那道修长的身影转出门，消失在自己的视野外。

而柏淮一转过拐角处，就停了下来，肩抵着墙，微俯下身，手指紧紧攥住，深深呼出一口气。

刚刚那短短的几句对话，他也不知道自己为什么会紧张到这种地步。

半晌，柏淮终于缓过来，垂下手，敛起神色，恢复平常的淡漠，拿了饭，回到教室，放到简松意的桌上。

如同每一个两人独处的傍晚，什么也未曾发生过。

只有简松意在看到他如常回来的时候，心中暗自松了口气，然后没有像平常一样等着被服务，而是少有地、主动地接过饭盒，一层一层拆了起来。

他边拆边有点不自在地解释道："我刚那话是说着玩儿的。"

柏淮似乎没放在心上："什么话？"

"我说再这样下去兄弟就没得做了这句话，是说着玩儿的。"

柏淮抬起眼皮，淡淡地看了他一眼。

他低下头，避开柏淮的视线："反正就是……哎呀，反正就是我错了，我给你道歉，你别生气，行不行？"

"我又没生气，你这是干吗？"

简松意也不知道自己在干吗，脑袋里一团糨糊。

他觉得自己说话可真不过脑子。

他明明不是这个意思，他就是慌。

但是在慌什么，他也不知道。

就感觉自己像个傻子，心底隐隐有什么东西在挠动，呼之欲出，可是偏偏隔着一层，他看不明确，也抓不住。

唯一确定的就是，他不想让柏淮误会，也不想让柏淮生气，更不想有一天和柏淮的关系比现在远。

他觉得是自己说错话了，所以得跟柏淮道歉。

但是他脑袋里全是糨糊，又不知道能怎么办，只能狠狠心："要不你咬我一口吧。"

柏淮："嗯？"

"你咬回来，就当我刚才那些垃圾话没说。"

看着简松意毅然决然、英勇赴死一般的表情，柏淮笑了："下次吧，你刚在厕所待了将近一个小时，还没洗澡，我下不去口。"

简松意酝酿了很久的心乱如麻，突然就没了，也突然觉得碗里这饭不香了，不想吃了。

但柏淮敲了一下他的碗边，他只能忍忍，低头老老实实吃了起来。

扒拉几口后，简松意还是觉得不放心，别别扭扭地开口："我以后再也不会说这种话了，什么不当兄弟不当朋友，都是假的，如果说了，也是一时没脑子嘴飘，你千万别信，也别生我气。"

"好，不信，不生气。"

柏淮平静得仿佛这些事于他来说，不过是扔进平阔江面的小石子，不痛不痒。

然而江面之下，早已被搅起惊涛骇浪。

柏淮不知道简松意这话是不是在给他退路，是不是在说，无论怎样，无论发生什么，我们永远是朋友。

柏淮猜不出答案。

因为就连简松意自己都不知道答案。

少年心事，自己都不懂得，又怎好赋予旁人。

像黑夜里隔着一层窗棂跳跃的烛火，就在那里，让人无法忽视，却朦胧不可窥得，只等着一个机缘巧合，戳破那层薄薄的窗户纸，荧荧烛火，从此得以燎原。

那天晚上，梧桐道两边的小楼，都住着一个失眠的少年，想着各自隐晦不安的心事。

一个懵懂，一个谨慎。

待得终于睡去，才入了彼此的梦。

第二日醒来，又都心照不宣地不再提及，如往常一般，仿佛什么也没发生过，只是小心翼翼地守护着彼此之间那玄之又玄的平衡，唯恐摔碎心底最珍之重之的精美瓷器。

只是当两个人出现在教室里，被杨岳逮住质问"你们两个昨天晚上是不是一起去偷牛了，这俩黑眼圈给整的，可以送去卧龙山了"的时候，还是尴尬了些许。

好在徐嘉行一个滑跪打破了尴尬，一只胳膊抱住简松意大腿，撕心裂肺地喊："'爸爸'！！！"

简松意一脸无语。

又来了。

柏淮没见过这阵仗："你这年拜得有点儿早。"

徐嘉行闻言，另一只胳膊连忙也抱住柏淮大腿："'爷爷'！！！"

简松意更无语了。

突然被降了一辈是怎么回事？

徐嘉行一把鼻涕一把泪："我们高三的不用准备方阵，不用参加阅列，但是老白说了，如果连八个项目都报不满的话，我这个优秀班干部就别当了，'爸爸''爷爷'，求求你们疼疼我吧。"

一班本来就只有二三十个人，和年级其他班级比起来，人数甚少，还主要都是些头脑发达四肢简单的，所以历来运动会都是重在参与，全靠简松意和徐嘉行他们几个人勉强撑着，才不至于吊车尾。

而这次运动会居然在月考之后第二天，还是一次魔鬼月考，就更没人想参加了，徐嘉行真的是求爷爷告奶奶，可怜死了。

简松意心最软，知道他不好做，哪儿禁得住他这两嗓子号，嫌弃地踹了他一脚："行了行了，起来吧，还差哪几个？"

"现在主要剩下两个特别艰巨的，等着松哥大驾。"

"嗯？"

"四百米和三千米。"

"你可以去死了，放心，我承受得住白发人送黑发人。"

"'爸爸'！！！"

简松意懒得说话，踹飞徐嘉行。

被踹飞的徐嘉行高高兴兴地在报名表上填上简松意的名字，然后又朝柏淮抛了个媚眼。

柏淮则冷漠得多："不。"

"'爷爷'！"

"不送。"

"呜呜呜……"

柏淮完美无视，冷酷到底。

徐嘉行还要号，简松意一个眼神让他闭嘴："你见好就收吧，运动发热，你柏哥是冰块成精，一发热就化了，所以从来不参加运动会，你可以滚了。"

简松意都这么说了，那就是真没辙了。

但徐嘉行还是决定物尽其用："柏哥，那你看这样行不行，现在班上其他人都被我抓壮丁了，连俞子国那个竹竿竿都要去跳高，所以能不能劳驾柏哥您当一下摄像，录一下我们在南外的最后一次运动会，纪念一下我们的峥嵘岁月！"

徐嘉行准备好了一万句说服柏淮的话，还没来得及发挥，柏淮就点头："好。"

幸福来得太突然，徐嘉行愣了一下，然后连忙取下脖子上的 DV 机塞给柏淮："柏哥人美心善！我爱你一万年！"

说完他就心满意足地拿着报名表跑了。

柏淮轻哂："出息。"

然后调试起 DV。

简松意"啧"了两声："你实在是太不热爱运动了，批判你，并且怀疑你的腹肌是画上去的。"

柏淮瞟了他一眼，挑唇："你回头可以试试。"

单纯如简松意："怎么试？"

"比如切身感受一下我的腰腹力量到底行不行。"

简松意觉得自己被挑衅了："你这是在向我炫耀你的腹肌吗？"

柏淮突然不知道该说什么，忍不住笑了一下。

这人怎么能这么呆？

说着不愿意被标记，却呆呆地忘了抑制剂，说着兄弟没得做了，却又主动跟自己道歉，怎么想都像是好哄好骗的样子。

想到某人害臊的样子，又觉得怪可爱，忍不住回味一番，唇角的笑意更明显了。

简松意看着他盯着 DV 机笑得宠溺的样子，觉得莫名其妙："你笑什么？"

"没笑什么。快去操场吧，人都走光了，再磨蹭，又要迟到了。"

"你别打岔，到底在笑什么？"

"我笑你可爱。"

"你真的有毛病！以后再说我可爱我要生气了！"

285

"可爱。"

"闭嘴！"

……

两个幼稚鬼终于吵着架走远了。

一个身影闪进空无一人的教室，找到简松意的书包，翻找着，最后拉开了最里层最底侧的拉链。

两人果然不负众望地迟到了。

然而简松意作为一班除了体育委员徐嘉行以外，唯一能参加长跑的选手，老白恨不得把他供起来，不但没说什么，简直恨不得提供捏腿捶背揉肩一条龙服务。

老白语气和蔼殷切："简松意同学啊，我也不要求你一定要跑第一，但是我们一班的生死荣辱全系在你一个人身上了，你要带着我们全班人的希望冲呀！"

年过四十岁的老白，说起"冲呀"来，还怪萌的。

简松意忍不住哥俩好地钩住老白的肩："放心吧，白哥，月考第一，还有长跑第一，我都给你拿回来，不辜负你这两年来这么辛苦地罩着我。"

老白提腿佯装踹了他一脚，笑道："臭小子，给你点颜色你还蹬鼻子上脸了，快去做热身活动。"

简松意皮这一下很开心，笑着朝签到处走去。走着走着，背对一班群众，抬手，做了个胜利的手势。

一班众人知道，这意味着，他们可以等着松哥凯旋了。

大部分项目，包括四百米都在上午，而三千米在下午，中间有足够的时间可以让简松意调整状态。

对于简松意的体能来说，小菜一碟儿。

但他还是忍不住问了柏淮一句："你确定不帮我分担一下重任？"

柏淮挑眉。

简松意撇撇嘴："没有集体荣誉感。"

柏淮不置可否，自顾自打开 DV 机，镜头对准简松意。

少年脱掉了校服外套，挽起裤腿，露出修长有力的小腿，站在起跑线上，准备起跑。

信号枪响，他像离弦的箭一样冲了出去。

遥遥领先于第二名的徐嘉行。

然而即使是这样的速度，他的身影也始终没有离开过镜头可以清晰拍到的范围。

号称不爱运动的柏淮，并没有真的就站在原地。

镜头始终跟随着那个少年，DV机的屏幕上，他率先闯过了终点，帅气而利落，赢得一片欢呼声。

少年在欢呼声和掌声中甩了两下头发，汗水四落，在阳光下折射出光芒，然后回头笑了一下，唇红齿白，意气风发，明媚张扬，动人心弦。

柏淮唇角勾起淡淡的笑意。

屏幕上出现了好几个小姑娘，一窝蜂跑向简松意，一人手里拿着一瓶冰水，脸上还带着红晕，围着少年，叽叽喳喳，勇敢又羞涩。

而天生神经粗的某人居然一瓶一瓶接了过去，还对着小姑娘们笑得招人，不知道说了句什么，惹得小姑娘们笑成一团。

祸害。

43

柏淮走到与简松意还有一段距离的地方停下，隔着几个小姑娘，语气冷淡："老白找你。"

两人个子都高，一群身高一米六的小姑娘站在他们中间，根本挡不住他们的脸，简松意看出柏淮不高兴，有些莫名其妙，但还是立马朝他走去，小姑娘们也全都很懂事地让开了道。

简松意抱着好几瓶冰水，走到柏淮跟前："喝水不？"

柏淮扫了一眼："来者不拒？"

"嗯？"

"谁送的水都要？"

"一瓶水而已，小卖部就卖两块钱，不至于吧？"

这是价钱的事？

柏淮用无药可救的眼神看了简松意一眼："人家小姑娘给你送水，是向你示好，你看不出来？"

"可我是易感者，她们也是易感者，给我示好有什么用？"

"她们知道你是易感者吗？"

简松意一时语塞。

"傻子。"柏淮毫不留情地戳穿真相，把简松意怀里的水接过来，顺手发给了徐嘉行他们。

等简松意反应过来的时候，已经一瓶不剩。

"你是不是想渴死我？"

柏淮递过自己的水杯："以后别谁送的水都乱喝。"

"怎么就乱喝了？送水的林圆圆我认识，我之前帮过她忙，都是朋友，她还能在水里给我下毒？"简松意嘴上不服气，手上倒是很老实地接过了水杯。

他拧了一下，没拧开，再使劲拧又没拧开。

有点儿尴尬。

柏淮面无表情地拨开水杯盖子上的一个搭扣："傻子。"

说完拿起 DV，转身走了。

高冷地来，高冷地去，留一个简松意云里雾里，实在气不过，一把拉过围观看戏的陆淇风："他刚是不是骂了我两次傻子？他是不是想和我绝交？"

"你喝喝看，这水酸不酸？"

简松意喝了一口，常温凉白开，挑眉："不酸啊。"

"呵，傻子。"

简松意真要发火了。

陆淇风朝他身后抬了抬下巴："你看，不愧是投票投出来的校草，人气就是高，一个项目都没参加，还有小姑娘送水送毛巾，啧啧。"

简松意转头一看，果然，一个女孩正跟柏淮说话，那女孩长得还挺漂亮，之前听徐嘉行和杨岳提过，好像是高二的级花。

看上去温柔大方，笑起来还有两个小梨窝，怪甜的，手上拿着一条白色的毛巾，应该是想送给柏淮擦汗。

而柏淮刚刚还能冻死人的冰山脸居然浮现出了笑容，虽然笑得很浅淡，也很客气，但是就是笑了，笑了就算了，还把毛巾收下了。

简松意突然觉得有点憋闷。

垃圾玩意儿，重色轻友，对着自己就是冷屁股，对着好看的易感者小姑娘就是绅士暖男。

他转回脑袋，闷不作声地"咕咚咕咚"灌了几口水。

陆淇风这人脑子是真的好，尤其是情商这一块儿，简松意的反应全落在他眼里，他戏谑道："喝出来这水酸没？"

简松意冷着脸，不说话。

陆淇风幸灾乐祸地笑了笑，拍拍他的肩："你好好品品吧，我去找周洛了。"

"周洛是六班的，你一个二班的天天找他干吗？"

"他低血糖，给他送巧克力过去。"

"我也低血糖，你怎么不给我？大家都是兄弟，你怎么这么偏心？你们两个是不是打算孤立我？"

陆淇风顿住，回头，面无表情又略带嫌弃地说出六个字："果然是草履虫。"

"嗯？"

好好的怎么还人身攻击呢？！

然而不等简松意反驳，陆淇风余光已经瞥见柏淮向这边走来了，于是很有眼力见地闪人："行了，我先走了，你自己好好品品那杯水到底酸不酸吧。"

酸的。

简松意瞟了一眼走到自己跟前的柏淮，语带讽刺："谁送的毛巾都乱收，来者不拒？"

一副没好气的样子，嗓音因为刚喝了柠檬水，微酸。

本来心情还不太好的柏淮，突然就心情好了，他拿着手里的毛巾，裹着简松意汗涔涔的脑袋，使劲揉了几下。

"我跟她说了，我收下来是给你用的。"

"哦。"简松意突然觉得那水又不酸了，然后才品出柏淮这动作不对，"你干吗？"

"擦汗，不然冷风一吹，回头感冒了。"

"哦。"

简松意乖乖站在原地没动，任由柏淮把自己的一头炸毛撸顺。

然后，他突然问道："柏淮，你会给徐嘉行擦汗吗？"

"他是我祖宗转世的话，可以考虑一二。"

简松意选择闭嘴。

三千米是运动会最后一个项目，高二和高三一起比，一共十四个班，文科班弃权多，最后参赛人数一共二十二人，齐刷刷在起跑线上站了一排。

简松意知道一班体育成绩差，但是没有想到一班体育凋零至此，在徐嘉行因为跳远扭了脚后，顶替他跑三千米的居然是俞子国。

柏淮看着在简松意身后蹦来蹦去做着热身运动的瘦竹竿，有点儿不放心："要不还是我来吧。"

俞子国却拍拍胸脯，傻笑道："没事儿，我上午跳高刚拿了第二，足以证明我运动天赋十分惊人，你们就放心吧！"

"就让俞子国来吧。"

简松意知道，俞子国一直想做点什么证明自己不是多余的，和他每天主动倒教室垃圾桶、清理黑板槽的行为一样，他是想为这个班出一份力，尽他所能地回报他在一班接收到的善意。

相比这份心意，其他的没那么重要。

柏淮了然："行。"

简松意朝他眨眼一笑，手指放到唇上，然后向上一扬："放一万个心，等着接松哥凯旋就好。"

他这动作本来只是做着逗柏淮的，结果无意间被众多迷妹看到。

"啊啊啊！！松哥给我飞吻了！！！"

"呸！明明是给我的！！！"

"你走开！就是我！"

"我已经醉了，啊啊啊！！松哥加油啊！！我们等你凯旋！！！"

柏淮拿起 DV，忍不住笑道："还耍帅吗？"

简松意揉揉鼻子："怎么这么多人。"

围观群众确实很多。

毕竟三千米要跑七圈半，报名参加就很有勇气了，能坚持跑完的只剩半数，如果还能拿第一，那就是真牛了。

往年冠军都是顶级支配者，只有去年是个例外，被还没有分化的简松意拿走了。

到了今年，简松意还是没分化，其他支配者却都已经是很成熟的支配者了，比赛就变得有悬念起来，围观的人格外多。

当然，也只是理性上的悬念，感情上大部分人都愿意相信，今年的王者还是简松意。

没有其他理由，就是因为他帅，毕竟很多人本来也不是来看比赛的。

操场上乌泱泱的一大片围观群众，除了其他参赛班级在为自己班加油打气以外，其他的全部都在高呼简松意的名字。

这就算了，甚至还有"滥用职权""以公谋私"的。

林圆圆高二的时候是广播站站长，高三虽然退了，但是在广播站人缘好，于是蒙混到主席台上，帮忙念起了广播稿。

从此，广播稿就全是简松意的姓名。

"简松意，你是电，你是光，你是唯一的神话！我们永远只爱你！冲呀！"

"不败神话简松意，五年连冠简松意，你一定会拿回属于你的第六座长跑冠军奖杯，为你在南外的运动生涯画上完美的句号。你就是南外最了不起的传说！"

"我们相信，迟来的永远是最好的，所以我们也相信，还没有分化的你，一定会成为南外最优秀、最出色的支配者，你一定会拿回本该属于你的胜利！"

……

言者无心，听者有意。

起跑线上，李停站在简松意附近，听到这段广播稿，突然低笑一声："了不起，顶级支配者就是了不起，分化得这么晚，怪不得我们松哥这么跩。"

声音不低，附近的人都能听见，觉得有些阴阳怪气的，但又觉得属于正常的赛前嘲讽范围，都没多想。

只有简松意和柏淮明白，李停还是没有放下疑心。

不过这不重要，简松意本来就不太在意外人的看法。

简松意活动着手腕，骨节发出"咔嚓咔嚓"的轻响，扯了下唇角，笑得散漫，透出一股漫不经心的不屑："我跩，只是因为我是简松意，和我是不是支配者有什么关系？"

懒洋洋的，轻飘飘的，傲慢又自大。

欠揍极了。

又讨人喜欢极了。

柏淮单手举着 DV，一手插在裤兜里，散漫地站着，语气同样漫不经心："是这么个道理，毕竟有的支配者也挺弱的。"

李停刚想反驳，就被皇甫轶拽住，拉到跑道另一侧去了："你非要惹他们两个干吗？你作弊被抓那事我也听说了，你想找茬你有理吗？就算当时没发现，你以为事后不调监控？老实点儿，把处分消了算了。"

李停冷笑："你尿我可不尿，你追了林圆圆那么久，被简松意一吓就不追了，这种事儿我可做不出来。"

"我不追林圆圆是因为人家确实不喜欢我，我软的硬的都用了，能怎么办？而且我马上就要出国了，没必要强求。但是你本来就理亏，现在失去自招机会还算轻的，回头惹了事，处分消不了，连升学都受影响。所以，我劝你还是老实一点儿，反正你又惹不起他们。"

"你别管我，我自己有办法。"

李停没再说话，只是准备好起跑。

喜欢装就多装一会儿，装得越狠，到时候打脸就越疼。

信号枪响，所有人同时快速出发，在操场上带起了一阵风墙。

人群密密麻麻，差点儿分不清谁是谁，等阵型拉开后，大家才发现跑在最前面的居然不是简松意，而是高三那几个篮球队的，比如皇甫轶，比如李停。

毕竟是有体育特长的成年支配者，体能还是不一样，像俞子国他们几个无感者一开始就被甩在了后面。

而简松意只是稳扎稳打，用一种平稳的速度维持在七八名的位置，不上不下，十分中庸。

不明所以的八卦群众有点着急："松哥今天是不是状态不好啊？怎么回事啊？怎么差第一这么多？"

一班的人却都很淡定："你们是不是去年没看松哥跑三千米？"

"没……"

"那就对了。你们要相信松哥，我们松哥是带着脑子跑步的，不像最前面那几个憨憨。"

果然，到了第三圈的时候，前面遥遥领先的那几个人，体力开始透支，速度逐渐慢了下来，呼吸也变得急促，而简松意的呼吸却始终保持在一个平稳的节奏，并且逐渐提速。

很快就反超了他前面那个人。

然后是第五名。

第四名。

……

最后一口气超过了最前面的皇甫轶和李停，控制在领先十几二十米的速度上。

等后面的人想反超，咬牙提着一口气飞快冲刺，眼看就要赶上了的时候，简松意又再次提速，拉开距离，仿佛是在故意逗人玩儿。

而开局就冲刺了八百米的人，本来体力就消耗得很快，再短距离冲刺一次，彻底打乱节奏，呼吸紊乱，体力透支，后劲全然不足。

这样一来，就显得前面领跑的简松意格外游刃有余。

而且很明显，这还不是他冲刺的速度。

就这样一直到了第五圈的时候，就呈现出中间一段相对密集的长条人群，俞子国在人群前将近 50 米的位置，简松意在人群后将近 100 米的位置。

半路从教学楼下来看热闹的英语老师徐佳，一看，愣了："简松意平时不是挺厉害的吗？怎么落后这么多？俞子国平时看上去瘦瘦弱弱的，倒是挺厉害。"

杨岳好心提醒："Miss 徐，松哥那是领先了将近一圈，俞子国那是落后了将近一圈，你看反了。"

话音刚落，简松意已经过了起跑线，圈数变为 6。

Miss 徐举起自己的纤纤玉手，竖起了大拇指："看在他为班争光的份儿上，我暂时原谅他这次英语掉出年级前二十了。"

周围的学生们顿时倒吸一口冷气，注意力纷纷转移："成绩已经出来了？"

Miss 徐洋洋得意："年级组所有老师通宵达旦改卷子，总算改出来了，正在统计分数，等你们回教室，就可以看到成绩表了。"

……也是，习惯了，以前经常第二天考完英语，前一天的数学卷子就被发下来改错了，这个速度不稀奇。

也好，早死早超生。

而 Miss 徐显然就是专门来操场抓人的，简松意在比赛，她不好抓，目标就放到了录像的柏淮身上，伸出手指："那位帅哥，你过来。"

柏淮走过去。

Miss 徐叉腰："不要以为你长得帅，我就舍不得骂你，你知不知道你这次英语多少分？虽然简松意提前交卷，但是他好歹把卷子蒙完了，还混了个一百三十几，你倒是好，后面五十分的题没做，只考了一百分，怎么，一百分很光荣？你们两个是不是故意气得我提前进入更年期？"

柏淮淡定地解释道："我和简松意昨天中午吃的外卖，吃坏肚子了，没办法。"

南外有规定，但凡正规考试，离开考场十分钟以上，就算提前交卷，不得再回考场。

所以，这个理由还算充分。

加上柏淮长得又好看，气质虽然冷，却像个君子，正经得不行，他这么面不改色地一说，Miss 徐就真的信了，也不好再说什么，只能一个劲儿惋惜："可惜，太可惜了，听说你这次理综进步神速，如果不是英语这个样子，年级最高分很有希望的。"

正说着，人群突然发出一声惊呼，柏淮想也没想直接朝操场那头跑去。

就在刚才，简松意超过了俞子国，领先了整整一圈，李停憋着劲儿，愣是跟上了。

他初中是体育生，只不过是打排球的，长跑实在没经验，知道自己这次拿不到第一了，索性就想拖简松意一起下水，好好打打他的脸。

他努力跟上，别过跑道，想骚扰简松意，简松意为了后面冲刺考虑，不敢贸然加速，距离一时半会儿拉不开，躲开了一次，却被后面接二连三的几次影响了节奏。

最后，李停干脆直接伸手，试图拽倒简松意，结果被后面的俞子国发现了企图。

这一拽，只是影响比赛成绩还好说，如果真把松哥摔受伤了，这个浑蛋拿命都不够赔！

俞子国顿时火冒三丈，加快速度冲上去，从后面一把抱住李停的腰。

李停突然被抱，吓了一跳，回头一看，是那个精培生，顿时无所畏惧，直接反手一推。

俞子国秉承着一命换一命的战术准则，死也不撒手，两个人在跑道上滚成一团，没看清楚到底发生了什么的观众们又不敢贸然进赛道，只能惊呼着找来裁判。

简松意听到动静，回头一看，立马猜到大概发生了什么。

他知道俞子国又倔又傻，生怕他吃了李停的亏，或者真受了什么伤，连忙折返跑了回去，一把拉开李停，然后蹲下身查看俞子国的伤口。

俞子国急了，不停地推他："松哥，你快跑，别管我，后面的都已

295

经反超了，我真的没事，你快跑啊，帮我们把第一拿回来。"

简松意没理他，自顾自地把他的裤腿卷起来，看了一眼，松了一口气："还好，皮肉伤。我扶你到边上，等校医过来。"

"松哥，我真不用！"

"你继续比赛，这里有我。"旁边一道声音传来，清冷从容。

简松意抬头，看见柏淮，点头："好。"

然后果断起身，向第七圈冲刺。

他可以把后背交给柏淮，无所顾忌，然后朝着胜利进发。

只是中间耽误的时间实在太多，几个有长跑经验的选手都开始在最后阶段提速，并且纷纷反超。

跑在简松意前面的有三个。

一个领先五十米，一个领先八十米，一个领先将近一百米。

只有最后的六百米了，情况不容乐观，所有人的心都提到了嗓子眼，悬着一口气。

毕竟简松意不是铁打的，也是普普通通的血肉之躯，两千四百米跑下来，体力已经消耗大半，中间还因为停下了一段时间，被打断节奏，状态也不如之前好。

这第一，可能真的就没了。

老白安慰大家："没事没事，同学间团结友爱才是最重要的，拿不到第一没关系，前三也很好嘛，大家快给你们松哥加油呀！"

也是，拿不到第一也没关系，大家都看在眼里了，不是实力问题，只是因为松哥人好，善良。

于是那点儿担忧和颓丧全没了，反正他们松哥就是最好的，加油应援声都喊破了嗓子。

徐嘉行和杨岳干脆直接跳上主席台，从林圆圆手里夺过话筒，用五大三粗的嗓子尖叫着。

"松哥勇敢飞！一班永相随！"

"友谊第一，比赛第二！人美心善，德艺双馨，简松意！你就是我们的王者！"

"宅心仁厚简松意！团结友爱简松意！牛奶皮肤简松意！擦浪嘿呦简松意……你放开我！松哥需要我们的应援！唔唔唔……"

两人被强制轰下了台。

简松意一边跑一边心里直骂两个傻子，他跑得本来就累，还非要逗他笑。

然而他的速度一点也没放慢，调整呼吸，提起一口气，往前冲刺着。

他现在还在不适期，虽然打了抑制剂，可是状态必然没有平时好，这种三千米长跑比赛，简直能要了一个普通易感者的小命。

可他是简松意，他永远不普通。

然而雪上加霜的是，简松意感受到自己的腹肌有些疼，应该是刚才停下后，身体冷了，又直接开跑，准备不够，导致腹肌痉挛或者岔气了。

汗水浸透发丝和衣物，简松意咬着牙，不去感受紊乱的呼吸和心跳，也不去想四肢的酸软，只是飞快地奔跑着。

反超了第三名。

反超了第二名。

和第一名并驾齐驱。

最后两百米。

简松意觉得自己快失去意识了，虚脱，缺氧，麻木，无力，全凭着一口气往前冲，身体似乎已经不是自己的了。

他有点儿喘不过气来，呼吸十分不顺，腹部疼得更加厉害。

什么欢呼、什么鼓励、什么加油，都听不见，只觉得自己好像随时都要窒息一般。

直到耳边突然响起一道低沉温柔的声音："跟着我的节奏来，调整呼吸，没事的。"

是柏淮。

于喧嚣嘈杂中，简松意只听见了这一个声音，他突然有很多话想说，可是说不出口。

只是在第一时间选择相信柏淮，按照他的节奏，跟着他的呼吸，一点一点调整，腹部的疼痛感也减轻了许多。

还有最后五十米，因为调整，简松意略微落后第一名。

他看了柏淮一眼。

柏淮懂他，点头："你想怎么来怎么来，我会接住你的。"

简松意放心地闭上了眼。

不去看终点在哪里，不去看自己是第几名，摈弃所有杂念，在黑暗中奔跑，把所有的一切交给身边这个值得他全身心信任的人，感受着他的呼吸节奏和步伐频率，跟着他，一起向胜利冲刺。

然后，他听见了山呼海啸一般的欢呼。

身边的人低声道："恭喜。"

他睁开眼，自己是第一个过终点线的人，他如释重负地笑了。

却并没有停下，只是继续向前跑去。

力气透支，速度已然缓慢。

所有人都对这个举动丈二和尚摸不着头脑，只有柏淮没有疑问，陪着他慢慢跑了起来。

直到他们跑到俞子国身边，三个人一起在空荡荡的赛道上前行着的时候，才反应过来，他们是要带上自己的同伴。

比赛中途已经有将近一半的支配者弃权了，坚持到最后的，不过十个，也都纷纷跑过了终点。

然而即使所有人都已经结束了比赛，即使俞子国可能涉嫌犯规，没有成绩，他们还是要陪着他跑完全程。

不放弃这件事，本身就足够了不起。

四百米，两百米，一百米，五十米，十米。

看着简松意和俞子国明明都已经疲惫不堪，却依然缓慢却又笃定地并肩从夕阳里一步一步奔向终点的时候，感性的小姑娘，甚至流了泪。

所谓好的朋友，从来不会有谁拖谁的后腿，都会为了彼此去付出，也都会搀扶着彼此，做到更好。

而好的陪伴，永远会在你身边，让你觉得无所畏惧。

三个人一起踩过那条红线。

南外的长跑历史上，第一次第一名和最后一名同时跑过了终点。

操场上人山人海不约而同地爆发出最热烈的掌声。

"让我们恭喜一班！获得校运动会男子三千米比赛第一名！"

简松意这次终于停下来了，俯下身，撑着膝盖深呼吸，调整好状态，然后抬起头，直起身，缓缓走上主席台，接过林圆圆手里的话筒。

声音有些虚弱，气息不算平稳，却丝毫不影响他的嚣张："有句话，我怕有的人没听清楚，我就在这里再重复一遍，我跩，是因为我是简松意，和我是不是支配者，没有关系。"

说完，苍白漂亮的脸蛋上露出一个自信又得意的笑容。

这次台下更是掌声和欢呼声不绝于耳。

另外一头，偷鸡不成蚀把米，还半途放弃了比赛的李停黑了脸。

他觉得，有的人就是被捧得太高了。

他起身，独自离开了操场。

简松意耍帅完毕，在此起彼伏不绝于耳的喧嚣尖叫里，淡定自若地走下主席台，下台阶的时候却一个腿软差点摔倒。

然后，落入了一个温暖的怀抱。

"我接住你了。"

"嗯。"

接住了就行，老子有点飞不动了。

简松意想着，自然而然地靠着柏淮，重心全部放了上去，自己一点力气也使不出，柏淮就撑着他，帮他顺气。

一班众人本来是想过来对简松意进行一下抛举庆祝的，结果看见这一幕，自动选择了当人墙，在隔壁班陆淇风的指挥下，拦迷妹的拦迷妹，拿水的拿水，拿毛巾的拿毛巾。

柏淮接过一条毛巾，伸手擦着他身上的汗："用不用我背你？"

"谁要你背。"

"那你自己还能走回去吗？"

"当然能，我缓一下就缓过来了。"

"确定？"

"确定。"

说着，简松意就推开柏淮，打算自己走，结果直起身子的时候，眼前一黑，差点儿栽了，还好柏淮眼疾手快扶住了。

"是不是又低血糖了？"

"好像是。"

柏淮帮他擦完汗，毛巾一扔，掏出一块奶糖，剥好塞给他："也不知道你从小到大吃的那么多糖到哪儿去了？"

柏淮拍了拍陆淇风的肩："你们把简松意送回去，我去医务室帮他拿点葡萄糖。"

"OK。"

柏淮离开，陆淇风想过来扶简松意，表达一下兄弟情，结果被简松意嫌弃地一巴掌挥开："老子没那么弱不禁风。"

那么一瞬间，陆淇风想起了周洛给他解释的当代易感者现状的一条：人前林黛玉，人后伏地魔。

不过简松意显然没有意识到自己在柏淮面前和在别人面前有什么不一样，他一边抿着糖，一边在一班众人的簇拥下潇潇洒洒地往教室里走去。

到了教室，看见成绩表最高分那排"简松意"三个大字的时候，乐了。

拿出手机，拍照，发给柏淮。

"看见没有，都是提前交卷，但是哥哥就是妥妥的最高分，什么叫理科天才，什么叫硬实力，什么叫文武双全，我就问你服气不服气？"

顺便连发了七八个表情包，十足挑衅，而微信那头，只是回复了一句。

"我愿赌服输。"

番外

平行世界（一）

SONG YI

"简小松！简小松！快起床啦！"

秋天总是让人困乏，简松意又正值贪睡的年纪。

天才微微亮，他正睡得香甜，楼下却已经有人开始叫他的名字。

他迷迷糊糊地被吵醒了，揉揉眼睛，费力地想起身，然而刚刚坐起来，又一个没忍住，重新栽了下去。

好困哦，真的好困哦。

才五岁的简松意，怎么睡都睡不够，脑袋一挨上枕头，就又睡着了。

柏淮在楼下叫了半天，也没得到回应，知道简松意肯定又在赖床，于是熟门熟路地按开了简家大门的密码锁，噔噔噔地跑到了简松意的房间。

柏淮打开门一看，被子鼓鼓囊囊，凑过去，掀开一角，露出一张白白嫩嫩的小圆脸，长长的睫毛安静垂下，又卷又翘，好看得像个洋娃娃一样。

简小松真的是柏小淮见过的最好看的小娃娃，整个幼儿园都没有比他更好看的，电视上也没有。

大人们都说一般易感者宝宝会很好看，可是简小松明明是个支配者宝宝，为什么还是这么好看？

比自己这个易感者宝宝都要好看。

柏淮觉得等温爸爸回来了，一定要问问他。

想到这儿，柏淮才想起自己来找简松意的目的，于是又轻声哄道："简松意起床啦，你答应今天陪我去接温爸爸的，你不能说话不算数。"

"嗯……"简松意不情不愿地"嗯"了一声，皱着小眉毛，看上去很痛苦的样子。

柏淮杵了杵他的脸蛋，白皙光滑的小圆脸凹下去一个小窝，弹弹的，软软的，好舒服。

柏淮顿时语气更软和了："快起床呀，懒宝宝，再不起床就接不到温爸爸了，你不是还要给温爸爸表演你刚学会的《小星星》吗？"

简松意被杵了一下，有些不开心地在被子里蹭了蹭，然而到底清醒了些，隐隐约约想起来自己好像确实答应过柏小淮等之眠叔叔回来了要陪他一起去接机的。

当时之眠叔叔说好了要回来陪柏小淮过生日，结果生日那天，他们等了好久都没有等到，大人们说之眠叔叔遇到危险了，可能要很久很久以后才回来。

柏寒叔叔担心之眠叔叔，就出门找他去了。

只剩下柏淮一个人可怜巴巴地在家里，又难过又无助。

简小松就只好每天陪着他，安慰他，告诉他柏寒叔叔一定会带着之眠叔叔回来的，到时候要陪着他一起去接之眠叔叔，还要一起弹《小星星》给之眠叔叔听。

所以，现在是之眠叔叔回来了吗？

那也就是说之眠叔叔没事了？

那柏小淮肯定很开心吧！

简松意顿时清醒过来，睁大眼睛，奶声奶气地问道："之眠叔叔回家了吗？"

柏淮点点头："张叔叔说他们马上就要到机场啦！"

"太好啦！"简松意一下子开心地从床上蹦起来，一把搂住柏淮的脖子，"那淮哥哥你快带我去接之眠叔叔呀！我好想他呀！"

"那你要快点起床哦，不然来不及了。"

"好！"

简松意立马哼哧哼哧地爬下床，搬了个小板凳到洗漱台前开始洗漱。

柏简两家家教都好，虽然是富贵人家，但从小就教育两个孩子自己的事情要自己做。

不过柏淮从小就被教育简松意是弟弟，要好好照顾他，所以还是熟门熟路地帮简松意挤好牙膏，烫好毛巾，还特意给他选了一套小西装，帮着他换上。

把简松意打扮成一个干干净净的洋娃娃后，才手牵着手坐上车，让司机载着他们往机场去了。

柏寒的私人飞机有专门的VIP通道，所以两个小娃娃并不用去和人挤，只要乖乖地坐在VIP休息室里，等着家长回来。

柏淮有些紧张，端端正正地坐在座位上，背挺得笔直，小手乖乖地放在膝盖上，一张小脸绷得紧紧的。

简松意察觉出来柏淮好像有哪里不对，凑过去，眨眨眼睛，奶唧唧地问道："淮哥哥，你怎么看上去好像不开心呀？"

柏淮抿了抿唇，垂下脑袋，小声道："听说温爸爸受伤了，受了很严重的伤，我担心……"

话还没说完，司机小张的手机就响了，接起，三秒后，放下手机，笑着对他们说道："小少爷们，先生们回来了。"

话音刚落，两个小娃娃就已经手牵着手飞快地跑了出去。

柏淮本来是想一头扑进温爸爸怀里要抱抱的，然而在看见他的那一刻，顿住了脚步。

温之眠瘦了。

易感者的身形本就比支配者要纤细许多，再加上在前线几个月的辛苦救助和失踪几天的不吃不喝，整个人已经完全瘦得脱了相。

面容没有一点儿血色，苍白到几近透明。

站在高大的柏寒身边，俨然像一个纸做的人。

手臂还打着石膏，挂在脖子上，不可谓不狼狈。

然而即使如此，面上却依然带着温和的笑，身形依然挺拔，一步一步走来，从容又儒雅。

仿佛狼狈只是这个恶劣的世界跟他开的幼稚玩笑，并不能影响他分毫。

柏淮突然想起温爸爸以前跟自己说过的话。

他说："小淮，是支配者还是易感者不重要，因为成为一个厉害的人，和这些都没有关系，只要你很厉害很厉害了，那就什么都不用怕了。"

柏淮还太小，这些话其实并不太听得明白，只是隐隐约约明白自己要变得很好很棒很勇敢。

但是看见他的温爸爸逆着光走过来的那一刻，六岁的孩子，好像隐约明白了一些什么。

柏淮站在原地没有动。

小手紧紧地捏成了拳头。

倒是旁边的简松意，一把扑过去，抱住了温之眠的腿，哭得眼泪汪汪的："呜呜呜……之眠叔叔肯定好痛痛，小松给你呼呼，呼呼就不痛了，呜呜呜……"

温之眠长得好，性子也好，会做饭，会弹琴，会画画，在简松意和柏淮心里简直就是万能的神，所以简松意惯来爱黏他，也喜欢他，尊敬他。

如今看着他受伤了，小孩子虽然不懂得事情的严重性，但知道那一定是很疼很疼的，于是哭得可厉害了。

小圆脸挂着大滴大滴的眼泪，一抽一抽，还偷偷把鼻涕往温之眠身上蹭。

温之眠眼底的笑意更浓了，刚打算蹲下身揉揉他的脑袋，哄哄他，结果旁边的柏寒实在看不下去，直接冷着脸拎着简松意的领子把他提溜了起来。

简松意被拎到半空中，顿时不敢哭了，但又实在想哭，只能憋着，憋到最后没留神，打了个嗝儿。

这下连柏寒也忍不住"扑哧"一声笑了出来，单手把他搂在怀里，看了看前面一脸担忧和紧张的柏淮，朝他招了招手："小淮，过来。"

柏淮顿时像得到某种指令一样，开开心心地跑了过去，一只手牵住柏寒，另一只手牵住温之眠。

四个人就这样往停车场走去。

司机小张跟在后面瞧着，偷偷拍了一张，发给了简先生和唐女士。

正在约会的唐女士看着照片，忍不住对简先生笑道："你看看这一家四口，多和谐，干脆我们找对门结个干亲算了，直接把小意送到对门养，我们俩还能图个清静。"

而简松意也的确是赖在柏家不愿意走了。

柏寒本来想让温之眠多休息休息，然而温之眠在长途飞机上已经睡了一路，早就休息够了，现在又看见两个孩子扑闪扑闪的大眼睛里期待的目光，越看越不忍心。

于是干脆让两个小孩儿都换了睡衣，陪他一起窝在被窝里，给他们讲起了故事。

倒是柏寒没了地方，只能憋屈地坐在沙发上，随手抽过文件看了起来。

温之眠看着他紧紧抿着的唇角，心里觉得好笑，寒哥还真是越活越回去了，跟小孩子计较什么。

而简松意和柏淮丝毫没有察觉两个大人的微妙，只是扒着温之眠，一个劲儿地问战场上的事。

温之眠声音好听，像初夏雨后的空气，裹着青草气息的湿润，还带着书卷气的儒雅，缓缓地给孩子们讲着故事。

他会讲沙漠上壮阔的日落，也会讲战争带来的流离失所；他会讲那些救死扶伤的医生，也会讲恪尽职守的军人。

他把那些世界上最复杂又纯粹的善恶，一点儿一点儿掰开揉碎了讲给孩子们听。

"坏人轰炸过来的时候，温爸爸正好在给那些没有爸爸妈妈的小孩子看病。当时温爸爸就想啊，这些小孩子都还没有和小松还有小淮做朋友呢，还不能去天上当星星，所以温爸爸就特别勇敢地把他们救出去。"

两个孩子满眼的崇拜。

"但是后面温爸爸累了，跑不动了，一不小心就和一个小朋友一起被倒下来的房子关住了，没人听得见温爸爸的呼救，怎么叫都没有人理我，温爸爸当时以为再也看不到你们啦。"

简小松一把抱住了温之眠，好像怕他真的要不在了一样。

温之眠笑着揉了揉他的脑袋："但是我后来被救了出来，你们知道是谁救了温爸爸吗？"

"动感超人！"

"钢铁侠！"

"父亲！"

突然被点名的柏寒瞪了两个小兔崽子一眼："是那群孩子。"

"对。"温之眠柔声道，"是温爸爸之前救出去的那些小朋友。他们安全后，哭着喊着一定要让人来救温爸爸。是他们找到了温爸爸被关的地方，不然温爸爸可能就再也见不到你们了。"

简松意心有余悸地把温之眠又搂紧了些。

柏淮歪着脑袋："那是因为温爸爸先保护了他们，所以他们才会保护温爸爸。"

"对呀，所以无论是支配者小朋友，还是易感者小朋友，都要变成很好很好的小朋友，然后保护其他小朋友，这样其他小朋友也会保护你。"

简松意和柏淮似懂非懂地点了点头。

他们还是太小，不能够全部明白，然而来自亲近的长辈的那些美好的品质，已经在他们小小的心里生根发芽。

除此之外，柏淮想了想，还是没忍住问道："那支配者小朋友和易感者小朋友有什么不一样呢？"

"嗯……"

不等他组织好措辞，旁边看文件的柏寒率先开了口："支配者小朋友更高，更壮，力气更大；易感者小朋友更漂亮，更可爱，更温柔，所以支配者小朋友长大了要好好保护易感者小朋友，不能欺负人。"

听到是这样，柏淮就蔫耷耷地垂下了脑袋："可是我比小松高，比小松力气大，小松比我漂亮，为什么我是易感者宝宝，小松是支配者宝宝呀？我想保护小松，不想让小松保护我。"

温之眠愣了愣，打量起两个孩子，越打量越觉得有些不对劲。

虽然他觉得柏寒说的话带着固有的偏见，然而支配者和易感者确实先天基因就有很大不同，尤其是幼年时期，支配者长得一般都比易感者快，但柏淮已经快比简松意高出小半个脑袋了。

而且遗传基因是强大的，一般长得像哪一方，大概率性别基因也是一样的。

但是柏淮长得和柏寒像是一个模子里刻出来的就不说了，简松意眉眼之间倒是很有几分唐清清的漂亮。

温之眠忍不住偏头看向柏寒："两个孩子的基因鉴定是在哪家机构做的？"

柏寒微蹙了下眉，回忆道："唐清清那个朋友开的。怎么了，有什么不对吗？"

温之眠不是一个会妄自下判断的人，并没有直接回答，只是看了看漂亮得像个洋娃娃一样的简松意和复刻缩小版柏寒一样的柏淮，思忖了片刻，温声道："没事，就是过几天再给孩子们做个体检吧。"

体检结果显示两个孩子都很健康。

然而体检结果出来的第二天，南城某家鉴定机构就被查封了。

据查封该机构的陆局长称，该机构的营业执照是花钱买的，鉴定医生的文凭是伪造的，连机器都是淘汰下来的。

总而言之，就是检测结果全是不靠谱的。

并且建议所有在该机构进行鉴定的家庭，带着孩子重新到拥有合法资质的机构进行鉴定。

而刚刚重新鉴定完的柏、简两家，看着桌子上的两张报告单，陷入了沉思。

鉴定报告上写着：

简松意，激素偏 A 型易感者。

柏淮，顶级支配者。

纯得不能再纯的那种。

对于柏家来说还好。

毕竟他们从小也没有把柏淮当一个易感者养，甚至为了让他不那么娇气，柏寒还一直有意无意地拒绝抱他，训练他的独立。

但是简家人心情就有些复杂了。

倒不是他们搞歧视，只是单纯地把简松意当支配者养了五年后……

他们看了看拿着把玩具枪满屋子乱蹿，皮得差点儿就要上天的简松意，感到忧愁。

再想想他家儿子在幼儿园里的英勇身手和小霸王一样的做事风格，更加忧愁了。

他们发誓，绝对没有刻意引导过，他们儿子天生就是这么暴躁且脾气不好，这种性格的易感者，以后出去又爱惹事，又打不过人家，还可能被支配者欺负，简家父母愁得都快哭了。

温之眠察觉到他们的情绪，温声道："其实易感者也很好的，像小松这种性格的孩子，以后肯定会成为很厉害的易感者，不会被人欺负的。"

柏寒心情正好，也点了点头："我本来是打算过两年把小淮单独扔老爷子那儿去练练的，如果你们不心疼，就让小松一起跟着去练。"

就算练不成武林高手，起码也可以学到防身术。

到时候不至于招惹了别人又打不过别人。

而且……

他们看了看屋子角落的两个孩子，一个哼哧哼哧爬着梯子，另一个紧绷着神经在旁边紧紧护着，忍不住低低笑了一下。

而且对面的柏小淮一定会当一个称职的哥哥。

有这么一个顶级支配者哥哥的保护，简松意无论如何也不会受欺负了。

两个孩子，一定可以好好长大。

（未完待续）

图书在版编目（CIP）数据

松意 / 厉冬忍著 . — 北京：国际文化出版公司，
2023.10（2024.3 重印）

ISBN 978-7-5125-1578-9

Ⅰ . ①松… Ⅱ . ①厉… Ⅲ . ①长篇小说—中国—当代
Ⅳ . ① I247.5

中国国家版本馆 CIP 数据核字 (2023) 第 133697 号

松意

作　　者	厉冬忍	
责任编辑	戴　婕	
出版发行	国际文化出版公司	
经　　销	全国新华书店	
印　　刷	三河市中晟雅豪印务有限公司	
开　　本	880 毫米 ×1230 毫米	32 开
	10 印张	330 千字
版　　次	2023 年 10 月第 1 版	
	2024 年 3 月第 3 次印刷	
书　　号	ISBN 978-7-5125-1578-9	
定　　价	52.80 元	

国际文化出版公司
北京市朝阳区东土城路乙 9 号　　邮编：100013
总编室：（010）64270995　　传真：（010）64270995
销售热线：（010）64271187
传真：（010）64271187-800
E-mail：icpc@95777.sina.net